安藤祐介

仕事のためには生きてない

角川書店

仕事のためには生きてない

目次

装画　安藤巨樹
装丁　坂詰佳苗

プロローグ

三十五歳になると、健康診断の検査項目が増える。

職場指定の診療所で、検査衣姿の多治見《たじみ》勇吉《ゆうきち》は生まれて初めて胃のレントゲン室に入った。

看護師から手渡された白い紙コップは映画館のジュースのレギュラーサイズぐらい大きく、その上ズシリと重い。

「では多治見さん、そちらをゴクリ、ゴクリと一気に最後まで飲み干してください」

勇吉が子供の頃、父親が言っていた。

〈おじさんになるとバリウムを飲まんといけん。あげな不味《まず》いもん、罰ゲームじゃけえ〉

だから勇吉は子供の頃から、バリウムというものを「おじさんが飲む物」だと思っていた。

その「おじさんが飲む物」が、今まさに目の前にある。

勇吉は紙コップの縁に口を付け、ぐいと傾けて「おじさんが飲む物」を胃へと流し込む。

確かに、不味い。さらに、舌触りも喉越《のどご》しも気持ち悪い。液体というより、ドロドロした固体に近い。前日の夜から絶食した挙句、こんな不味いものを飲まされるなんて、理不尽極まりない。

目を固く閉じて、なんとかバリウムを飲み干した。

「げっぷは我慢してください。げっぷが出たらもう一度バリウムを飲んでいただきます」

看護師が笑顔で注意事項を説明する。最初に粉末状の発泡剤を少量のバリウムで飲まされており、胃が膨らんでいるのだ。

勇吉は絶対にげっぷはするまいと決意し、ティッシュペーパーで口の周りを拭《ぬぐ》った。

それから卓球台のテーブルを垂直に起こしたような細長い診察台に背中を付けて立たされる。ガラスで仕切られたブースの向こうにはレントゲン技師がいる。両手で取っ手を握ると診察台が倒れる。マイクを通したレントゲン技師の指示に従い、何度も寝返りを打つ。

「右回りに体を二回転させて、腰を少し浮かせて。息を吸って。はい、そこで止めて」

硬い板の上で何度も回転する身体的苦痛と、滑稽《こっけい》な動作を続ける心理的苦痛。

バリウムを胃の内壁にまんべんなく行き渡らせて撮影するためらしいが、心身ともかなり辛《つら》い。

診察台が大きく後傾すると、頭に血が上る。げっぷが喉元まで込み上げてくる。

「はい、次は腹ばいになって、息を吸ってー。はい、止めて」

本当に、まるで罰ゲームのようだ。理不尽な検査は、なかなか終わらない。

早く終わってくれないかと願いながら、勇吉は俄《にわ》かに三十五歳を実感した。

思い起こせば、子供時代の自分から見た三十五歳の男なんて、完全におじさんだった。

もう三十五歳なのか、それとも、まだ三十五歳なのか。勇吉は奇妙な考えに囚《とら》われながら、傾く診察台の上で込み上げるげっぷをこらえた。

第一章　デコレーション資料フェスティバル

深夜から、ＳＮＳで社長の投稿が炎上している。

勇吉は朝の山手《やまのて》線の満員電車で吊《つ》り革につかまり、スマホで社長の投稿を確認する。

〈この度の一連の不祥事でご心配をお掛けしており、申し訳ございません。ミカゲ食品は今後「スマイルコンプライアンス」の精神で、信頼回復に努めてまいります〉

やはり「コンプライアンス」ではなく「スマイルコンプライアンス」と書かれている。

年明け早々、ミカゲ食品のレトルトカレーへの異物混入が発覚し、謝罪会見と商品回収発表を済ませた直後に社長が「スマイルコンプライアンス」なる謎の造語を世間に披露した。すると、たちまちＳＮＳ上の〝正義〟が発動し「能天気」「不謹慎」といった集中砲火を浴びた。

正義のＳＮＳユーザーたちは「悪」と断定した者に対しては容赦がない。

〈謝罪もそこそこに『スマイルコンプライアンス』？　この社長、マジで死ね！〉

〈スマイルするのは勝手だが、まずは異物混入を土下座で謝罪してからだろう〉

〈この社長は創業家五代目のボンボン。会社の金で豪遊してるらしい〉

無数の匿名アカウントから浴びせられる罵詈《ばり》雑言、誹謗《ひぼう》中傷。あることないこと書かれている。

一月上旬の凍《い》てつく寒さも灼熱《しゃくねつ》に変えるような大炎上だ。

ネットニュースでも記事になり、SNSで拡散され、延焼が止まらない。

勇吉はスマホをポケットにしまうと、鞄《かばん》から新聞を取り出し、くまなくチェックする。幼少期からの日課で、ネット社会になった今も新聞を読む習慣は変わらない。朝の満員電車で新聞を縦に細長く折り畳んで読む小技は、社会人になってから身に付けた。

社長の炎上投稿の件は、新聞では記事になっていないようだ。

勇吉は新橋《しんばし》駅で人波に押し出されながら満員電車を降りた。溜息《ためいき》が冬の冷気に白く立ち上る。重い足取りでミカゲ食品本社へ出社した。一番のとばっちりは当のコンプライアンス部だが、勇吉が所属する広報宣伝部も大変な一日になるだろうと覚悟した。

胃がキュッと痛むのは、昨日初めて飲んだバリウムのせいではないだろう。

五階の広報宣伝部フロアに着くなり、部長の丸岡良二《まるおかりょうじ》が寄ってきて「多治見ちゃん、年明け早々から、まいったよな」とスマホを差し出してきた。

「はい、また派手に炎上してますね」

今回が初めてではない。過去にも、他社製品のパッケージを批判する発言で炎上、『クレーマーはお客様の敵』と放言して炎上。社長就任以来、数々の炎上を繰り返している。

「まいったよ、いやー、朝から気が重い！」

丸岡部長はバブル末期に入社し、軽いノリと勢いを武器に営業畑から広報・宣伝畑を渡り歩き、年功序列の社内で人並みに昇進してきた五十二歳。「まいった」と「気が重い」が口癖だ。

「今度は『スマイルコンプライアンス』かよ。不祥事続きのこのタイミングで言うか？」

ミカゲ食品は創業百年の老舗《しにせ》食品メーカー。戦前からカレー粉を開発し、戦後はレトルト食品や冷凍食品にも事業を展開して急成長。昭和、平成をまたいで令和の現在に至るまで、堅実な経営を続けてきた。ただ、三年前に五代目の現社長が就任してから、舌禍が増えた。

最近の広報宣伝部は社長の発言が炎上するたび火消し対応に追われ、汲々《きゅうきゅう》とする毎日だ。

「さて、我が社のマスコットは何を呟《つぶや》こうか。まいったね。多治見大先生だけが頼りだ」

「それも頭が痛いです」

丸岡部長は勇吉に面倒事を頼むとき、「多治見大先生」とか「師匠」などと言って持ち上げてくる。特にＳＮＳ絡みの問題は、勇吉にお鉢が回ってくるのだ。

大学を卒業後、新卒採用から五年間の営業所勤務を経て広報宣伝部に配属され、八年目。新商品のプレスリリースや、株主・投資家向けの情報発信などの広報業務で経験を積み、不祥事処理のメディア対応といった修羅場も経験してきた。

気が付けば、今や広報宣伝部で一番の古株になっていた。

そんな経緯もあり、勇吉はミカゲ食品のＳＮＳ広報で〝中の人〟を担い、マスコットキャラクターのミカゲちゃんのアカウントでの投稿も、勇吉にほぼ一任されている。

ミカゲちゃんは、「月の御影《みかげ》」から生まれた、満月の妖精《ようせい》だ。三十年程前に営業部の社員が一分ぐらいで描いた落書きがそのまま採用されたという。

勇吉がミカゲちゃんのアカウントで頻繁《ひんぱん》に商品のＰＲや豆知識などを呟いていたところ、人気が上がり、今やＳＮＳのフォロワー数は十万人を超え、会社の公式アカウントに迫る勢いだ。

昨日も異物混入の対応を受け、ミカゲちゃんのアカウントで〈みんなにたくさんの迷惑をかけてしまって、ごめんなさい〉などと、連続投稿したばかりだ。

マスコットまで動員し、皆で不祥事からの信頼回復に躍起になっている。そんな中、社長の「スマイルコンプライアンス」発言が、消火活動をぶち壊した。

「今度ばかりは、さすがにミカゲちゃんが何か発言しても、逆効果かもなあ」

この三年間、五代目社長の舌禍でＳＮＳの恐ろしさを身をもって思い知らされた。炎上する度、謝罪会見、謝罪広告の出稿、株主向けの謝罪対応など、勇吉は実務の段取りをつけて乗り切り、皮肉にも丸岡部長や広報宣伝部内の信頼を獲得していった。

八年も同じ部署に居続ければ、仕事は自《おの》ずと体が覚えてくる。多少きついトラブルにも動じないぐらいの経験値が蓄積されていった。

向いているのかもしれない。頼られるのは面倒だが、居心地は悪くない。と、思っていた。

だが最近、その思いは揺らいでいる。炎上の火消しや、不祥事のメディア対応で便利に使われ、徒労感ばかりが募る。

本当にこのままでよいのだろうか。

三十五歳。転職するなら、まだ間に合う。なんとなく流されて生きているようで、漠然とした焦りを感じるのだ。

「スマイルコンプライアンスか……。にこやかに社員たちの行動を監視するのかねえ」

丸岡部長がブラックジョークを発するが、勇吉は笑えなかった。

「実際に、社員個人のＳＮＳを、コンプライアンス部が監視しているという噂もあります」

つい先日、若い男性社員たちが同期の飲み会で上半身裸になった悪ノリ写真をＳＮＳに投稿したところ、翌日にコンプライアンス部から厳重注意を受け、投稿を削除させられた。

「世の中、変わったよなあ。俺が入社した頃のミカゲ食品なんて、社員旅行の宴会で脱いで、はじめて一人前と言われたもんだけどなあ」

丸岡部長が遠い目をして若かりし頃の思い出をかみしめている。

「それが一人前の基準なら、自分は一人前になんて一生なりたくありません」

勇吉は軽口を叩《たた》いて丸岡部長の昔話を受け流す。

「俺、コンプライアンス部って好きじゃないんだよね。学校の風紀委員みたいだ」

勇吉は「今の時代、どこの会社も誰かがそういう役を引き受けなければならないんでしょうね」と言葉を濁した。コンプライアンス部には、同期入社の者もいる。

始業のチャイムとともに、隣のフロアのお客様相談室では、一斉に電話が鳴り始めた。

「早速始まったぞ。まいったな……」

丸岡部長がぼやくのと同時に、勇吉のパソコンの社内チャットにメッセージが入った。

〈おはようございます。至急、内々にお話ししたいことがありますので、今からコンプライアンス部の会議室に来てください。多治見さんと、丸岡部長も一緒にお願いします〉

メッセージの差出人は勇吉の同期かつコンプライアンス部の法務企画課長・山田《やまだ》今日香《きょうか》。都内国立大の法学部卒で法務系部門ひと筋、契約書の審査や訴訟関係の対応、社内のハラスメント対策などを担当する部署の課長だ。二十代でチームのマネージャーに、二年前に三十三歳で課長に昇進した。ミカゲ食品の女性管理職では目下《もっか》、最年少記録だ。

山田という名字の社員は多数いるため、山田今日香は「ヤマキョー」と呼ばれている。

勇吉は胸騒ぎを覚えながら、すぐにヤマキョーへ返信した。

〈おはようございます。どんな件のお話でしょうか？〉

相手は同期だが、課長だ。勇吉の返信も、向こうの言葉遣いにつられて丁寧語になる。

〈少々込み入った件なので、全ては、こちらに来られてからお話しします〉

もったいを付けたような返信がすぐに届いた。

ヤマキョーは、一部の同期の男からは人気があった。彼ら曰《いわ》く、地味で堅物だけど、なぜか惹《ひ》かれるのだという。

仕事ぶりも新人の頃から堅く、厳しかった。重要な契約書類は法務の審査を受けるのだが、ヤマキョーは些細《ささい》な不備でも指摘し、相手が先輩社員でも役職者でも、徹底的に直させた。それらは理不尽な指摘ではなく、合理的で的確だった。広報宣伝部も以前、ヤマキョーの指摘により、大口の業務提携契約の重大な不備を回避できた。事故になる前に、ヒヤリハットで留《とど》めたのだ。

ヤマキョーの仕事ぶりはさて置き、昨夜からの「スマイルコンプライアンス」炎上騒ぎのタイミングでコンプライアンス部から呼び出され、不吉な予感ばかりが募る。

丸岡部長と共に重い足取りで階段を上り、五階に向かった。

「まいったなあ、多治見ちゃん。俺たちも巻き込まれるよなあ」

「SNS炎上案件という面では、うちも対応を免れませんね」

不祥事続きの中、能天気な発言で、火に油を注いだ。今回の件はかなり面倒だ。

五階のコンプライアンス部会議室の扉をノックして開けた。

「おはようございまーす、おつかれさまーっす」

丸岡部長は戸口から、いつもの調子でノリと勢いだけの軽い挨拶《あいさつ》をした。

会議室の中をのぞき込むと、そこには意外な人が待っていた。

「悪いね、突然呼び出して。知ってのとおり、今朝から少々ざわついているでしょう」

取締役経営企画本部長の出羽守道《でわもりみち》。本部長が直々に対応に乗り出すほど、今回の炎上騒ぎは、かなり大事に発展しているらしい。

出羽の隣にはヤマキョーの姿があった。メガネの奥から、全ての感情を消し去ったような目を勇吉に向けてくる。

出羽は勇吉を見て「多治見さん、ですね？」と確認し、勇吉は「はい」と応じた。

「メディア対応でのソツのない仕事ぶり、いつも感心させられているよ。多治見さんは、今回の社長のご発言、率直にどう思うかな？」

一担当者と取締役が直接話す機会は滅多にないが、出羽は勇吉の仕事ぶりを把握しているようだ。

「今のタイミングでこの発言は、やや唐突かと思います」

言葉を選んだ。本当は「あの人、ふざけてるんですか？」ぐらい言ってやりたい。

「コンプライアンスって、欧米では本来もっとポジティブなものなんだよ。でも日本ではコンプライアンスに対して、どうも消極的なイメージが付いちゃってるんだよね」

この経営企画本部長の出羽守道、何でも「欧米では」「外資の○○社では」などと先進事例を引き合いに出す。「では」と「でわ」をかけて、陰で社員たちからは「出羽守《でわのかみ》」と呼ばれている。

「実は今回の『スマイルコンプライアンス』は、突発的なご発言ではないんだ。これは、社長が以前から温めておられた、パワーワードだよ」

パワーワード。役員や幹部社員の常套句《じょうとうく》だ。社長の思い付きの言葉をヨイショする。

「外資のシンクタンクなどでは、よく『攻めのコンプライアンス』みたいなことを言う人はいるけれど『スマイルコンプライアンス』は前代未聞だ。これは社長の天才的な発想で、歴史的なコンプライアンスの形になる」

社長は「パワーワード」を披露する機会をうかがっていたという。しかし、異物混入の不祥事直後にお披露目する感覚は到底理解し難い。

「そこで、広報宣伝部の多治見さんに白羽の矢が立った」

出羽守から一枚の紙が差し出された。

〈辞令　多治見　勇吉　経営企画本部コンプライアンス部　スマイルコンプライアンス準備室　統括リーダー兼務を命ず〉

「何ですか、これ」

勇吉は不信感を露《あら》わにした。

「急遽《きゅうきょ》、コンプライアンス部内に新設のチームを作ることになった」

一月上旬の辞令など、ミカゲ食品では普通ならありえない。それにペーパーレス化を進める近年、辞令も通常、社内の人事システム上で発令される。

わざわざ紙で手渡された特別な辞令を、勇吉は呆然《ぼうぜん》と眺めていた。

中途半端な時期に、突然かつ特別な辞令。怪しげな準備室の新設。しかも、その統括リーダーだ。九割方、火中の栗《くり》を拾うような仕事に違いない。

勇吉は、直感した。これはロクな辞令ではない。

ヤマキョーに目を向けると、彼女はメガネの奥の冷たい目でじっとこちらを見つめていた。

「チームリーダーに昇格だよ。おめでとう」

出羽守が拍手する素振りを見せる。腹が立つ。

「広報部と兼務の形になっているが、席は当面、コンプライアンス部に移ってもらう。丸岡部長、そういうことで、よろしいですね」

「あ、はい、経営的判断ならば是非もなしです。多治見君はよく頑張ってくれており、大変優秀な人材でありまして……今後も多治見君の幅広い活躍と飛躍を期待するところで」

まるで結婚披露宴で部下を褒めちぎる上司のスピーチのようだ。本当に優秀だと思うなら、泣いて引き留めてくれ。勇吉は出羽守と丸岡部長の間に割って入った。

「あの……私は法務的な素養もコンプライアンスの実務経験もゼロです。適性がないかと」

「素人だからこそいいんだよ。まっさらな考えで、新たなコンセプトを作り上げるんだ」

「そもそも『スマイルコンプライアンス』とはどのようなものでしょうか？」

「中身はまだ決まっていないんだ。これは社長のパワーワードだから」

勇吉は「はい？」と素《す》っ頓狂《とんきょう》な声を上げた。

「『スマイルコンプライアンス』の叩き台を考え、中身を作るのが君の仕事だ。社長の精神に降りた言霊をより実務的に言語化し、社内に浸透させるんだよ。ゆくゆくは日本の、いや世界のコンプライアンスに影響を与える。『スマコン・プロジェクト』だ」

社長の精神に降りた言霊？　この会社は、霊験あらたかな新興宗教でも始めるのか。

「私は経営企画本部長として、多治見さんの広報宣伝部での柔軟な対応を非常に評価している。ゴールはスマコン行動規範を作り、発表すること。まずは行動規範の基本指針を示してほしい」

出羽守が組織図をサッとテーブルの上に差し出す。

「最初の大きな難関は、このコンプライアンス委員会だ」

組織図の中、「代表取締役社長」から下へ向かって伸びる直線の真ん中に、横に張り出すような形で「コンプライアンス委員会」と記載されている。

「勉強不足で申し訳ないのですが、コンプライアンス委員会というのは何でしょうか」

勇吉は何も知らないふりをする。そのほうが、相手は気持ちよく喋《しゃべ》ってくれる。

「取締役会の諮問委員会だよ。社内の法務部門や品質管理部門、営業部門、人事・労務部門の幹部と、外部監査委員が何人か入って、内部通報の状況把握や事案の審査、コンプライアンスの体制整備や進捗《しんちょく》管理を担う機関だ」

企業の内部統制が重視される昨今、一定規模以上の企業の多くがコンプライアンス委員会を設置している。

「そんな厳格な委員会に、スマイルコンプライアンスなど承認してもらえるんでしょうか」

「多治見さん……承認してもらえるか、ではなくて、承認させるんだ。それが君の仕事だよ」

勇吉は、とんでもないババを引かされたと確信し、内心舌打ちした。

「日本では斬新すぎる社長のパワーワードだが、海外ではアメリカのデトロイトファイナンスがポジティブなコンプライアンスの強化で好作用をもたらした事例もあり……」

勇吉は出羽守の「ではトーク」を聞き流しながら、暗澹《あんたん》たる気持ちになった。

辞令は勤め人の向こう二、三年間から数年間の生活を左右する、運命の紙切れだ。

勇吉の運命が弄《もてあそ》ばれる傍ら、ヤマキョーは出羽守の隣で一言も発さない。社内チャット一本で呼びつけておいて、どういうつもりだ。勇吉は視線を送るが、彼女は黙ったままだ。

「山田課長は、スマイルコンプライアンスとやらについて、どうお考えなんですか」

勇吉が問い質《ただ》すとヤマキョーは「私は反対です」と一秒で即答した。

勇吉は「あの、私たち、山田課長に呼び出されてここに来たんですが」と語気を強める。反対ならば、なぜ俺を呼び出して涼しい顔で座っているのだ。

「いたずらに新たな行動規範を設けるべきではないと、今朝の始業前に開かれた臨時役員会議で、私は出羽本部長の陪席者という若輩の立場ながら、法務企画課長として反対を直訴申し上げました。しかしその意見は却下されました」

「……まだ経営企画本部内すら一枚岩ではないってことですか」

「まあ、まあ。山田課長にはこれから社を挙げて良いものを作り上げましょうとお話ししたところで、一応、納得してもらったんだ。ねえ、山田課長」

「決まってしまったからには、進めざるを得ません。ただし法務企画課長の立場から、行動規範の文案やコンプライアンス委員会に掛ける資料は、是々非々で審査します」

この仕事は、火中の栗を拾うのみならず、社内の不協和音の調整もしなければならないようだ。

「スマコン準備室の位置づけだが、法務企画課の中のプロジェクトチームということになる。兼務先での直属の上司は、山田課長だ」

ヤマキョーが直属の上司……。同期が上司になることには抵抗はないが、そもそもプロジェクトに反対するヤマキョーの下で草案を作れとは、あまりに理不尽な人事だ。

「あの、自分の仕事はスマイルコンプライアンスとかいうものの行動規範づくりだけですか？」

「コンプライアンス部の通常業務も兼務していただきます。内部通報の窓口業務などです」

ヤマキョーはさらりと言ったが、勇吉は困惑した。

「そんな際どい仕事を、自分のような素人がやったらまずいのでは？」

「大丈夫です。窓口の仕事は、ハラスメント事案や不正疑惑などの通報をメールや電話で受けて、事実関係の記録を取る第一次対応までです。対面でのヒアリングは通報対応専任の社員と人事部からの兼務社員が実施し、各事案の裁定はコンプライアンス委員会に掛けます」

説明されても、大丈夫だとは全く思えない。

ヤマキョーの隣で、出羽守はスマコンで頭がいっぱいのようだ。

「この際だから、ミカゲちゃんもＳＮＳでスマコンのこと、何かしら呟いておいて。オランダのロッテルダム・チーズ社のマスコットを使ったＳＮＳプロモーションではスピード重視で……」

出羽守の講釈などほとんど頭に入らず、勇吉は茫然《ぼうぜん》自失のまま会議室を辞去した。

会議室の扉を閉めて廊下に出るなり、丸岡部長が声を潜めて言った。

「いやあ、まいったなあ。気が重いね」

「とんだとばっちりですよ……なんで止めてくれなかったんですか」

「止めたい気持ちは山々だよ。でも俺は断腸の思いで多治見ちゃんの兼務を承諾したんだ」

丸岡部長は「これは栄転だよ。多治見ちゃん、偉くなるぞ」と拳を胸の前に掲げた。

「面倒臭そうだし大変かもしれないけど、多治見ちゃんの仕事ぶりが幹部や人事部の目に留まって、一本釣りの大抜擢《だいばってき》でご指名を受けて選ばれたんだ」

「大抜擢とか出世とか、まっぴらごめんです……」

勇吉は出世などに興味はない。昼間は地道に働き、夜は自分の好きなことをしていたい。堂々と好きなことができるように、地味で大変な仕事でもなんとか丸めてきた。普段からやるべきことは残業も厭《いと》わずやり、その代わり自分の譲れない予定は死守する。

「多治見ちゃん、何事も経験だよ」

「その『何事も経験だ』っていう言葉、便利ですよね。上の人が下々の社員に面倒事を押し付ける時の『パワーワード』ですよ」

「そう悲観せずにさ、本籍はあくまでも広報宣伝部にあるんだ。多治見ちゃんが一回り成長して戻ってくるのを、楽しみにしてっから」

「冗談じゃないっすよ。他人《ひと》事《ごと》だと思って……」

やりきれない思いを胸に、ミカゲちゃんのアカウントを開いてメッセージをしたためる。

〈社長が言ってるスマイルコンプライアンスってなんだろ。むーん、ミカゲも考えよう〉

満月の妖精であるミカゲちゃんの口癖は「むーん」と決まっている。

「何やってんだか、俺は……」

思わず呟いた。今夜は一秒でも早くこのオフィスから脱出したいと思った。

「すみません、今日は家庭の所用があるので、お先に失礼します」

丸岡部長は「おお、そうだったね。気にせず、早く帰って」と勇吉の退社を促す。

本当は、勇吉に家族はいない。しかし、大事な夜は、架空の従兄弟《いとこ》の息子の面倒をみるという名目で、早めにずらかる。家庭的な所用のほうが残業回避の理由として通りが良いから。

夜七時半、会社のロッカーからバッグを取り出し、退社。

エレベーターを待つのすらじれったい。勇吉は五階から一階まで階段を二、三段飛ばしに駆け下り、一階ロビーを全速力で駆け抜け、夜の新橋の街に解き放たれた。

*

勇吉たちのバンド『デスペラーズ』の出演時間は夜八時から。もう出番ギリギリだ。

新橋の駅からほど近いライブハウス『ロック・フィールド』に駆け込んだ。

勤め人が多く集まるライブハウスだ。マスターの鍵原潤平《かぎはらじゅんぺい》が「勤め人にロックを」を合言葉に『リーマンロック』というコンセプトを掲げ、三十年前、新橋にこのライブハウスを開いた。雑居ビルの地下、三十坪ぐらいの小さな空間。リーマンロックの聖地とも言われる。

「すみません、遅くなりました！」

バーカウンターでマスターの鍵原が待っていた。肩まで伸ばした天然パーマの髪は、真っ白だ。

「おつかれさん。『ユーキチはまだか』って、あいつら楽屋でそわそわしてるよ」

マスターが奥の収納スペースからベースギターを取り出し、手渡してくれた。ライブ用のフェンダー製エレキベースを昨日のうちに預けてあったのだ。狭い楽屋に駆けこむと、メンバーたちは準備を整えていた。

「ユーキチ、おせえよ」

ギターのジョージこと里中譲治《さとなかじょうじ》がチューニングしながらぼそりと言った。黒の革ジャン革パンツを身にまとい、切れ長の細い目で勇吉を睨《にら》みつける。

ボーカルのマキこと入江《いりえ》真希《まき》が「冷や冷やさせんじゃないわよ」などと小言を口にしながら、大急ぎでメイク道具を鏡の前に並べる。小さな体と顔にそぐわぬ大きな目と口が、きょろきょろ、ぺちゃくちゃとよく動く。

「さあユーキチ、一分で着替えな。アタシがメイクしてやるから」

勇吉。矢沢《やざわ》永吉《えいきち》の熱狂的ファンである両親が付けた名前だ。そのまま「永吉」ではあまりにも恐れ多いから「勇吉」になった。両親とも、生まれも育ちも矢沢永吉の出身地・広島。勇吉も大学進学前まで広島で育った。

名付けた両親はもう、二人ともこの世にいない。

「遅くなってすまん。職場で少し色々あって」

勇吉はスーツとワイシャツを脱ぎ捨てた。ドラムのリキヤこと岩瀬《いわせ》力也《りきや》が「またSNSで炎上してるみたいだね」と、巨体をゆすりながら声を出さずに笑った。身長一九〇センチで学生時代は筋骨隆々だったが、年々、顔も体も丸くなっている。

前のバンドがそろそろ最後の曲の演奏に入る。時間がない。

勇吉は大急ぎで黒のTシャツと黒の革ジャンを着る。マキは両手で勇吉の髪の毛にべったりと整髪料を付け、オールバックを完成。それからアイシャドウを目尻《めじり》の先や口角の先にまで塗りたくる。鏡に映った自分は、目が吊り上がり、口の両端が耳の近くまで裂けた、怪物のような人相だ。

「ひどいメイクだな。肝試しのお化け役かよ」

「今日は地獄からの使者ユーキチってことで、ヨロシク。似合ってるよ！」

マキはいたずらっ子のようにゲラゲラ笑っている。

勇吉たちのバンド『デスペラーズ』は、少数の熱狂的なファンを持つインディーズバンドだ。大学のサークルで意気投合した四人。音楽的な拠《よ》り所は、エルヴィス・プレスリー、チャック・ベリー、リトル・リチャードなどのロックンロールで、特に一九五〇〜六〇年代の楽曲だ。

社会人になって十三年経つが、平日の夜や土日に、数多《あまた》のライブハウスやストリートで、五百本以上のライブを重ねてきた。

「今日のセットリストだ。さりげなくアンプの上に貼り付けとくから見とけ」

ジョージが手書きのルーズリーフを楽屋の小さなテーブルの上に差し出した。

演奏曲はリーダーのジョージがその日の直感で決める。最初にチャック・ベリーの『ジョニー・Ｂ・グッド』、プレスリーの『ハウンド・ドッグ』でスピードに乗り、締めはリトル・リチャードの『ロング・トール・サリー』。最初と最後にロックンロールの名曲のカバーを据え、間に十五のオリジナル曲が入る。

勇吉は大急ぎでベースギターのチューニングを済ませ、ステージへ飛び出した。

ジョージが『ジョニー・Ｂ・グッド』のイントロを奏でると、客席の歓声と指笛があちこちからこだまする。つかみはＯＫ。

カバー曲の勢いのまま、オリジナル曲に入る。マキの過激な歌詞が光る『アフター５をぶっとばせ』は、わざと昭和なタイトルを付けた、オリジナルのロックンロールナンバーだ。敏腕女性営業は売上ナンバー１だけど、会社のトラブルメーカー。理不尽な客の顔にビールをぶっかけ、酒の席で絡んできたセクハラ上司の急所に蹴《け》りを食らわせる。

架空の「ロックな勤め人」を描いた曲だが、実際のマキは日商簿記二級の資格を持ち、大手電機メーカーの経理課に勤めている。

『大企業の小さな横領』は、大企業の総務課で一日にひとつずつ会社の文房具をくすねて人知れず溜飲《りゅういん》を下げ「一矢報いている」気の小さい備品係のロックンロール。

『眠れる営業車のサボリーマン』は、営業車で眠りながら見たルートセールス営業マンの壮大な夢のエレジー。

『自己破産フィール・オーライ』は、ギャンブルで自己破産寸前の経理課社員が「一発逆転」を期して、会社の金庫から拝借した金を渾身《こんしん》の万馬券につぎ込む。

『パワハラ上司は二度死ぬ』は、上司の弱みを密《ひそ》かに握った部下が、自分の社員生命もろとも上司の未来を粉々に打ち砕く復讐《ふくしゅう》劇。

コンプライアンスの真逆を行く、レールから逸脱した勤め人の歌が続く。

リキヤのドラムは「ゴミ箱をぶったたいたような音」で武骨なビートを刻み、時折合間にコンマ数秒の溜めを作ってズラすような、独特のフィル・インを挟む。

勇吉はリキヤのリズムに乗せてベースラインをうねらせ、グルーブ感を生み出す。

リードギターのジョージはロックンロールなリフやギターソロを曲の随所にちりばめ、まるで一九五〇年代にタイムスリップしたかのような錯覚をもたらす。

そしてバンドの絶対的な柱は、リズムギター&ボーカルの、マキの歌声だ。

野暮ったいロックンロールの名曲も、彼女の小悪魔じみたファニーボイスで再現すると不思議な魔法がかかる。それに、彼女の歌声には楽器の爆音を突き抜けるパワーがある。

声量や声圧だけではない。存在感。声の存在感だ。

どんな音にも塗りつぶされない際立った歌声が、爆音で揺れるライブハウスの空間に、そして聴衆の心に君臨する。

勇吉は、彼女の歌声を最大限に活《い》かし、彼らの演奏を勢いづけるベースラインを常に追求し続ける。今、この演奏中も。今日は特に、魂が躍っていた。

音を出しているこの時間だけ、勇吉はロックンローラーの「ユーキチ」になれる。「お世話になっております」も「何卒《なにとぞ》よろしくお願い致します」も、全部捨ててよい。

四人とも、昼間の仕事を脱ぎ捨て、紛れもなく「変身」するのだ。平日の日中は勤め人だが、夜や休日になるとロックンローラーに変身できる。

日中の職場から解き放たれた勤め人たちのロックンロールが、客たちを昂揚《こうよう》させる。

客席フロアの椅子は全て舞台裏に撤去されている。客層は三十代から五十代の勤め人。ここでは勤め先も役職も関係ない。上着を脱ぎ、ネクタイを外し、ワイシャツ姿で立ったまま暴れている。バーカウンターとフロアを往復し、浴びるように酒を飲む者もいる。

〈デスペラーズのライブでは、とにかく酒がよく売れるんだ。何か、酒飲んで暴れたくなる魔法でもかけてるんじゃねえのか〉

マスターの鍵原はほくほく顔でよく語る。

客もみんな、非日常の世界に浸ってもう一人の自分に変身しに来ているのかもしれない。ロックンロールの爆音の中で別の人格を表に出し、ささやかな変身を味わって、明日になればまたそれぞれの場所に戻ってゆく。客や上司に頭を下げたり、無理難題を前にデスクで頭を抱えたり、長い会議にうんざりしたりするのかもしれない。

何年か前から、ライブの最後に客席へ呼び掛けるマキの締めの言葉は決まっていた。

「明日も仕事だ！　アタシは頑張らないぜ！　みんなもあんまり頑張り過ぎるなよ！」

考え方は人それぞれだ。勤め先の仕事に全てを捧《ささ》げる生き方もあるかもしれないが、自分たち四人は、違う生き方を選んだ。

仕事をするために生きているのではない。

楽しく生きるために仕事をしているのだと思っている。

自分たちにとって楽しく生きるとは、ロックンロールを続けること。だが、そのためには金がいる。仕事は金を得るための手段。だから、ほどほどがよい。

「残業！　残業！」

リーマンロックで「アンコール」を意味する「残業」のコールが沸き起こる。

四人は、残業用にとっておいたオリジナルの二曲を演奏し、爽快《そうかい》に締めくくった。

ライブは大盛況のうちに終わった。ギリギリに楽屋入りして勢いでステージに出たため多少不安もあったが、終わってみれば最高に近い出来だった。

勇吉は演奏している間だけ、今日会社で起きたことを忘れていられた。

終了後、客がいなくなったライブハウス『ロック・フィールド』のフロアに丸テーブルを出して料理を囲み、ビールで乾杯。

世話になっているマスターの売上に少しでも貢献するため、ライブ後はここで酒を飲みながら「反省会」をしている。料理は、同じ雑居ビルの二階にあるイタリアン酒場から、パスタやピザをケータリングしてもらっている。

「今日のデスペラーズは音響スタッフ泣かせの勢いだった。あれじゃコントロール不能だよ」

鍵原マスターが苦笑しながら、ウイスキーのボトルと炭酸水をテーブルに置く。全員が大酒飲みなので財布に優しいトリスウイスキーだ。炭酸水で割って、ハイボールにして飲む。

「マスター、それ、褒めてる？」

マキが訊《き》くと鍵原マスターは「ああ、絶賛してるんだよ」と親指を上に掲げた。

最近はメンバー四人とも仕事が忙しくなってきて予定が合わず、今夜は年をまたいで三週間ぶりのライブだった。

ひとしきり今日のステージの興奮を語り合い、言葉を吐き出しているうちに、昂揚感は少しずつ落ち着いてゆく。すると勇吉の思考は勤め人の世界へと引き戻されてゆく。

会話が少し途切れたところで、勇吉は皆に切り出した。

「実は今日、いきなり会社で人事異動の辞令があった」

マキが「マジで？」と興味半分、心配半分の様子で身を乗り出してくる。

「おいおい、どこの部署だよ」

ジョージが怒ったような口調で訊《たず》ねてくる。もしも異動先が多忙で残業地獄の部署だったりすると、四人でのバンド活動に支障が出るからだ。

「コンプライアンス部だとよ。今いる広報宣伝部と兼務だ」

「転勤や忙しい部署への異動、昇格は禁物だ。バンドができなくなったら本末転倒だぞ」

ジョージは飯田橋《いいだばし》のデザイン会社でグラフィックデザインのオペレーターとして勤務している。

凝り性の彼は、高校生の頃から自分のCDジャケットを作るために独学でデザインソフトを習得していた。その腕を生かし、転勤も異動もない仕事に就いた。

「転勤はないが、さっぱり意味が分からん形で昇格しちまった」

リキヤが「昇格か。俺らも三十五歳。そういう時期だよなあ」と呟き、瓶ビールをラッパ飲みする。リキヤは飲料メーカーの子会社に勤め、今年、都内の「城北《じょうほく》地区」のルートセールス担当係長になった。トラックで飲料を運び、自販機に補充し、売上金を回収したり、商品の売れ行きやラインナップを管理したりする仕事だ。

「で、ユーキチはどんな役職に昇格したの？　セクハラ課長？　パワハラ部長？」

マキが冷やかす。勇吉は「うちの会社にはセクハラ課もパワハラ部もねえよ」とツッコみ、「ある意味、もっと変ちくりんな立場だ」と素に戻る。

「スマイルコンプライアンス準備室の統括リーダーとやらを拝命しちまったよ」

ジョージが「スマイルコンプライアンス？　なんだよ、それ」と笑う。

「俺も分かんねえ。いや、会社の誰も分かってないと思う。社長が言ってるだけ」

スマホを取り出し、勇吉は今朝から炎上しているSNSの投稿を皆に見せた。マキが「なんか忙しくなりそうだね……」と画面を覗《のぞ》き込む。勇吉は「バンドのための時間は死守する。そのために働いてるんだから」と語気を強めた。

「なるほど……。ユーキチ、どうりで今日はめちゃくちゃいい音出してるなあって思った」

マキがトリスハイボールをひと息に飲み干してから、ふーっと息を吐いた。

リキヤが「どういうこと？」と首を傾げる。

「ユーキチはね、何かに飢えてたり、怒ってたり、イラついたりしてる時のほうが、すっごくいい音出すんだよ。満たされてる時のユーキチのベースは、つまらない」

十六年前、マキに同じことを言われた。

それ以来、勇吉は恋愛ができなくなった。

「よかったんじゃない？　ユーキチは最近『このままなんとなく今の会社にいていいのか』とか、青臭いこと言ってたじゃんか。部署が変われば、気分も変わるんじゃない？」

マキが冷やかし、ジョージも「そういえば、言ってたな」と冷ややかに笑う。

「でも、思わないか？　出会った頃の俺らが、今の俺らを見たらなんて言うか。俺たち、こんな大人になりたかったんだっけかって。人生の答え合わせみたいなもんだよ」

勇吉は、ムキになって言い返してしまった。取り繕うように、話題を変える。

「そういえば俺も昨日、ついに職場の健康診断でバリウム飲んだよ。これで全員だな」

「おおっ、ユーキチも三十五歳の洗礼を受けたか！　今日の演奏はバリウムパワー⁉」

マキが笑って「バンド名『バリウム・カルテット』とかに変えようか」と茶化す。

「バリウムを飲むお年頃のユーキチはさ、第二次中二病期を迎えてるのかもよ」

妙な造語を持ち出して、マキが話を戻した。

「社会人版の中二病ね。何をやっても、どこにいても『これでいいのか』って迷う感じ」

「俺が中二病？　健康診断でバリウム飲んだ三十五のおっさんが、中二病かよ」

勇吉はマキの言葉に反発しながらも、内心では言い得て妙だと思った。

「思い悩むのは自由だが、仕事は程々に、っていうのが俺らの〝行動規範〟だろう」

ジョージの言う通りだ。就活でも、四人でバンド活動できる環境を選んだ。

勇吉がミカゲ食品を選んだ最大の理由は、当時は珍しかった地域社員制度があるからだった。ミカゲ食品は全国に支店や営業所を有するが、勇吉は東京エリアの地域社員として採用されたため、東京の商圏外への転勤はない。昇進は全国社員よりも不利だが、それも好都合だ。

他の皆も、東京都内で働ける職場を選んでいる。

「しかし、コンプライアンスとは、ロックじゃねえなあ。スマイルが付くとますます」

リキヤが苦笑いして、ウイスキーの水割りを口にした。

マキが「いや、スマイルが付くと意味分からな過ぎて、ある意味ロックじゃん？」と笑う。

デスペラーズはみんな〝ロックな生き方〟をしたいと願っている。

ロックな生き方とはどんな生き方か、勇吉を含め四人とも明確には分かっていないだろう。ただ感覚的に「ロックな生き方」と「ロックじゃない生き方」の境界線がある。学生時代はせいぜい破天荒を気取ったり、奇をてらった言動に走ったりした程度だった。だが社会人になって少しずつ「ロックな生き方」の輪郭が見えてきているようにも思えるのだった。

四人は大学時代に音楽サークルで出会って以来十七年の縁だ。大学三年の時にインディーズのレーベルから声が掛かってＣＤを出したところ、ロックンロール好きのコアなファンに受け入れられ、そこそこ売れた。だが、所詮《しょせん》、そこそこの売れ行きだ。勇吉たちが愛する、一九五〇～六〇年代の古き良きロックンロールは、現代の日本では逆立ちしたって流行《はや》りはしない。バンド一本で生活できる可能性は限りなくゼロに近かった。

だから四人とも就職してバンド活動を続ける道を選んだ。ロックンロールを続けられるならば、どんな形でもよいと思えた。

勇吉はこのバンドでロックンロールを演奏する時、生きる喜びを実感できるのだ。

二十代前半の頃は、社会への反骨や皮肉を気取った歌詞をロックンロールのリフに乗せ、曲を作った。だが、年を重ねるうちに勤め人に共通しそうな「あるある話」「不祥事ネタ」「さぼり話」を基に曲を作るようになった。新橋のライブハウスで披露すると熱狂的な固定客がついた。大笑いする客、涙する客、指笛を鳴らす客、暴れ出す客。観客たちの、様々な感情を揺さぶった。

デスペラーズの活動はやがて、アマチュア音楽に影響を及ぼし始めた。就職しながらハイレベルな活動を続けるバンドが次々と生まれたのだ。新橋の小さなライブハウスを中心としたこの一連の動きは「リーマンロック」と呼ばれるようになった。

二〇〇〇年代の終盤に世界中を震撼《しんかん》させた経済恐慌「リーマンショック」の語感とも相まって、「リーマンロック」には勤め人の運命《さだめ》を受け入れながらも立ち向かう、アベコベな言霊が宿った。

勇吉も、他のメンバーも、悪くない響きだと思っている。

勤め人のロックンロールという新しいジャンルを根付かせてやろうと考えている。

一方で、四人とも、自分が勤める会社にはバンド活動のことを明かしていない。職場の同僚が義理や冷やかしでライブを観に来たりするのは「ロックじゃない」から。

ロックンロールが心の奥まで届く奴にだけ、狭くても深く刺さればよい。

*

ライブ翌日から、勤め人・勇吉には案の定、怒濤《どとう》の毎日が待っていた。

社長肝煎《きもい》りの「スマコン・プロジェクト」。うんざりする勇吉とは対照的に、経営企画本部長の出羽守は張り切っている。この状況に乗じて、経営企画本部の存在価値《プレゼンス》を上げる狙いらしい。

役員たちが打ち出したプロジェクトの大方針は「とにかく今までのコンプライアンスを変えるような」「歴史的で何か斬新で」「突き抜けた要素を盛り込んで」。

要するに社長が喜ぶコンセプトを作れ。それしかなかった。

中身は何も決まっておらず、スマコンとやらが一体何なのか、誰も知らない。

一方で、最初の難関といわれたコンプライアンス委員会の開催は一ヵ月半後に迫っている。その前に社内の役員会議をクリアしなければならない。役員会議の前にも、会議のための会議がいくつも立ちはだかる。

まずは経営企画本部で、キックオフ・ミーティングが開かれた。出席者は部長、課長級の役職者ばかり。勇吉はご立派な会議室の隅っこにパイプ椅子を置いて座り、議論の内容をメモしていた。

出羽守がホワイトボードにスケジュールを記した。

（1）～三月　スマコン基本指針を臨時コンプライアンス委員会で承認。
（2）～六月　スマコン行動規範骨格案を社内調整。
（3）～九月　全体案の草案を完成。社内調整。
（4）～十月　スマコン行動規範全体案を完成。社長稟議《りんぎ》手続き開始。
（5）十二月　スマコン行動規範を社内外に発表（プレスリリース）。

「大まかなスケジュール感はこれで。経営企画本部一丸となって取り組もう」

出羽守が示したスケジュールに、コンプライアンス部の幹部たちは険しい表情を浮かべる。

勇吉にはなぜこんなに時間をかけるのか、全く分からなかった。

「あの、そんなに大げさな仕事なんですか。特に、最初のスマコン基本指針作成とか、集中して作れば、三日ぐらいで終わりそうな気がしますけど」

「君はルール作りがどれだけ大変か、分かっていないようだね。たくさんの議論を重ねて決めていく、そういうプロセスが重要なんだよ」

出羽守が答え、「三日間で作った即席の基本指針なんて、重みがない」と付け加える。

「つまり、議論を尽くしたというアリバイを作り、箔《はく》を付けなきゃいけないってことですか」

勇吉が溜息交じりに言うと、経営企画本部内のどこかの課長たちから「もう少し言葉を選んだらどうだ」「栄えあるプロジェクトに抜擢されたんだから」などと声が上がった。

知るか。なんなら、今すぐにでも「栄えあるプロジェクト」とやらから外してほしい。

「まずは二ヵ月半後の三月末に向けて基本指針を作らねばならない。行動規範の冒頭の社長メッセージにスマイルコンプライアンスのビジョンを盛り込んで基本指針とし、コンプライアンス委員会の承認を得る。ここを一つ目のゴールとする」

出羽守が説明する。

「なぜ社長のメッセージを基本指針にするんですか？　自分なりに他社のコンプライアンスを見てみましたが、ズバリ基本指針そのものを示すのが普通じゃないでしょうか」

「これは普通のコンプライアンスではない。スマイルコンプライアンスだ。社長のパワーワードを具現化する大仕事だよ。三田村《みたむら》専務から、基本指針は社長メッセージにするようにとのご指示があった。この方針は既定路線だ」

出羽守は言った。三田村専務は創業家社長に次ぐ、社内ナンバー2の筆頭役員だ。

「とりあえず大至急、基本指針の叩き台を作ってもらって、我々で詰めて、三田村専務までお諮りしよう」

出羽守が次の段取りを説明する。

「あの……基本指針の、つまり社長メッセージの叩き台を、私が作るんですか？」

「実務担当者は、あなたでしょう。議論の叩き台になるものを作ればいい」

勇吉は腹をくくった。過去の社長の言葉を適当に繋《つな》げればよい。ある意味、話は早いと踏んだ。張りぼてみたいなメッセージでもいいから、手早く終わらせちまおうと。

「承知しました。拙速を恐れず、大至急で叩き台の案を作ります」

部課長席のヤマキョーと目が合った。魂胆を見透かされている気がして、勇吉は目を逸《そ》らした。

正午のチャイムが鳴った。

「昼休みなので、ここで区切りましょう。オーストラリアのブルーベリー・ファイナンスでは食を重視して社員のパフォーマンスを……」

出羽守が「ではトーク」で締めくくり、休憩を宣言。苦痛な会議はお開きとなった。

勇吉はくたびれた心と体を引きずり、社員食堂へ入った。

ミカゲ食品の社員食堂は少し特殊だ。食材のベースはほとんどがミカゲ食品の冷凍商品やレトルト商品。それを組み合わせたり、トッピングを加えたりしたメニューが並ぶ。

どんな組み合わせが美味《うま》いか、どんなトッピングが合うかなど、社員がおすすめの食べ方を社食内の投稿コーナーに書き込む。投稿は、商品企画部のレシピ分析部門で検討され、採用されると社食で試作メニューとして提供され、好評を得れば、商品パッケージ裏面の「お役立ちレシピ」に載る場合もある。

厨房《ちゆうぼう》の奥には業務用の高速電子レンジがズラリと並んでいる。食堂の隅にも高速電子レンジが十台並んでいて、社員が好きに使える。勇吉は冷凍きつねうどんを解凍してトレーに載せ、食堂の空席を探した。奥のほうのテーブルを囲んで他部署の同期たちが談笑している。今日はとてもそういう気分ではないので、隠れるようにして窓際のカウンターテーブルに陣取った。

外は快晴で、陽射しがまぶしい。心が晴れない中で鮮やかな青空を見ると、なぜか気が重くなった。うざったい青空だ。

勇吉はミカゲの冷凍きつねうどんを、大急ぎですすった。

そこへ丸岡部長が「よっ、元気にやってる？」と例の調子でやってきた。隣の席にどかっとトレーを置き、腰掛ける。

青空よりもうざったいのが来た。勇吉は「ぜんぜん元気じゃありません」と正直に答えた。

「スマコン騒動に振り回されるばかりです」

「多治見ちゃん、コンプライアンスって、そもそも何だっけか？」

「やはり、主には法令遵守らしいですけど、それだけじゃないみたいですね」

社会の要請に「コンプライ」する。直訳すれば、従うこと。法令や社内規則、行動規範を守るほか、社会の倫理を守り、地域や社会で責任を果たすことも含まれる。

「まあ、あれだな。企業は法律とかルールだけを守ってりゃいいって訳ではなくて、当たり前のことは当たり前に守って、社会の公器としての責任を果たせっつうことだな」

「たまには的を射たこと言いますね」

「まいったね。上司に向かって『たまには』だなんて、言ってくれるじゃん。多治見ちゃんのそういうところ、嫌いじゃないぜー」

コンプライアンス部を兼務しているとはいえ、勇吉の本籍は広報宣伝部にある。

「俺は一応、今も多治見ちゃんの上司だ。何か困ったことがあったら、何でも言ってよ」

「ありがとうございます。何かあったら、あまり期待せずにご相談します」

「そうそう、期待しないで。俺には頭下げるぐらいしかできねえからさ。ガッハッハ」

不祥事の謝罪会見では勇吉が駆けずり回って事務的な手配をしたが、実際に該当案件の担当部長の隣に立って記者たちの前で頭を下げるのは、広報宣伝部の丸岡部長だ。この説明の時の表情、語気、頭の下げっぷりが見事なのだ。

丸岡謝罪代行サービスを自称するこの人。自他ともに認めるほど、謝罪が上手《うま》い。

「頭なんて何万回下げても減るもんじゃねえし。髪の毛はだいぶ減っちまったけど。ガッハッハ」

それから丸岡部長は急に真顔になって、声を潜めて勇吉に耳打ちした。

「多治見ちゃん……。ひとつだけ、気を付けておいたほうがいいことがある」

「なんですか、珍しく真面目な顔して」

「いいか。あんまり、なんでもかんでも真に受けちゃだめだよ」

「どういうことですか……」

「うちの偉い人たちは昔から、やたらと創業家の顔色を窺《うかが》って、社長の言動に過剰反応する。オーバーリアクションなんだよ。その空騒ぎが何倍にも膨らんで、現場の社員にドーンと降ってくる」

たしかに、社長のちょっとした一言で大騒ぎして仕事を増やす傾向はある。それどころか、余計な仕事を手柄に変えて、部下を疲弊させながら昇進していく者もいる。

「現場のリーダーは、偉い人たちの空騒ぎを一旦《いったん》受け止めたふりをして、どうやって適度に受け流すかを考えるんだ。そこが意外と重要なポイントだったりするから」

なかなか含蓄のある金言だ。勇吉は心の中の「勤め人あるある手帳」に密かにメモした。

「全て真に受けて対応してたら、身も心も擦り減って、俺より髪の毛薄くなっちゃうぜ」

「それだけは避けたいっすね」

前から丸岡部長とは軽口を叩き合える上司と部下の関係を築いてきた。

少し離れてみて、この人は、案外いい上司なのかもしれないと思った。

直近の作業はコンプライアンス委員会に向けて、スマコンの基本方針にあたる「社長メッセージ」の草案を作成すること。

勇吉は実務担当チーム「スマイルコンプライアンス準備室」の統括リーダーだが、部下の合流は少し先の二月初めになる。それまでの間、準備室には勇吉一人だ。勇吉はいっそ、部下が来る前に、さっさと草案とやらのケリを付けてやりたいとたくらんでいた。

勤め人としての勇吉の理念はズバリ「いい加減」。一つ目の「い」にアクセントを置く「いい加減」だ。突き詰め過ぎず、程よく終わらせる。細かいこだわりは持たず、六、七割ぐらいの出来を目指し、適度に丸めて形にする。

全ては、ロックンロールを続けるために。昇進にも全く興味は無い。偉くなってしまうと仕事に時間と労力が奪われる。だから仕事は「いい加減」が一番なのだ。しかし、皮肉にも、この「いい加減」な仕事のやり方が、勇吉自身を会社にとって使い勝手のよい便利屋たらしめていた。

事実、今回も大きな面倒事が回ってきた。勇吉自身はとりあえず「いい加減」なものを作って終わりにしたいと思っていた。

ところが……丸岡部長の言ったとおり「スマコン・プロジェクト」は、役員たちによる「オーバーリアクション」全開の、極めて厄介な案件に発展したのだ。

三田村専務らが「スマコンは社長ご自身の魂を込めた最重要プロジェクトだ」などと騒ぎ立てて全社に大号令をかけたことで、全部門の取締役級幹部が関わる一大プロジェクトになってしまった。出羽守としては、経営企画本部の存在感を示す目論見《もくろみ》どおりといったところか。

勇吉は拙速を恐れず、千文字ぐらいで社長メッセージの叩き台を作り、ヤマキョーとコンプライアンス部長へ同時に文案を見せて根回しした。ヤマキョーは納得しなかったが、先を急ぐコンプライアンス部長の判断で、とりあえず本部長の出羽守に見せた。

「なかなか仕事が早いね。よし、この案を役員会議にぶつけよう」

出羽守は満足げに言った。早期決着に向けて、上々の滑り出しだ。

勇吉にとって、役員会議の場は初めての経験だった。

本社の大会議室には、テレビドラマでしか見たことがなかったような巨大で重厚なメインテーブルの両脇に、役員や上級幹部が十人以上並ぶ。

ちょうど〝お誕生日席〟にあたる一番奥の上座に三田村専務が座る。

この会議で公式に発言を許されるのは原則、メインテーブルの出席者と、その後ろに陪席者として座っている部課長級の幹部社員だけ。勇吉は、下働きのスタッフだ。

戦国武将のドラマで見た、御屋形様とその重臣たちの構図が現代に再現されている。

勇吉は、部屋の隅でパイプ椅子に腰かけ、細かいことを訊かれた時のために待機している。重臣の出羽守や陪臣のヤマキョーの雑用係として控える下男といったところだ。

「担当者君さあ」

三田村専務がぼそりと誰かに呼び掛けた。誰も答えない。

「担当者君？　聞いてる？」

「おい、担当者！　専務がお尋ねだぞ。何とか言ったらどうだ」

常務取締役の加部《かべ》が不機嫌そうに勇吉を指差す。昔から、稟議書類を何度も跳ね返す「鋼鉄の壁」の異名を取る。背丈も横幅もあり、声もでかい。威圧感の塊のような男だ。

「私ですか。広報宣伝部……いや、スマコン準備室の多治見ですが」

部署名を略称で名乗ってみて、恥ずかしさを改めて痛感する。

「君がいきなりこんな完成品みたいなのを勝手に作っちゃったの？」

「いいえ、勝手にではなく出羽本部長からの指示を受けてつく……」

言いかけたところを加部常務が「言い訳は要らん」と全否定する。

出羽守が両手を組んで揉み手をしながら「まずは三田村専務と加部常務にイメージの共有程度に、たとえばこんな感じで、というご参考でございまして」と割って入った。

「もっと根底になる理念から積み上げるとかさあ、競合他社のコンプライアンス行動規範の情報を分析するとかさあ、理屈を補強しないと、凄《すご》みがないでしょう」

「まずは叩き台を作るべきかと思いまして」

勇吉は出世に興味がないので、相手が専務だろうが淡々と口答えする。

「そのやり方は違うと言ってるんだ。今回は社長の肝煎りプロジェクトだよ。ストーリーが大事なんだ。一枚ペラの新商品プレスリリースとかを出すのとは違うんだからさ」

三田村専務は目の前の紙を一枚つまんでひらひらと振り回す。読む気もないようだ。

「初めから社長メッセージの草案を、社長に提案すればよいのではないでしょうか。粗い段階でも完成形を見せ、その上で議論を始めるほうが早いと思いますが」

「私の言ってることがまだ分からないか。プロセスが大事なんだよ。議論を尽くし、理論武装してご提案しなければ、説得力がない」

勇吉は「理論武装……」とオウム返しした。

「一点目は、当社の直近十年の不祥事の傾向を振り返ること。二点目は、競合他社のコンプライアンス行動規範や事例を調べること。以上二点の論点資料をしっかり作り込んでおくように」

論点資料……。ミカゲ食品の伝統の習わしだ。

役員会議レベルの案件を事業化する際に、提出を求められる。記者会見やプレスリリースといったスピード勝負の業務を担当してきた勇吉には、なじみの薄い社内のお作法だ。

社員の間では「デコレーション資料」、通称「デコ資料」と呼ばれている。

勇吉には悪しき慣習としか思えないが、ミカゲ食品ではより上の幹部が関わる案件になるほど「デコ資料」が重要視される。提案内容を理論武装して箔を付け、文字通りデコレーション《装飾》する資料だ。パワーポイントで見栄えのよい図解やグラフなどを多用して作成する。

二点のデコ資料作成を命じられ、勇吉にとって初の役員会議はお開きとなった。

大会議室に取り残されて呆然とする勇吉に、出羽守が声を掛けてきた。

「多治見君、申し訳なかったね。三田村専務にはこの通過儀礼が必須《ひっす》なんだ。だから、通過儀礼を早めに済ませるため、今日の臨時役員会議に間に合うよう大至急作ってもらった」

「はい？　通過儀礼？」

「そのとおり。とりあえず形にしたものを持っていくと、専務はあんな感じで課題を提起して論点資料を用意させる。そこから議論を始めないと気が済まないスタイルなんだ」

勇吉は思わず「マジですか？　アホくさ！」と素になって叫んだ。

「しーっ。まあ、社長肝煎りのプロジェクトにはそれなりの格好が必要ということで。君も、もう少し上の立場になれば分かるよ」

出羽守にポンと肩を叩かれたが、一生分かりたくないとしか思えなかった。

コンプライアンス部のフロアに戻ると、多くの社員が席を外していた。

ヤマキョーや生え抜きのコンプライアンス部社員は、上の階の「小会議室」に籠《こも》ることが多かった。内部通報事案の聴き取りである。多くの場合、第一報は匿名やイニシャルのメールで通報され、何度かやりとりを重ねた後に、対面の聴き取りになるようだ。

勇吉も、もうじき内部通報窓口の第一報対応には携わらなければならない。スマコン・プロジェクトの作業と両立できるのだろうか。作成を命じられた二点のデコ資料が、重くのしかかる。

勇吉の異動から一週間後、部下たちが合流した。三十五歳にして、勇吉は統括リーダーという中途半端な肩書きで三人の部下を持つことになった。

パソコンの付箋《ふせん》機能にメモした部下の一覧をちらりと確認した。

〈・都築《つづき》洋太《ようた》……入社四年目（新卒採用）二十六歳　池袋《いけぶくろ》営業所と兼務
・相良《さがら》舞《まい》……入社三年目（新卒採用）二十五歳　本社マーケティング部と兼務
・沼尻《ぬまじり》金之助《きんのすけ》……（定年退職後再雇用二年目）六十二歳　前所属　総務部物品管理課〉

部下のうちの二人は、入社三、四年目の若手社員だ。勇吉と同じく、籍は別の部署に置きながら、ほぼ百パーセント、コンプライアンス部の業務に従事する。

まずは入社四年目の都築洋太。

池袋の営業所で三年十ヵ月間、法人営業を経験し、営業成績三年連続一位。一年前には社長賞をもらっている。池袋にスーパールーキーがいると、本社でも噂になった。

「多治見さん、明日の会議用の不祥事傾向分析のデコ資料、作り終えました」

都築が、社内チャットで資料を送ってくれた。勇吉が頼んでいた、社内の直近十年の不祥事の傾向に関するデコ資料だ。コンプライアンス部のサーバーから綿密に過去のデータを拾い、表やグラフを使ってまとめられている。

「ありがとう。助かるよ」

想定していたレベルの百パーセントどころか、百五十パーセントの質で仕上げてくる。勇吉は、送られてきたパワーポイントのファイルを開いて眺めながら、思わず唸《うな》った。

「いやあ、俺の大雑把な指示で、よくここまで分かりやすく仕上げられるね」

盛り込むべき内容を伝え、十枚程度のスライドにまとめるよう指示しただけだった。

「プレゼン資料のノウハウ本などを読みかじって、自分なりに勉強しているだけです」

「素晴らしい……。プレゼン資料のコツとか、俺が教わりたいぐらいだよ」

「いえ、自分の取り柄は健康ぐらいです。給料をもらっているので、体調だけは万全に」

都築は体調管理に人一倍注意を払い、入社してから今まで風邪などによる欠勤はゼロらしい。小さな巾着《きんちゃく》袋を持ち歩き、何種類ものサプリメントを飲んでいる。

もう一人は入社三年目の相良舞。

新卒でマーケティング部に配属され、入社二年目で「おこげ茶漬け」を企画し、ヒットさせた。新卒のマーケティング部採用はミカゲ食品の特徴である。まっさらな目を持った新卒社員の視点を取り入れる狙いで、先々代の社長が始めたらしい。

だが、相良のようにわずか二年足らずでヒット企画を生み出した社員は、過去十年ぐらいを振り返っても類を見ない。

相良は自由な発想で、マイペースに仕事をこなす。気迫の塊のような都築とは対照的だ。頬杖《ほおづえ》を突いてお菓子を食べながらパソコンの画面や私物のタブレット端末を眺めていたかと思えば、急に猛スピードで作業を始めることもある。調べ物を頼むとあっという間に仕上げてくる。

メリハリがあるようにも、ムラがあるようにも見える。

今は社用ノートパソコンの横に私物のタブレット端末を立てて、じっと画面を眺めている。

何をしているのだろうか、と思ったその時、出羽守から内線電話が入った。

〈多治見さん、競合他社のコンプライアンス体制の論点資料は準備済ですか？　19時からの経営本部会議で議論したいんだけど〉

「ああ、はい……先進事例から優先的に拾い集めて、いま準備しているところです」

嘘だった。自分で適当に作ろうと思っていたが、社内の打合せに追われ、先延ばしにしていた。

受話器を置くと、相良の姿が目に入った。

「相良さん、至急でお願いしたいことが……」

「競合他社のコンプライアンス体制ですよね。比較対照表を、ほぼほぼ用意できてます」

「え？　もう作ってあるの？」

「はい。いつか使うだろうと思って作ってみましたが、早くも出番が来るとは。突貫作業で作ったので、分析が不十分かもしれません。こんな感じで大丈夫ですか？」

相良のノートパソコンの画面を覗き込むと、競合他社のコンプライアンス体制をまとめた一覧表が出来上がっていた。各社のホームページで知り得る情報を集め、外部監査委員の人数やメンバー、行動規範の概要、懲戒処分の基準などが一覧になっている。

資料の体裁は雑だが、ポイントを押さえたまとめ方に、勇吉は感心した。

「ありがとう。これを使わせてもらうよ」

タイプは違うが、二人とも若手社員の中で際立った活躍をしてきた。仕事ぶりがあまりに優秀だったため、この〝栄えあるプロジェクト〟に抜擢されてしまったのだ。

人財の無駄遣いも甚だしい。勇吉は、前途有望な若者のキャリアを腐らせたくはない。

一方、部下の中で最も不可解な存在が、はるか年上の部下・沼尻金之助である。

六十二歳の再雇用社員だが、いわゆる窓際社員を体現したようなおじさんだ。

先月まで総務部の物品管理課の隅で席を温めていた。実年齢よりもだいぶ老けて見え、七十代だと言われても誰も疑わないだろう。彼だけは兼務ではなく完全異動だ。

「リーダーさんよ、俺、何かやることある?」

父親ほども年の離れた部下が指示を仰ぎにくる。沼尻が再雇用で会社に居続けていること自体、不思議だ。今のミカゲ食品は、定年退職後、再雇用にありつけないケースも多い。

彼がスマコン準備室に配属された理由も謎に包まれている。沼尻本人に経緯を訊いてみたが「人事部の手違いじゃないかなあ」と笑ってはぐらかされた。

「俺、無駄に年だけは食ってるから、困ったことがあったら言ってよ」

沼尻はニヤリと笑った。小さな達磨《だるま》のような肥満体と、ハゲ散らかした頭髪。ぞんざいで隙だらけな言葉遣い。人を見かけで判断してはいけないが、とても頼れそうには見えない。

法務を知らない勇吉と、優秀過ぎる若手社員二人と、窓際族の再雇用社員。チームのメンバー構成があまりにもちぐはぐだ。

「リーダーさんよ、あんた、なんとなく俺に似てるんだよなあ」

勇吉が「どこがですか?」と語気を強めてしまったその時、十八時のチャイムが鳴った。

「じゃ、時間だから失礼するよ。お先に」

沼尻はノートパソコンの画面をパタンと閉じて、颯爽《さっそう》と帰っていった。沼尻の超高速定時退社だ。

社内で『鐘と共に去りぬ』の異名を取ると、人づてに聞いた。勇吉は「おつかれさまでした」と応じた。その声にかすかな不快感が滲《にじ》んでしまい、はっと思い直した。

定時のチャイムと共に帰宅したら「鐘と共に去りぬ」などと揶揄《やゆ》され、軽蔑《けいべつ》の眼差《まなざ》しを向けられる。そんな職場で、なにが「スマイルコンプライアンス」だ。

うだうだ考える勇吉の傍ら、都築と相良は終業のチャイムの後も作業に没頭している。勇吉は複雑な気持ちで二人の頼れる若手社員に「ありがとう」と礼を言った。

それからスマホを取り出し、デスペラーズのＬＩＮＥのグループに連絡を入れた。

〈申し訳ない。仕事が立て込み、今日の音合わせには参加できない。三人で頼む〉

マキからすぐさま熊のキャラクターが中指を立てた怒りのスタンプが返ってきた。

〈お前、何のために仕事してるんだ？　よく考えろ〉

ジョージからは容赦ない詰問が入る。答えは明白だったはずだ。生計を立てながらロックンロールを続けるため。もっと言えば、ロックに生きるためだ。

異動後の一ヵ月は、矢のような速さで過ぎていった。

会議のための会議に向けた打合せのための下打合せ。デコ資料の根拠のための資料を、各本部の役員と調整するための基礎資料の作成……。何か大事なことを忘れたまま、目の前の仕事に追われる。だが、その「何か」の正体を考える余裕もない。

次々と押し寄せる幹部調整の壁、徒労感満載の仕事に追い立てられる。

三十五歳の節目で、勇吉は激しく混乱していた。

デコ資料とは、誰が言い出したのか知らないが、まさに言い得て妙だ。

勇吉は都築と相良の力を借り、もっともらしい概念図や一覧表などでとにかくデコレーションして見栄えを整え、指示された二種類のデコ資料を「それらしく」作り上げた。

社内各方面の役員や、その下の幹部にまであちこち根回しをして、二回目の役員会議に臨んだ。

「あれ？　論点資料はどうしたの？」

三田村専務が両手を広げて「ない」というジェスチャーをする。

「社内クラウドの共有スペースに資料のデータがあります。モニターで映しますか？」

勇吉は立ち上がって、全員に聞こえるよう声を張って案内した。

「クラウド？　モニター？　資料は紙で出さないと、書き込みができないでしょう」

「今は、社内の会議資料はクラウドで……」

案内する勇吉を出羽守が制し「専務は資料にメモをされるので、紙でご用意して」と促す。

「そう、紙で全員分ね。なんでもかんでもデジタル化すればいいってもんじゃないよ」

三田村専務が笑うと、他の幹部も追従の笑い声を上げる。

勇吉は怒りを抑えて都築に内線電話を入れ、資料の印刷を頼んだ。合計五十ページのパワーポイント資料を両面印刷で三十部。七百五十枚の紙が、社内調整の内部資料のために費やされた。

約十五分後、走ってきた都築から膨大な資料の束を受け取り、そそくさと全員に配った。

三田村専務はひじ掛け椅子に深く掛け直し、鷹揚《おうよう》な動作で紙の資料をめくり始めた。

出羽守が「ご説明してもよろしいでしょうか」と待ちきれぬ様子で言うと、三田村専務は苛立《いらだ》たしそうに「ちょっと読ませてよ」と制した。

しばらくの間、二十人以上の高給取りたちの、紙をめくる音だけが聞こえる。

「この論点資料、今までの議論と全然違うよ」

三田村専務の一言に、紙をめくる音がピタリと止まった。

「いえ、皆さんの言葉に従って作成し、何度も修正を重ねた結果ですが」

勇吉は言い返した。各本部長から三田村専務まで、根回しで指摘されたことを漏れなく反映させ、全て仰せのとおり、注文通りの論点資料を作ったはずだった。

「社長のパワーワードを具現化する大事な基礎工事だよ。社長への見せ方を意識しないと」

注文された通りの料理を作ったら「こんなもの食えるか」とひっくり返された気分だ。

その後の会議では、二種類のデコ資料と本体の行動規範をどう紐付《ひもづ》けて社長に見せるか、幹部たちが好き放題に意見を披露し、勇吉はそれらを必死にメモした。

だが、またちゃぶ台返しで違うことを言い出すかもしれないと思うと、虚《むな》しさばかりが募った。


仕事のための仕事のための仕事のような作業に追われて疲れ果て、毎日が過ぎてゆく。

優秀な部下の助けもあり、なんとか役員の皆様のご希望に沿うデコ資料を積み上げ、スマコン行動規範の冒頭を飾る社長メッセージの草案を、少しずつ書き進めた。

一ヵ月の間に、根回しの小さな打合せも含めると何十回もの会議を経て、度々デコ資料の修正や追記を命じられた。同時進行で、社長メッセージは、役員たちが気まぐれに提案する言葉を漏らさず盛り込み、彼らの意向に沿った形で全体の流れを構成した。

この社長メッセージをもって、スマコンの基本方針とする。

午前中に清書した文章を、昼休み後に客観的な視点で読み返し、勇吉は愕然《がくぜん》とした。

〈ミカゲ食品　スマイルコンプライアンス基本方針

社長メッセージ

皆さん、そもそも、コンプライアンスとはなんでしょうか。

法律や社内規則などのルールを守ること。守らなければならないルール。守らされるルール。このような義務的かつ消極的な考え方が組織を硬直化させていたのではないでしょうか。ルールを守るというアクションは本来、ポジティブでコンフォータブルなものです。

あるべき姿は、守らなければならないルールではなく、守りたくなるルール。いや、守ると笑顔になるルール。守れば守るほど社員たちが笑顔になるルール。

これからの時代に必要なのは、スマイルコンプライアンスです。

そんなコンプライアンスを私たちはビルドアップしていこうではありませんか。これは決してコーポレートガバナンスのような自浄能力のミッションではありません。今こそ、当社のみならず、社会の公器たる多くのナショナルカンパニーに、ソーシャルグッドのセルフマネジメントが試されているのです。

そんな時代に当社がサジェストするニューノーマルなコンセプトが、このスマイルコンプライアンスです。

スマイルコンプライアンスは、社員のスマイルに、そして、お客様のスマイルにコミットできてこそ、真のスマイルコンプライアンスへとパラダイムシフトできるのです。社員がポジティブなマインドでミッションにチャレンジできる。ひいてはそれがカスタマー・サティスファクションに繋がる。これこそがまさにスマイルコンプライアンスであると私は確信しています。歯を食いしばってルールに縛られるようなマインドでは新時代のトレンドをキャッチアップできません。スマイルがスマイルを呼び、コンプライアンスにもスマイルが生まれることで、スマイリーな会社になる。スマイルコンプライアンスによって、ベストスマイリーカンパニーにリボーンし、カスタマースマイルという名のトータルリライアビリティにアジャストしてゆくマインドで邁進《まいしん》してまいります。

ミカゲ食品　代表取締役社長　影森《かげもり》　啓太《けいた》郎《ろう》〉

空虚な文字の羅列。こけおどしの片仮名文字。何度読んでも全く心に響いてこない。

ちなみに「歯を食いしばってルールに縛られるようなマインド」のくだりは三田村専務が思い付いて、加部常務や他の平取締役たちがヨイショで絶賛した結果、いつの間にか「絶対に外せないキーワード」と化した。

だが、これでよい。役員の皆々様が満足して、事がさっさと済ませられるならば。

勇吉は部下たちに社内メールで文案を送った上で「どうでしょうか」と口頭で意見を求めた。都築が「多治見さんは、どうお考えですか」と訊き返してきた。

「端的に言って、クソみたいな文章だね」

勇吉は溜息を吐いた。都築は錠剤のサプリメントを口に放り込み、画面を睨みつける。

「ですよね。長過ぎますし、支離滅裂にも程があります。上の人たちの方向性は踏まえつつ、文章の表現を変えて、もう一案を私たちのチームで再考しませんか」

支離滅裂。都築の言うとおりだ。何より気持ち悪いのは「これからの時代に必要なのは、スマイルコンプライアンスです」とぶち上げているのに、具体的に明言していない点だ。この考え方はすごいんだ。なぜって？　すごいからすごいんだ。と強弁しているだけで、現場の社員や社外の人に見せられる代物ではない。

「さすがに、少しは直したほうがいいかなあ……」

　勇吉の気持ちが揺らぎかけたその時「それは違うと思います」と相良が割って入った。

「まずはお客様の発注通りの案を出すのが、結局は近道になると思います」

「お客様？　ミカゲ食品にとってお客様っていうのは、商品を買ってくださる法人や個人の皆さんですよね。相良さんが言うお客様って、誰？」

　都築の問いに相良は「今の私たちにとって、お客様は社内の偉い人たちですよ」と答えた。

「意味が分からない。百歩譲って幹部の人たちのオーダー通りだとしても、粗悪品をそのまま提案するようなものです。ここは多治見さんの、個の力で打開すべきだと思います」

「個の力で打開？　都築さんって、ちょっとノーキンなところありますよね」

「ノーキン？」

「脳みそが筋肉みたいだってことです。今回は個の力ではどうにもなりませんよ」

「今のは聞き捨てなりません」

「まずは形にして提出する。その後、お客様の希望に沿って直せばいいじゃないですか」

「こんな滅茶苦茶《めちゃくちゃ》な成果物を放置しておくのは、仕事を放棄しているのと一緒だ」

「私たちが滅茶苦茶だと主張したって、組織で仕事しているからには仕方ないですよ。下々の社員がいくら吠《ほ》えても、結局は社内の幹部の承認を得ないと何も形にはなりませんから」

　百パーセント以上の質を求める都築と、ボロボロでもまずはお客様である幹部たちの言った通りのものを出して問うてみるべきだという相良。二人の論争は平行線をたどる。

「都築君が言うように、本当は直したいところなんだけれど、担当者の裁量で勝手に直すと怒り出す役員がいたりして、終わらないんだ。俺の力不足で、申し訳ない」

都築は「分かりました」と納得いかない様子で答えた。

いい加減でよいのだ。そう言い聞かせながらも、もう一度ディスプレイを眺めた。まるで、不味《まず》い食材を手当たり次第にぶちこんだ闇鍋《やみなべ》みたいな文章だと思った。大きな溜息を吐いたところに、丸岡部長が駄菓子を持って様子を見に来た。

「多治見ちゃん、スマコンのほうの調子はどうよ？」

丸岡部長は、なんだかんだ言って、勇吉のことを気にかけてくれているようだ。

「お、すごいね。とりあえず、なんとなく文章ができてるじゃん？」

「クソみたいな文章ができました。会議で言われた通りに言葉を繋ぎ合わせて……」

「確かに、こいつは……本当にひでえ文章だなあ……」

そう呟いて、丸岡部長はハッと口をつぐんだ。

「いやいや、うーん……俺には、高尚過ぎて意味が分からねえや。まいったね」

「自分にも、さっぱり分かりません」

出羽守にデコ資料と社長メッセージの草案をメールで送ると、驚愕の返信が届いた。

〈社長にお見せする前にもう一度役員会議にかける。大至急、全員に個別で根回ししよう〉

根回しの無間《むげん》地獄だ。どれだけ根回しすれば終わるのやら……。

この日の午後から三日間、出羽本部長に連れられ、デコ資料二点セットとメインのクソみたいな文章を携えて、役員らへの根回し行脚をした。加部常務のところで何度も修正の指示を受けて一日半程費やしたが、最後は「しょうがねえなあ」と渋々の体で了承を得た。三田村専務まで根回しして、ＯＫをもらった。

何がＯＫなのか勇吉には全く分からないが、どうでもいい。とにかく一歩「前進」した。

三日後の朝、役員会議で、勇吉は紙に印刷した社長メッセージの草案を配布し、壁際の椅子に座って待機した。

支離滅裂な文案を、大理石造りの重厚な会議室で幹部たちがしかめ面で眺めている。分厚いデコ資料は脇に積まれて、誰一人として見ようともしない。

勇吉は、誰かの第一声を待った。あまりにひどい文章なので、さすがに少し不安になる。

ただ、ひとつだけ自信をもって言えることがある。

この人たちから言われたとおりに作った。文句はないはずだ。

経営企画本部長の出羽守が「皆様、ご意見等いかがでしょうか……」と様子を窺う。誰が議論の口火を切るか、牽制《けんせい》し合っているようだ。

そんな中、三田村専務が「全然違うねえ……」と呟いた。会議室の空気が張り詰める。

「短過ぎるよ」

三田村専務の言葉に、勇吉は耳を疑った。

「先日、三田村専務にお見せした際、ＯＫをいただいたはずですが」

「方向性はＯＫと言ったんだ。しっかり肉付けした案を示すよう伝えたつもりだが」

そんな指示は受けていない。言外に察しろとでも言いたいのだろうか。

「今までの議論で何を見て、何を聞いてた。こんな淡泊な文章で伝わるわけがないだろう」

加部常務がひじ掛け椅子の背もたれに体を深く預けながら、勇吉を指差して糾弾する。

「あの……加部常務にも事前に何度も確認を仰ぎ、ＯＫをいただきましたが……」

「俺は、時間切れだから、伝えることは伝えてとりあえず先に進めてやっただけだよ。こんな魂のない淡泊な内容で会議に出していいなんて言っとらんぞ」

勢いづく加部常務の言葉に、他の平取締役も追従して何度も頷《うなず》く。

「加部常務のおっしゃるとおり、淡泊過ぎますね」

「社長のご本心を余さずお伝えするには、この四、五倍ぐらいの言葉を費やさないと」

〈アホですか……そんな長ったらしい社長メッセージなど、誰が読むか〉

喉元まで出かかった言葉をすんでのところで呑《の》み込んだ。

やはり歪《いびつ》なプロジェクトだ。「スマイルコンプライアンスとは何か」という根本的な議論もなく、ただ「社長のパワーワード」に周囲が過剰反応しているだけではないか。

「タジマ、すぐに文案を練り直せ。社長のお言葉と、幹部の意見を漏れなくまとめて、俺に持ってこい。三田村さんに案を上げる前に、俺がチェックする」

加部常務が三田村専務をチラリと見ながら勇吉に命じた。勇吉は「多治見です」と加部の言い間違いを指摘したが、無視された。

「チェックは常務の手を煩わせるまでもなく、経営企画本部長として私が……」

出羽守が言いかけたが、加部常務は「俺が見る！　論点資料も全てだ！」と一喝して退けた。出羽守は「では、そのように」と引き下がった。

デコ資料はただでさえ、①直近十年の不祥事案件の傾向分析、②競合他社の事例調査の二点が並行でどんどん肥大化している。これら全てに改めて加部のチェックが入り、千本ノックのようなダメ出しを受け続ければ、このプロジェクトは永遠に終わらないかもしれない。

加部常務は、この社長肝煎りのプロジェクトでも「鋼鉄の壁」となって立ちはだかり、社内での主導権を握りたいのだろう。自分の存在感を高めたいだけの私利私欲が透けて見える。

これでは、社員が笑顔になるコンプライアンスだなんて聞いて呆《あき》れるばかりだ。

第二章　定義し難きものを定義せよ

社内調整ばかりで時間に追われ、何も進まない空転の日々を重ねた。

勇吉は自分の仕事が今、一ミリたりとも世の中の役に立っていないと確信していた。

日中は、出羽守や加部常務、三田村専務へ、デコ資料二点セットと社長メッセージの個別説明を繰り返し、さらに関係する他部署の幹部への説明に明け暮れる。

毎日、基本指針の文案やデコ資料の修正作業に着手できるのは、夜になってからだ。

紺屋《こうや》の白袴《しろばかま》や、医者の不養生に似ている。「新時代の、笑顔のコンプライアンス」を作るために、勇吉は、深夜にまで及ぶ残業を余儀なくされている。

そんな中でも時々、広報宣伝部の丸岡部長が呑気《のんき》な顔で勇吉の席にやってくる。

「多治見大先生、『昭和給食風カレー』のネットＣＭ、ＳＮＳで告知よろしく！」

丸岡部長は、悪びれもせず広報宣伝部のＳＮＳ業務を勇吉に振ってくる。

だが断れなかった。地に足のついた仕事がしたいのだ。少なくともデコ資料をこねくり回す仕事よりは、自社の商品のＰＲをするほうが、誰かの役に立っている実感が持てる。

スマコンは、他部署からは反感すら買っている。

工場の技術部門長からは「社長肝煎《きもい》りのお遊び事業だ」などと突き上げを食らった。

そして最大の敵は、一番近くにいた。他でもない、コンプライアンス部の社員たちだ。

スマコンの〝斬新な〟考え方がミカゲ食品の既存の行動規範に抵触すれば一大事になる。「新たな行動規範が従来の行動規範を犯す」という珍事に発展しかねないからだ。

基本指針、すなわち社長メッセージの文案を法務企画課の審査に回すと、真っ赤に修正されて戻ってくる。法務企画課長は同期のヤマキョーこと山田今日香。彼女の部下からも、指摘が入る。〈過剰な精神論や誇張表現は削除〉〈新しい行動規範を創設する必要性が脆弱《ぜいじゃく》〉〈役員会議でＯＫが出ても、法務企画課の審査は別物〉などなど。

法務企画課の審査を反映させて修正した文案を加部常務に提出すると「全部書き直し」と殴り書きされて返ってきた。何をどう直せばよいかは一切書かれていない。

「まるで賽《さい》の河原みたいだなあ……」

冥途《めいど》にある河原で子供が石を積み上げて塔を作ろうとすると、鬼がやってきて崩してゆく。積んでも、積んでも、崩される。

作業の期限は厳守を求められる。だが裁量や権限は何もない。

空回りで何一つ進んだ気がしない毎日。営業や商品企画などの収益部門の社員からは「スマコン準備室は給料泥棒」と揶揄《やゆ》する声も聞こえてきた。

二月の上旬から、スマコンプロジェクトと並行して、勇吉と都築と相良は、コンプライアンス部の通常業務にも関わり始めた。中でも重たい業務が「内部通報窓口業務」だ。

社員から窓口に、多くの場合はメールで、時には電話で、ハラスメント事案や不正疑惑事案の通報がもたらされる。これらの第一次通報は、兼務の社員も含めて、皆が受ける。

　昨今は、内部通報の一次受付窓口を外部に委託する会社も多い。社内だと本音を伝えにくい、報復の恐怖などのデメリットが想定されるからだ。だがミカゲ食品は「通報者の秘密は厳守する」と社内に周知し、一次受付窓口を本社のコンプライアンス部内に設けている。

　ハラスメント事案も不正疑惑事案も、通報を受けたもの全てがコンプライアンス違反と認定されるわけではない。特にハラスメント事案は訴えた者の話だけでは全容が分かりにくく、上司と部下の対立や、相性の不適合などが絡むため、認定されない場合も多い。しかし、ヤマキョーが部下に徹底して守らせていることがある。

〈まずは通報者本人の気持ちを受け止めましょう。認定されるか否かは、その後の段階です〉

　一次受付の後、コンプライアンス部の社員が通報者と対面によるヒアリングを実施し、コンプライアンス違反に該当するか、認否を裁定する。認定されなかった場合、通報者に理由を説明して納得してもらうのが一番の難関だ。

　重大な案件や、コンプライアンス部では裁定しきれない案件は、半年に一度の定期コンプライアンス委員会で審議される。

　勇吉はよく、内部通報窓口への電話を取ってしまう。言い方は悪いが「取ってしまう」としか言いようがないほど、勇吉は引きが強かった。通報者の話を聴きながらメモを取り、一度の通話に一時間も二時間も費やすことがある。そうすると、魂が削られたような気分になる。

　この内部通報窓口業務には、沼尻だけは関与しなかった。沼尻本人からは、再雇用社員は機密性の高い業務には携われないと聞いた。しかし、勇吉には気になることがあった。沼尻は神妙な口調でこう呟《つぶや》いたのだった。

〈特に俺みたいなやつは、内部通報の仕事にだけは絶対に関わっちゃいけないんだ〉

後から〈いやあ、俺は口が軽くて、ベラベラ喋《しゃべ》っちまうだろう?〉と笑って付け加えた。

確かに、内部通報窓口の仕事は、情報の取扱いに神経を使う。これにはスーパー若手社員の都築や相良も、さすがに苦戦しているようだった。しかし、沼尻の言葉や様子から、彼がこの仕事に携われない背景には、勇吉の知り得ない事情があるように思えた。

また、スマコン準備室は、社内への研修用アニメの制作にも携わることになった。これは発想力豊かな相良が主担当を任され、勇吉は補佐に回った。マスコットキャラのミカゲちゃんを使って、コンプライアンスを分かりやすく、親しみやすく浸透させる試みだが、社内調整と業者との打合せに多くの時間と労力を費やした。

こうしてスマコン準備室の仕事と、コンプライアンス部の通常業務の両方に追われ、日に日に心身が擦り減ってゆく。勇吉は毎晩、干からびたボロ雑巾《ぞうきん》になったような心地で新橋駅から山手線に乗り、池袋の安アパートに帰った。テレビを付け、ミカゲ食品の冷凍焼きそばをレンジで解凍し、缶ビールと自分で炭酸水で割ったトリスハイボールを飲みながら、ボーッと深夜のバラエティ番組を眺める。勇吉にとって、眠る前のつかの間の「自分の時間」だ。

バンドのライブは残業のため五回連続不参加。助っ人ベーシストに代役を頼んでいる。

何のために働いているのか。この先、自分はどうしたらいいのか。

社長の発言を役員たちがそれぞれのイメージで受け取り、壮大かつちぐはぐな過剰反応が生まれ、勇吉は多くの船頭たちの間で右往左往している。

今すぐ「やってられるか！」と全てを投げ出し、逃げ出せたら、どんなにスカッとするだろう。

しかしここで逃げ出してよいのか。そんなぼんやりとした呪縛《じゅばく》が、勇吉を踏みとどまらせている。

逃げ出すための決定的な理由が見当たらないのだ。

現状、優秀な若手の部下が二人いて、直属の上司は同期のヤマキョー。悔しいが彼女には筋の通った主張があり、指摘にもブレがない。勇吉に対して粗暴な言動を繰り返すのは加部常務ぐらいで、過酷なパワハラを受け続けているとは言い難い。苦悩の種は仕事の量や人間関係ではなく、着地点の見えない、ぼんやりとした不安だ。自分自身の努力や工夫ではどうにもならない要素が多過ぎる。

現実逃避したくなり、スマホから転職サイトにアクセスしてみる。

勇吉の中で「もう三十五歳」と「まだ三十五歳」が交錯する。逃げ出すなら今しかない。

〈営業マネージャー業務　セールスの効率化とチームのマネジメントをお任せします〉

〈広報宣伝業務リーダー　ＷＥＢ広報戦略の立案　効果的な宣伝広告を見極め、弊社のブランド構築を推進していただきます〉

転職サイトには、希望に満ち溢《あふ》れた誘い文句が並んでいる。

ＳＮＳのタイムラインに流れてくる著名人たちの言葉が眩《まぶ》しく感じられた。

〈つまらないと思った仕事は今日にでも辞めるべきだ〉

〈ガーデニング動画配信でいきなり年商一千万円。あなたの「好き」を仕事に！〉

〈あなたのやっている仕事はブルシットジョブではないか。そこに未来はない〉

ブルシットジョブ。

調べてみると「クソどうでもいい仕事」という意味らしい。世の中に対して何の役にも立たず、むしろ有害ですらある仕事を指す。勇吉は、自分が今まさに、ブルシットジョブの最たるものに従事していると、はっきり自覚した。

無意味な労働は、生き地獄だ。逃げ出してしまいたい。でもなぜか、逃げられない。

結局は、怖いのだ。違う環境に飛び込むだけの思い切りも行動力もない。

十三年勤めて、ソツなく仕事をこなしてきた今の会社を飛び出してまで、転職する価値があるのか。給料も高くはないが低くもない。普通に暮らしていくには十分だ。今は上層部の思惑に振り回されてはいるが、幸運にも直接関わる社員や上司の人柄は悪くない。人には恵まれている。

この空騒ぎを切り抜けた後、広報宣伝部に戻って自分が環境を変えてゆけばよい。

色々なものを秤《はかり》にかけ、結局、今日も明日も満員電車に揺られ、会社に足を運ぶ。

そんな毎日の繰り返しだった。

だんだん眠れなくなり、浅過ぎる眠りの中、何度も同じ夢を見るようになった。

夢では、打合せで指摘されたデコ資料の同じ箇所が何度修正しても直らない。すぐに直さねば会議に間に合わない。だが、直しても、直しても、元に戻ってしまう。

悪夢のせいで夜中に何度も目が覚め、ほとんど眠れぬまま朝を迎える。

いったい何を悩んでいるのだ。甘ったれているのではないかと自問する。

今は、土日に休みを取れている。営業所にいた頃は得意先のイベントやクレーム対応に駆り出され、土日出勤もあった。その合間を縫ってライブにも出演していた。

広報宣伝部では、謝罪会見などの修羅場もなんとか丸く収めてきたはずだ。きつい仕事も「いい加減精神」でなんとか切り抜けて、ロックンロールと両立させてきたではないか。

自分を鼓舞し、胸の奥に鉛の塊を抱いたような心地で、毎朝会社に体を運ぶ。ひとたび慌ただしい時間に身を委《ゆだ》ねれば、その間だけは葛藤する暇もなく走り続けていられた。

ただ、今回のプロジェクトは、やはりいつもとは何かが違う。

かつて経験した、大量の仕事や厄介なクレーム対応は、ある程度ゴールが見えていた。頑張ればなんとかなる類《たぐい》のものだ。しかし今回の仕事には、頑張ってもどうにもならない何かがあった。

何で忙しいのか訳も分からぬまま、いたずらに怒濤《どとう》のような日々が過ぎていった。

やがて正体不明の「そいつ」は突然、勇吉の内側から襲いかかってきた。

二月半ばの土曜、よく晴れた朝のことだった。

相変わらず同じ夢の無限ループでほとんど眠れぬまま朝を迎えた。その日は、バンドのライブもリハーサルも入っていなかった。勇吉はワンルームのベッドで天井を見つめながら、なかなか起き上がれずにいた。

しばらくして、えいや、と上体を起こし、ベッド脇のスタンドに立てかけてあるフェンダー社製ベースギターを手に取り、胡坐《あぐら》をかいて膝《ひざ》の上に抱きかかえる。スリーコードの進行で気まぐれにアドリブのベースラインを奏でる。

勇吉の朝のルーティンだ。これで気持ちが落ち着くはずだが、最近は効果が薄い。

一日中部屋にこもっていたら多分、余計に仕事のことを思い出してしまう。とにかく寝間着からGパンとセーターに着替え、財布とスマホを持って外へ出た。

いい天気だ。だがここのところ、晴れた日や青空が、どうも苦手だ。むしろ薄曇りぐらいのほうがいくらか気持ちが落ち着くのだ。

池袋駅近くのカフェに入ってブレンドコーヒーを注文し、窓際から一番遠くて薄暗いカウンター席に座った。月曜から金曜まで大量の「ブルシットジョブ」に追われて張り詰めていた心を緩め、ほっとひと息ついたはずだった。

店内のBGMでは日本の人気バンドの有名な応援歌が流れていた。テレビやラジオなどで、何度も聴いたことのあるヒット曲だ。アップテンポのメロディと「夢を追いかけて風になって走れ」「諦《あきら》めずに自分らしく」みたいな歌詞がやたらと重苦しく聞こえる。

ああ、快晴の青空が急に鬱陶《うっとう》しく感じられる気分と似ている。

そんなことを思い出しながら、咄嗟《とっさ》に、耳を塞《ふさ》いだ。

その時、ふいに「そいつ」が襲ってきた。

正体不明の「そいつ」は襲ってきたとしか言いようのない、衝動的な現象だった。得体の知れない閉塞《へいそく》感に、動悸《どうき》がして、呼吸が乱れる。

心のSOSに駆られてスマホを手に取り、急いで検索エンジンを起動させた。

〈心療内科　土日〉

位置情報をもとに検索し、一番近所にある心療内科に電話した。今日の午後一番に初診の枠がひとつ空いていると言われ、藁《わら》にも縋《すが》る気持ちで「お願いします」と即答した。

その心療内科は、雑居ビルの二階にあった。受付の人たちはみな物腰が柔らかく親切だ。勇吉は問診票を渡され、待合室のソファに腰掛けた。待合室には多くの人が座っていた。患者の多さに内心驚きながら、苦しいのは自分だけではないのだと勝手な仲間意識も感じた。

勇吉は問診票に、今の心の内を吐き出すかのように、一気に症状を書きなぐった。

診察室に呼ばれ、五十がらみの男性医師の前に座った。医師が問診票を見ながら質問を投げ掛けてくる。秘密は厳守されるから、ありのままを話してよいと言われ、勇吉はスマコンプロジェクトについて、堰《せき》を切ったようにしゃべり続けた。

医師は熱心にメモを取り、相槌《あいづち》を打ちながら、ひたすら勇吉の話を聞いていた。三十分ぐらい夢中で話し続けただろうか。勇吉が話し終えると、医師は口を開いた。

「多治見さんは、うつ病の一歩手前のようです。問診票の自由記載欄をご覧ください。『苦しい』と六回も書かれていますね。とても辛《つら》かったですね。でも、よくぞ早めにご自分から電話してくださいました。差し迫った状況にはありますが、比較的早期の症状かと思います」

医師の所見ではストレス性の「適応障害」という症状らしい。悪化すると、うつ病になる。

「問診票の言葉や、今のお話や顔色、声色から推察して、多治見さんは相当まいっているようです。この状態が続くと、少し危ない。休職という選択肢もありますが」

「いや、それは……職場に迷惑がかかるので」

勇吉は言い淀《よど》んだ。

「それに……ここで逃げるのは、ちょっと弱過ぎるかな、という思いもありまして……」

あれほど逃げ出したい、投げ出したいと思っていたのに、勇吉の口は逆のことを喋り出した。これが「意地」とか「やせ我慢」というやつだろうか。

「多治見さん、弱くなんてないんです。誰しも、唐突に心が折れそうになることはありますから」

これまで、仕事で追い込まれて心が潰《つぶ》れるぐらいならば、逃げ出せばいい、投げ出せばいいと思っていた。だが、いざ自分がその状況に直面すると、どちらもできなかった。

医師は少し考え込んでから助言をくれた。

「では、こう考えてみませんか。毎朝職場に体を運び、夜は無事に家に帰ってくるだけでもすごいことなんだ。まずは、そのぐらいの気持ちで、楽に考えてみましょう」

「職場に行って帰ってくるだけで……すごい？」

「その通り。そう思えるようにするため、まずは深く眠って先々の心配から自分を解き放ってあげましょう。四週間分の睡眠剤と抗うつ剤を出しますので、飲んでみてください」

就寝前に服用する三種類と、急な不安時の頓服《とんぷく》用の一種類が処方されることになった。医師は、服用する際の注意事項を、慣れた口ぶりで説明する。

「あと、服用中の飲酒は控えてください」

「え？　いや……それはちょっと、きついです……。深夜残業をして帰った日なんかは、家でテレビを見ながら晩酌するのだけが楽しみなもので」

「なるほど……多治見さん、車の運転はされますか？」

勇吉は首を大きく横に振った。営業部から離れて以来、社用車を運転したことはない。

「私は立場上『飲酒はお控えください』とお伝えせざるを得ないんです。ただ、車を運転しない方の中には、事実として、薬を服用しながら適量のお酒を召し上がっている方もいます。できる限り飲酒の回数を減らして、時々飲むとか。仕事のお付き合いで飲まざるを得ない方もいますし。それでも皆さん、支障なく生活されています」

飲酒は控えるという原則と併せて、他の人の事例を伝える形で逃げ道も作ってくれたのだろう。

「ありがとうございます。少し気が楽になりました」

　ここまで言ってもらえれば十分だと思った。勇吉は、晩酌を週末だけに減らし、付き合いで飲んで帰った日は薬を半分に割って服用しようと決めた。

　処方箋《せん》を持って薬局に寄り、睡眠剤と抗うつ剤を出された。自分には一生縁のないものだと思い込んでいた薬だ。しかし今回襲ってきた「そいつ」や、医師のアドバイスで、勇吉は思い知った。漠然とした不安で心は簡単に壊れ得るものなのだと。

　就寝前に錠剤を初めて飲み下す時、まだ心理的な抵抗があった。

　だが、初めて薬を飲んだその晩、勇吉は気を失ったように眠りに落ち、驚くほどよく眠れた。眠りに落ちてから目覚める時点まで瞬間移動したかのような、深い眠りだった。目覚めると外はもう朝になっていた。こんなにも深く眠れたのは久しぶりだ。体と脳と心の裏側にべっとりとこびりついていた疲労が劇的に軽くなっていた。


　週明けの午前は各方面の役員へのデコ資料の根回しと修正作業だけで潰れた。

　諸悪の根源は、デコ資料その②、競合他社の事例調査に課された追加の指示だ。加部常務から、競合他社だけでなく、全国の企業で「スマイルコンプライアンス」に類似した事例がないか確認しておくようにとの指示が出た。存在しないという事実の証明。いわゆる「悪魔の証明」というやつだ。この手の作業は何も生み出さない一方で、膨大な労力がかかる。

　都築や相良の手を借り、準備室の総力を挙げて、インターネットで「笑顔のコンプライアンス」「優しいコンプライアンス」など、あらゆるキーワードで検索をかけて作業を進めた。

勇吉は昼休みも終わりに近いガラガラの社食で、ミカゲの冷凍鍋焼《なべや》きうどんを注文し、テーブルの上に真っ赤に修正指示が入った資料を置いた。胸の奥がウッと締め付けられる。勇吉は、内ポケットに入れた小さな巾着袋から頓服の錠剤を取り出し、二錠飲み下した。

〈毎朝職場に体を運び、夜は無事に家に帰ってくるだけでもすごいことなんだ〉

うどんをすすりながら、心療内科の医師の言葉を胸の中で反芻《はんすう》していると「よう、多治見ちゃん、おつカレー！」と、能天気な声が降ってきた。

丸岡部長が即席ビーフカレー定食を持って勇吉の前に座った。

「お、そのデコ資料の真っ赤な書き込みは、加部常務様の字だね」

「字だけで分かるんですか？」

「ああ。俺の三十代は、あのお方のダメ出し対応に捧《ささ》げた日々だったから。見るだけで吐き気がする。今回は社長肝煎りプロジェクトだから、一段と手厳しいようだな」

「出羽本部長や他の幹部、役員の考えを集約した後、デコ資料までも全部必ず俺に見せろとの厳しいご指導ですよ。このとおり、直々に真っ赤な修正のご指摘を頂いてます」

「多治見ちゃん、きついだろう。加部対策は俺が内職でこっそり引き受けるよ」

「内職でこっそりって、そんな片手間であいつの攻撃をしのげるんですか？」

勇吉が苦笑したその時、沼尻がトレーを持ってこちらへやってきた。

「よっ、広報宣伝部の師弟コンビが揃って遅めの昼飯かい」

沼尻も丸岡部長と同じ、即席ビーフカレー定食を持って勇吉の隣に座った。

「二日酔いで気持ち悪くて昼飯抜こうと思ってたんだけど、急に食欲がわいてきちゃってさ」

「沼尻さん、ご無沙汰《ぶさた》しております。うちの多治見ちゃんがお世話になって」

丸岡部長が立ち上がり、急に真顔になって沼尻に深々と頭を下げた。

「いやいや、多治見リーダー殿には世話になりっぱなしだよ。丸岡さん、元気かい」

「はい、この通り、調子よくヘラヘラと仕事しております。沼尻さんもお元気そうで」

丸岡部長の沼尻に対するこの過剰なほどのへりくだり方と丁寧さに、勇吉は違和感を覚えた。昔は上司と部下の関係だったりしたのだろうか。

「ところで丸岡さん、今、加部対策は内職で引き受けるとか言ってなかったかい」

「はい。営業所時代の長年の経験で、私なりに編み出した秘策がありまして」

「丸岡さんはやっぱり、部下思いの立派な上司になったねぇ」

丸岡部長は「立派だなんて、滅相もない」とまた、ペコペコと頭を下げる。

「話の腰を折って申し訳なかった。丸岡さんに加部対策の秘訣《ひけつ》を聞くんだろう」

「うーん、そもそもあの人に対抗する術《すべ》なんて、あるんですか?」

勇吉は丸岡部長に訊ねた。

「ない」

丸岡部長は即答し、スプーンでカレーライスをかきこんだ。

「まともに対策しないのが一番の対策だ。加部は時間切れギリギリまでOKを出さない。そうやって自分の存在価値を高めてきたんだよ。『鋼鉄の壁』の威厳を保つためにな。だから、千本ノックのようなダメ出しをして直させる。時間切れまでこれを繰り返す」

「クソゲーみたいですね。クリア不可能じゃないですか……」

「クリアしようなんて思っちゃいけない。テキトーにやるんだ。なんでもいいから一生懸命考えたふりをして、直して、見せて。これを時間切れまで繰り返す。最後に加部は『まったく、しょうがねえなあ』って、渋々の体でハンコを押す。ある意味、それがクリアだ」

「本当にクソみたいな仕事ですね。何も生み出さないどころか、時間の浪費じゃないですか」

過去にも、社長稟議《りんぎ》案件で加部に何度も書類を突き返されて心を病んだ社員は多いと聞く。勇吉はあまりの理不尽さに、腸《はらわた》が煮えくり返った。

「加部はなんでそこまで人を攻撃するんですか？　パワハラが趣味なんですか」

「なんでって？　あれは、人を攻撃したいというより、自分の身を守りたいからだよ。あいつは鉄壁の防御力で身を守ってるんだ」

「どうみても攻撃にしか見えませんが……」

「攻撃は最大の防御とかって言うだろう。まあ、そんなにいいものじゃねえけどな。あのおっさんは、声のでかさと防御力だけで今の地位までのし上がってきた。恐ろしい豪傑みたいに言われてるけど、あんな臆病者《おくびょうもの》はなかなかいないぜ。ふざけた野郎ですよね」

勇吉を諭す言葉の最後の一言だけは、沼尻に同意を求めているように聞こえた。

「加部が営業所長だった頃の口癖、有名だったよな」

「そりゃあ、もう。『いまボールはどっちにあるんだ』ですよね」

沼尻と丸岡部長が笑い合って意気投合する。

「いいか、多治見ちゃん。加部は、自分にボールが預けられると、他の誰かや、他のどこかの部署に、思いっきり強いボールを投げつける。簡単には捕れないような、高めの強いボールをね」

「つまりは保身のためっていうことですか」

なるほど、声のでかい臆病者だ。勇吉は怒りに震え、うどんの汁を一気に飲み干した。

「絶対に自分には火の粉が降りかかってこないよう、とにかくあらゆる指摘をして予防線を張っておく。あれこれ口出しして多くの人間を巻き込み、手間をかけさせる。責任の分散だ。そして何かあった時には『自分は指摘したはずなんだけど』って言えるようにな」

丸岡部長は、三十代の時に営業所で加部の部下になって、髪がごっそり抜けたと笑う。

「その真っ赤な資料は俺に預けて、後で元データも送っておいて。適度に突っ込みどころを残してちゃちゃっと直しとくから」

「ありがとうございます」

「いやあ、本当に助かるよ。ありがてえ」

丸岡部長は「沼尻さんにそう言っていただけて、光栄です」と改まった口調で言った。

「沼尻さん、自分はあの時……」

「それを話すのは野暮ってもんだぜ。リーダーにも絶対に話してくれるなよ」

沼尻が遮った。丸岡部長が言い掛けた「あの時」とはいったいなんのことだろう。勇吉は沼尻の過去に何があったのか、ずっと気になっているが、沼尻自身が頑《かたく》なに話そうとしないのだ。

丸岡部長は「失礼しました」と沼尻に詫《わ》び、勇吉に向き直ると「ということで！」といつもの調子に戻って言った。

「加部対策みたいなクソどうでもいい仕事は、俺が適当に請け負うから、任せときな」

勇吉は丸岡部長に心底感謝した。忘れかけていた「いい加減」魂を呼び戻してくれた。

「多治見ちゃんは、自分たちなりのベストなものを考えるのに集中してみなよ」

「自分たちなりに何か考えても、その案は報われる気がしません……。上の人たちの思惑でびっしり埋め尽くされて、我々準備室の裁量はほぼゼロですから」

「報われなくても、考えること自体には意味があると思うよ。スマコンって何だろうって」

丸岡部長に言われ、また思い出した。スマイルコンプライアンスとは何かという議論がない。

「じゃ、お先に。師弟コンビさんよ」

沼尻が爪楊枝《つまようじ》を咥《くわ》えて席を立った。沼尻が食堂を出た後、勇吉は丸岡部長に訊ねた。

「あの……沼尻さんって、もしかして昔は偉い人だったりしたんですか」

「なんでそう思うの？」

「いや、部長が、沼尻さんをすごく立てているように感じたので」

「偉いとかじゃなくて、俺が若い時、営業所にいる頃、本社の沼尻さんに救われたことがあるんだ。まあ、あんまり話すとさっきみたいに叱られるから、詳しくは訊《き》かないでくれ」

丸岡部長は、勇吉が一番訊きたいところを先回りして遮った。

「あと……沼尻さんは社長と同い年で、若い頃は社長と親しかったんだよ。これも、詳しくは話せないんだけど」

社長と沼尻が親しく話しているところなど、勇吉には想像もつかない。

「沼尻さんがスマコン準備室に来たのは、何か理由があるはずだ。あるいは、運命だ。だからきっと、助けてくれる」

丸岡部長は力を込めて言った。

三田村専務から「短過ぎる」と却下された「社長メッセージ」案は、幹部たちの意見を呑《の》み込みながら、五千文字、一万文字と膨れ上がっていった。

毎日のように不毛な激論が交わされ、勇吉は言われるがまま何度も文案を修正した。

理論武装のための膨大なデコ資料も、主に加部常務からの大量の指摘で毎回大幅修正となる。こちらは、指摘を受ける度に丸岡部長へ送り、内職で適当に直してもらった。いつも驚くべき早さで修正案が送り返されてくる、そして毎回、雑な直しだった。

〈突っ込みどころを残しとくんだよ。加部は何度も議論と指摘を重ねて直させたっていう事実さえあればいいんだ。真に受けて一生懸命時間をかけても、無駄になるだけ〉

社内調整は勤め人の運命《さだめ》とはいえ、あまりにも無意味なやりとりにうんざりする。だが、だからこそ丸岡部長は、それに時間をかけるなと忠告し、助けてくれているのだろう。

会議では、何人もの幹部が「社長の思い」をその日の気分で代弁して、好き勝手なことを言う。

「このキーワードは外せないから必ず入れといて」

「これは社長が大嫌いなＮＧワードだから絶対にダメ」

「昨年の食品アワード贈呈式のスピーチでコンプライアンスに触れておられただろう」

「年頭の社内訓示でおっしゃった言葉も、スマイルコンプライアンスに通じるね」

うんざりだ。勇吉は、薬でなんとか心の安定を保ちながら、言われるまま修正を重ねた。

社長メッセージは、五十三回の修正を経て、ようやく草案が固まった。

「よし、ある程度の議論は尽くした。次の経営会議で社長にご説明しよう」

ようやく三田村専務のゴーサインが出た。

「ここまでやれば、まずは社長からも一定のご納得はいただけるでしょう」

出羽守は自信たっぷりの様子で言った。


一万文字にも及ぶ基本指針＝社長メッセージを引っ提げ、本社大会議室にて社長御前の『経営会議』を迎えた。いよいよパワーワード「スマイルコンプライアンス」の発明者、影森啓太郎社長に、その壮大なるコンセプトを奏上する日がやってきたのだ。

勇吉は、経営会議での社長プレゼンの場に、初めて臨席した。壁際に控えてメモを取る。

啓太郎社長が入室すると、役員たちは姿勢を正し、頭を下げた。舌禍を繰り返し、ボンボンと揶揄されている社長だが、間近で見ると、一介の社員とは明らかに違うオーラのようなものがある。

社長の右脇に控えて座す三田村専務が、今日の経営会議の趣旨を説明する。

「本日は、スマイルコンプライアンスの基本方針として位置づける『社長メッセージ』の草案をご説明いたします。まずは『社長メッセージ』でビジョンを示し、当社の、ひいては日本企業のコンプライアンスに革命を起こす。私どもは、こう考えた次第でございます」

「ご苦労様です。じゃあ、説明をよろしく」

社長の指示に対し、三田村専務が「畏《かしこ》まりました」と頭を下げる。

例の、御屋形様と家臣団のような構図は役員会議と変わらない。

ただ、この経営会議では、トップが三田村専務から社長に変わっているだけだ。

勇吉は例によって重臣たちの下働きをする下男の如く、部屋の隅のパイプ椅子に座って、何か突発的な雑用などが発生した時のために控えていた。

「社長のスマイルコンプライアンスに懸ける熱い思いを全て注ぎ込ませていただき、皆で作り上げた結果、勢い余ってこのような大作になってしまいました」

三田村専務が自信ありげに語る。Ａ４用紙八ページにわたる長文で、無駄が多過ぎる。

「せっかく皆で完成させた力作なので、私から読み上げさせていただきます。『ミカゲ食品スマイルコンプライアンス。はじめに。代表取締役社長　影森啓太郎。当社は一九一九年の創業以来、レトルト食品のリーディングカンパニーとして……』」

三田村専務が祝詞《のりと》のように、〝魂をこめた力作〟の社長メッセージを朗々と読み上げ始めると、社長は「ちょっと待って」とそれを制した。

社長はページを素早くめくった。早い。この情報処理速度はさすが創業百年の老舗《しにせ》メーカーの経営者だと、少し感心した。しかし次の瞬間、完全なる勘違いだと判明した。

「そもそも、読む気がしないよ」

社長は、読むのが早いのではなく、一瞬で読む価値がないと判断したのだ。

「長過ぎる。こんなの、誰が読むの？　あと、なぜ基本指針なのに社長メッセージなの？」

御屋形様の一言で、居並ぶ家臣団たちは静まり返った。

ヤマキョーだけは、落ち着き払っていた。彼女は重臣たちが座る本席のすぐ後方の、部課長席に陪席している。「当然の結果だ」とでも思っているのだろう。

「社長メッセージとした理由は、スマイルコンプライアンスを提唱されたのが社長ですので、当然こうするべきかと思いまして」

「会社の指針として出すのに、社長個人のメッセージはおかしくない？　ぼくはいやだ」

社長のこの考えには、勇吉も同感だった。

「あと、どう考えても長過ぎるよ。これを読む社員の気持ちになれば分かるでしょう」

三田村専務が「さすが社長、ご指摘ごもっともで、もちろん、ここから削《そ》ぎ落としてブラッシュアップする所存です」と引き取り、自席から首を伸ばしてあたりを見回した。

「おーい、多治見君？」

勇吉は、まさか自分に話が振られるとは思っておらず「私ですか？」と訊き返した。

「そうだよ。社長は、シンプルにするようにとのご所望だ。いやあ社長、私もシンプルに削ぎ落としたほうがいいと思っていたのですがねえ……」

三田村専務の口から信じられない言葉が発せられた。

これが噂に聞く三田村専務の必殺技「梯子《はしご》外し」か。勇吉は黙っていられず、反論した。

「役員会議では、幹部の皆さんのご意見を漏れなく全部書き込めという指示を受けました」

「なんでも言われた通りに書き込めばいいってもんじゃないんだよ」

「そうはおっしゃいますが、私やチームのメンバーが自分の頭で考えて短くしたりすると『指示したとおりに直っていない』とご指摘を受けました」

「とにかく、社長が長いとおっしゃっているんだ。ざっくり削って、シンプルに。要するに何が言いたいのかわかりやすいメッセージにして」

三田村専務の指示に続いて、加部常務が「大至急だぞ」と声を荒らげる。

「コンプライアンス委員会まであと半月余りだ。基本指針の案が最優先だろう。論点資料に時間をかけすぎて、社長へのご提案が遅くなったんだぞ。遅れを取り戻せ」

デコ資料に千本ノックのようなダメ出しをして時間を食わせたはどこのどいつだ。

「カシコマリマシター」

勇吉はわざと棒読みで答えた。

結局、経営会議の結果、基本指針は「社長メッセージ」ではなくシンプルに「基本指針」と題されることとなった。

その後、一万文字を超える〝超大作〟はどんどん削られていった。

削る作業もやはり、幾度もの幹部調整を踏まえて進められた。「この言葉は残せ」「この部分はくどいから外せ」「残せと言ったはずの部分が消えている。勝手に消されては困る」。

ファイルバージョンが六十五に達した頃、相良が驚愕《きょうがく》の事実に気付いてしまった。

「この文章って、最初に多治見さんが作った叩き台と、ほぼ同じ内容になってませんか」

勇吉は、二つの画面を並べて、専務に一読もされぬままお蔵入りになった「バージョンゼロ」と、最新の「バージョン六十五」とを読み比べた。

「本当だ……」

構成や分量などがほぼバージョンゼロに戻っている。

「こいつは傑作だ！　百八十度じゃなくて、三百六十度生まれ変わって、元に戻っちまったってわけか。とんだ世界一周旅行だったなあ」

沼尻の言葉に、勇吉は両手で頭を抱えた。呻《うめ》き声と溜息《ためいき》が同時に漏れ出す。

「おつかれさん。そう深刻にならずに、笑い飛ばしてさっさと帰ろうぜ」

沼尻は十八時のチャイムとともに去っていった。

笑い飛ばして帰るには、ダメージが大き過ぎた。よりにもよって、元に戻るとは。

たとえば、スコップで懸命に掘った穴を、元通りに埋める。たとえば、バケツの水を、遥《はる》か彼方《かなた》に置かれた別のバケツまで運んで移し替え、そのバケツを持って元の位置まで戻ってくる。そんなバカげた仕事があるだろうか？　と思いきや、ここにあったのだ。

何も生み出さない苦役に二ヵ月も費やしてきたというわけだ。

「ちょっと夜風に当たってくる」

勇吉は階段を駆け下りた。今はこの建物から一刻も早く外へ出ないと、精神が崩壊する。そんな強迫観念に追い立てられ、一階裏手の通用口から外へ飛び出した。

内ポケットから薬入れの巾着袋を取り出し、頓服の錠剤を一気に二錠飲んだ。

それから勇吉は、スーツの内ポケットからスマホを取り出した。

バンドのＬＩＮＥのグループに、ジョージからメッセージが入っていた。

〈明日のライブもベーシストは助《すけ》っ人《と》を頼むが、それでいいか？　俺はユーキチのベースに乗せてギターを弾きたい。俺たちがなぜ働きながらバンドを続ける道を選んだのか、よく考えろ〉

一時間前に届いていたメッセージだ。

デスペラーズは、基本的にロックンロールを続けるために働いている。だから本来、ライブの日に残業するなど想定外だ。しかし、どうしてもメンバーの誰かが欠けた場合、他のバンドから腕の立つ音楽仲間を選んで、助っ人を頼むことになっている。

最近は週末も平日の疲れで起き上がれず、練習にも参加できていない。

自分は、何のために働いていたのだっけ。勇吉は改めて自分の心に問うた。

勇吉の葛藤《かっとう》をよそに、職場はますます慌ただしくなっていった。後日、稟議持ち回りの経営会議が開催され、冒頭の基本指針は六百文字程度の簡潔なバージョンで社長承認を受けた。

これを二週間後の三月末のコンプライアンス委員会で審議するという。

「さあ、委員会への準備と並行で、六月の骨格案に向けて始動だ。行動規範に何を定めるか、項目出しを急いで。もちろん論点資料も付けて、まずは加部常務にお見せしなければ」

出羽守は張り切っているが、勇吉は既に戦意喪失。また果てしない役員調整の末に壮大な骨格案を作らされてボツにされ、適度なところにおさまるような気がしてならない。

コンプライアンス委員会を一週間後に控えた三月下旬の火曜日の夕方、難敵がスマコンチームに乗り込んできた。

法務企画課長のヤマキョーだ。

「このプレゼン資料を委員会に提出するなんて、認めるわけにはいきません」

ヤマキョーが指摘をしてきたのは、コンプライアンス委員会用に作成したデコ資料だ。スマコンと既存の行動規範との関係性を委員会で説明するため、三田村専務の指示を受けて大至急で作成した。法務企画課とは折り合わないまま、加部常務の修正指示を何度も反映させ、最後は出羽守が各役員への根回しを強引に進めてしまったのだ。

「今更そんな頭ごなしに言われても、一週間後なんですけど！」

「頭ごなしではありません。前から何度も指摘させていただいていたはずです」

ヤマキョーのメガネの奥で、切れ長の瞳《ひとみ》が冷たく光っている。

「この資料を委員会にかければ、当社のコンプライアンスを混乱させる恐れがあります」

勇吉の頭に血が上った。職位の上下は関係なく、同期としてはっきりと物申してやる。

「うだうだ言うなら、そっちから代案を出してくれよ」

歯嚙《はが》みしたその時だった。

「リーダー、ちょっと疲れてんだな。飲みに行こうぜ」

沼尻が机の上を片付けて帰り支度をしている。時計の針は十七時五十八分。

「今はとても飲んでいる余裕などないので、またの機会に……」

「あんまり思い詰めても、結局はなるようにしかならないさ」

「とはいえ、やることが山ほど残っているので、また後日」

「なあ、相良ちゃんと都築ちゃんも行こうぜ。会社で煮詰まったら、外で話せばいい。新橋っていう街はなあ、五時を過ぎると街中が会議室だらけになるんだぜ」

都築が「いえ、私は多治見さんと作業を……」と言いかけると、相良が「行きましょうよ。多治見さん、最近しょい込み過ぎだと思います」と、ズバリ言い当てる。

沼尻が親指を立てて「相良ちゃん、いいね！」と歓声を上げる。

「課長さんも、どうですか。たまには一杯、行きませんか」

沼尻が鞄《かばん》を肩に担ぎ、ヤマキョーに声を掛けた。同期の集まりにすらほとんど顔を出さないヤマキョーが、コンプライアンス委員会を一週間後に控えた今、飲みになど来るはずがない。

ところが、ヤマキョーからは意外な答えが返ってきた。

「せっかくなので、ご一緒させていただきます」

ヤマキョーが飲み会に来る。春の気配が濃くなる三月下旬の夜だが、雪でも降るのではないか。

「場所を変えて徹底的にお話しするのもよいかと思います」

そういうことか。ならば酒場で決着を付けてやる。

沼尻に連れられて五人で十八時過ぎの新橋の街を歩く。沼尻は皆を先導し、烏森《からすもり》口方面の路地にある『笑談室』という名前の焼き鳥赤提灯《あかちょうちん》に入った。テーブル席に五人で腰掛ける。

会社では見たことのない沼尻の迅速な仕切りで、生ビールが人数分到着した。

「スマコン準備室の前途を祝しまして、乾杯！」

勇吉は薬を飲み始めて約一ヵ月、平日の酒は控えていたが、今日は飲んでしまおうと開き直った。

「女将《おかみ》さん、枝豆とポテトサラダ、それと串《くし》盛り六本、塩とタレで一皿ずつ」

沼尻が親しげな口調でポンポンとつまみを注文する。

「沼尻さん、会社の人を連れてくるなんて珍しいじゃない。部下の人たちかい？」

「いやいや、俺は下っ端。こちらは上司、同僚の皆々様だよ」

「あら失礼しました。皆さん、ごゆっくり」

女将さんが去ると、沼尻は急に真顔になって、ヤマキョーを見つめた。

「課長さん、我が社のコンプライアンスってのは、そんなに尊いもんなのかい」

ヤマキョーはジョッキを置いて、沼尻を見据えた。

「尊いか否かの問題ではありません。既に社の行動規範があり、各事業本部や部署での規則もたくさんあります。これ以上、屋上屋を架すようなルールを乱発すれば、ミカゲ食品は『コンプラ疲れ』でダメになります」

沼尻はヤマキョーの顔を睨《にら》みつけた。ヤマキョーは淡々とその視線を受け止めている。

一触即発だ。沼尻は真顔のまま「誰も口に出して言わねえから、俺がはっきり言うけどさ」と前置きし、それから絞り出すような声で言った。

「課長さん、美人だねえ……」

勇吉は思わず天を仰いだ。絵に描いたようなセクハラ発言ではないか。

「容姿について指摘するご発言は、褒めるもけなすも、慎まれたほうがよいと思いますが」

「傷ついたならごめんよ。俺は、いいものはいいって、言いたいし伝えたいだけだ」

「受け取る相手がどう感じるかによっては、セクハラ事案になりますので」

沼尻は「ハラスメントねえ。受け取る相手がどう感じるか。ごもっともです」とブツブツ言いながら、スマホを取り出した。

「ちなみにこういうのは、どうなんだろうね」

呟くと、沼尻はスマホを操作した。スピーカーから、若い女性の声が流れ出した。

〈沼尻さん、体臭がきついんですけど。あれ、スメハラですよ。スメルハラスメントです〉

上司らしき男が「まあ、まあ」と宥《なだ》める声がする。

〈課長から注意していただけませんか。沼尻さんは職場環境と勤務意欲に悪影響を与えてます。チビ、デブ、ハゲの三拍子揃って、隣にいられるだけで気持ち悪い。キモハラです〉

「俺、前の部署で使えないおじさんとして若い女性の社員に嫌われちゃってさ。今の時代は『キモハラ』なんていうのもあるんだねえ。まあ、受け取る側がそう感じるならしょうがねえやなあ。気持ち悪くて生理的に受け付けないんだって。これを、大きな声で上司に訴えるんだ。俺や周りにも聞こえるようにね」

沼尻は淡々とその時の状況をヤマキョーに説明した。

「使えないおじさんは、どんな扱いを受けても仕方ないのかね。コンプライアンスって何だろう」

ヤマキョーは無表情で沼尻の視線を受け止めていた。だがそれから「大変申し訳ございません」と深々と頭を下げた。

「これは重大なハラスメント事案です。社内への意識の浸透ができておらず、沼尻さんにご不快な思いをさせてしまいました。コンプライアンス部の法務企画課長である私の責任です」

「いいよ。チビ、デブ、ハゲは事実だし。風呂《ふろ》には毎日入ってるけど、加齢臭ってやつもある。俺の存在自体がハラスメントなのかな」

沼尻は自虐する様子もなく、淡々と言った。

「まあ、言い方はともかく、いいと思ったものは『いい』、いやだと思ったものは『いやだ』と、はっきり言い合えるのも、俺は大事だと思うけどな。だから俺は思ったことをそのまま言ったんだ。課長さん、美人だねえ、って。きっと、心根が綺麗《きれい》だから美人なんだ」

ヤマキョーは「それとこれとは、また話が別かと」と受け流そうとする。

「課長さんはいつも難しそうな顔して一生懸命に働いてるけど、せっかくの美人が台無しだぜ。そもそも課長さんはなんでミカゲ食品に入ったんだい」

勇吉は、ヤマキョーのことだから「私的なご質問にお答えする義務はございません」とでも言うかと思った。しかし意外にも、ヤマキョーは沼尻の問いに答えた。

「子供の頃の経験が基になっています」

「ほう、どんな経験を?」

「幼い頃……小学二年生の時に父を病気で亡くし、母子家庭で育ちました」

初めて聞くヤマキョーの身の上話だ。同期の間でも聞いたことがなかった。

「母は働きながら、しばらくの間は三食全て手作りで用意してくれていました」

ヤマキョーの母は、レトルト食品など子供に食べさせるべきではない、という考えを持っていた。

「どうしても手作りのおかずを用意できない時、母は『レトルトでごめんね』と、心底申し訳なさそうに謝るんです。私にはなぜ謝るのか理解できず、謝られると苦しかった。ある日、私は母に言いました。ミカゲの中華丼は本当に美味《おい》しい。カレーも、マーボー丼も、親子丼も。だから私が毎日ご飯を炊いて、レトルトの具材を温めて用意するから無理しなくていいと」

「なんと、親孝行な子だねえ」

「いいえ。別に我慢したわけではなく、本当に美味しかったんです。幸せな時間でした。母の負担を少しでも減らし、二人で美味しいと言って、その日にあった色々なことを話しながら食べるのが。レトルト食品のおかげで、私たちには話をする時間ができたんです」

ヤマキョーは眉《まゆ》ひとつ動かさず語った。意外だった。

相良は「素敵……胸アツです」としみじみ呟き、都築は「レトルト食品の使命を改めて感じるお話ですね」と冷静に聞き入る。

「レトルト食品は人の暮らしを少し楽にできて、少し楽しくできる。しかも、それが美味しかったら、なおさら幸福感は大きくなる。私が身をもって経験したことです」

俄《にわ》かに、ヤマキョーの言葉が熱を帯びた。

「ミカゲ食品の社是は『美味しさと時間と健康を』。私は、この社是が好きです」

沼尻は「いやあ、いい話を聞かせてもらった」と、心底感心した様子だ。

「記憶が美化されて、飾り立てた話になっている気がします。私は、本当は弁護士になりたかったんです。でも在学中に司法試験を諦め、就職活動に進路変更しました。コーポレート・リーガル……企業法務でやっていこうと。ならば、思い入れのある会社がいいと思いまして」

ヤマキョーが司法試験を受けようとしていた話も、勇吉は初めて聞いた。ヤマキョーは「しゃべり過ぎてしまいました。失礼致しました」と頭を下げてメニュー表を手に取った。

「それにしても、スマイルコンプライアンスって、何をどうすればいいのやら」

勇吉はジョッキのビールを飲み干して、ふーっと溜息をついた。

「今のままならば反対です。既存の行動規範との棲《す》み分けができていません」

ヤマキョーは即答した。

「トップダウンで大きな方針やルールが作られると、それに付随した細かい規則や手続きが山ほどできて、部門間の軋轢《あつれき》も増えます」

「今言ったことを、なんで会議の場では言わないの。高みの見物ってことか」

「スマコンの名目で何らかの行動規範を創設することは、決まってしまったことです。私は反対意見を直訴申し上げましたが、却下されました。今の私の役割は、是々非々で内容を審査するのみ」

ヤマキョーの突き放したような言い方にカチンと来た。

「じゃあ訊くけど、企業法務って、会社の役に立つ仕事をしてるの？　契約書や訴訟書類のアラ探しだの、内部通報窓口のやってますアピールだの！」

　さすがに言い過ぎだと思いながらも、引っ込みがつかない。

「役に立っているかどうかは、他者が判断することです。私は、役に立つと思って日々の業務に向き合うのみです」

「じゃあ、役に立つと思ってる業務って、いったい何なんだよ」

　勇吉は、やけっぱちに訊いた。

「直接役に立つかは分かりませんが、たとえば今は、増えすぎた社内規則や不要な手続きを整理して、廃止や簡略化をするための交渉を各部門の課長級の方々に持ち掛けています」

「……その仕事は確かに、社員みんなの役に立ちそうだなあ……」

　一度動き出した規則や手続きを無くしたり、変えたりするのは、想像以上にエネルギーが要る。だから、惰性で続けているほうがラクなのだ。

「コンプライアンスはよく『法令遵守』と言われますが、それだけではありません。多治見さん、法令遵守だけに視野を限定すると、何が起きるか分かりますか」

「……うーん、分かりません」

「反動で、定められたルールにさえ抵触しなければよいと考える人が必ず出てきます。そして抜け道を探し始め、ルールは形骸化《けいがいか》する」

「じゃあ、どうすれば」

「やることは明白です。ルールベースのコンプライアンスから脱却し、プリンシプルベースに軸足を置く」

ヤマキョーは珍しく身を乗り出し、机に両手を突いて力説した。

「プリンシプルベースとか、意味が分かりません。勉強不足ですみません」

都築が突っかかり気味に、空けたジョッキをテーブルの上に少し荒っぽく置いた。直情的な彼は、法務企画課の面々とヤマキョーを、やや敵視しているようだ。

「失礼しました。法務にどっぷり漬かっていると専門用語が飛び交うもので……要するに、過去の失敗の原因究明から生まれたルールだけに縛られず、今後社員としてどうありたいか、原理原則に立ち戻る。ルールベースは過去志向ですが、プリンシプルベースは未来志向です」

沼尻が「難しいことは分かんねえけどさあ」と前置きして、「原理原則っていうならば、いの一番にやるべきことがある」と手を挙げた。

「挨拶《あいさつ》とか、声掛けが足りねえと思うんだ」

沼尻が真っ先に挙げた意見を聞いて、勇吉はまず、唖然《あぜん》とした。

「そこまで原理原則に立ち戻りますか……。報告・連絡・相談とか、品質検査とか、会社組織としての原理原則とばかり思ったのですが」

「いや、挨拶と声掛けはどんな組織でも生命線だと思うよ。今はうちの職場全体に、挨拶とか声掛けが極端に少なくなってる気がするよ」

ヤマキョーが「核心を突いているような気がします」と賛同の意を示した。

「当たり前過ぎることだから、できていない。むしろプリンシプルベースのコンプライアンスというのは、当たり前過ぎる原理原則から始めるほうが向いているのかもしれません」

都築が「確かに、挨拶や声掛けを重視する組織は強いです」と応じた。

池袋営業所は、それが自然とできていたため、営業成績もよかったという。アポイントや商品納入のリスト、スケジュールを所内で共有し、手薄になっているところがあれば上司や同僚の間で声を掛け合う習慣が出来上がっていたらしい。

「それに、ぼくは高校でサッカー部でしたが、新しい顧問が挨拶を徹底させてから急に強くなりました。先輩から後輩への労《ねぎら》いや、感謝の言葉、練習や試合での声出しも徹底させたんです」

「おお、都築ちゃん、サッカーやってたの？」

「はい。今も土日のどちらかは会社のサッカー部で汗を流してます。スポーツチームと仕事のチームって、けっこう共通したポイントがありますね」

「ミカゲ食品のサッカー部、食品会社リーグの中でも結構強いですよね。うちもあのぐらい頑張りたいなあ」と相良が言う。

「え？『うちも』っていうことは、相良ちゃんもなにかスポーツをやってるの？」

「私はバレーボール部で、セッターをやってます。トスを上げる技術だけでなく、アタッカーとのコミュニケーションも大事ですね。呼吸を合わせないといけないので」

都築も相良も忙しい合間を縫って、土日は社内のスポーツ部で体を動かしているのだ。

「盛り上がってきたねえ。よし、女将さん、焼酎《しょうちゅう》のボトルちょうだい！」

女将さんはボトルと氷と水差し、それにグラス五つをお盆に載せて持ってきてくれた。

「いやあ、初めて知ったよ。こういう雑談も、最近めっきり少なくなったもんなあ。プライバシーってのがあるからね。今は俺みたいなおっさんが『○○さん、髪切った？』とかうっかり言っちゃっただけでも、セクハラになったりするしなあ」

「業務以外でのコミュニケーションを避ける社員が増えているのも事実です。そこは人それぞれの感覚を尊重しなければならないとは思います」

ヤマキョーが法務企画課長らしい見解を挟む。

「リーダーは、何か趣味はないのかい？」

沼尻に話を振られ、勇吉は一瞬、口ごもった。ロックンローラーのユーキチは、勤め人の多治見勇吉とはまるで別人格であり、職場では公にしていない。でもなぜか、今ここにいるメンバーになら、ちょっとは話してもいいかなと思えた。

「自分は、ベースギターを少々たしなんでるというか……」

「ベースギターってことは、多治見さん、バンドやってるってことですよね。ぼくは楽器できる人って尊敬します。すごいです」と都築。

「どんな曲やってるんですか？　ライブとか、こんど観に行っていいですか？」と相良。

若者二人が前のめりになって食いついてくる。

「今はスマコン・プロジェクトで残業続きだから、音楽は全然できてないんだ」

会社の人たちにライブを観に来られるのは気が引ける。コンプライアンスの世界とは真逆のオリジナル曲で会場を煽《あお》り、客たちは酒を飲んで大暴れしているのだ。職場とは違うもう一人の「ユーキチ」を見られるのは、あまりにも抵抗がある。

「それに俺がやってるのは一九五〇～六〇年代のロックンロールで、若い二人には……」

言いかけたところに沼尻が「本当かい!?　どんな曲を？」と食いついてきた。勇吉がアーティスト名をいくつか挙げると沼尻は「リーダー、そうだったのか！」と、テーブルに覆いかぶさるようにして前のめりになる。

「俺の青春ストライクゾーンど真ん中だ。あ、俺は楽器は何もできなくて、聴く専門な。なんつったって、アナログ盤レコードでそのあたりの時代のロックンロールは聴いてるぜ」

「多治見さん、ロックンローラーなんですね。ロックンローラーが作るスマイルコンプライアンスって、なんとなく面白そうじゃないですか」

相良が冷やかすように言って、串盛りのハツを豪快に頬張ってみせた。

「とんだ自己矛盾だよね。ロックに生きたいと願いつつ、普段は組織の中で右往左往する勤め人で、しかもコンプライアンス部に配属されてる。嫌になるよ。ロックじゃないなあって」

勇吉はつい本心を吐露してしまい、自嘲《じちょう》気味に笑った。すると沼尻が首を傾げた。

「自己矛盾って悪いことか？　むしろ矛盾のない人間なんているのかと思うけどなあ」

「あの、多治見さんがいう『ロック』とか『ロックじゃない』って、どういうことですか」

ヤマキョーが芋焼酎の水割りに入れた氷をマドラーでかき混ぜながら言った。

改めて訊かれると、勇吉は「ロックとは、か……」と口ごもってしまう。

「法律や規則の多くは、初めのほうの条項で、頻繁に出てくる重要な用語や、解釈を限定しておきたい用語などについて、定義を記します」

都築が「確かに、法律には、ほぼ必ず定義の規定がありますね」と頷《うなず》く。

「たとえば仮に『居酒屋振興法』という法律があるとします。この法律において『居酒屋』とは『店舗内でアルコール飲料、その他の飲料及び調理された食料品等を顧客の申請に応じて提供し、金銭による対価を得る事業所のことをいう』といった形で定めます」

ヤマキョーの説明に相良が「ロックを法律で定義したら面白そうですね」と笑う。

「音楽的な定義なら、一九五〇年代にアメリカで流行した、カントリーとブルースを融合したスタイルの、とか書いてありますけど」

検索好きの相良がスマホで調べた記事をテーブルの上に差し出す。

「課長さんがリーダーに訊いてるのは、どんな音楽かよりも『ロックな生き方』とか、魂のほうなんじゃないか」

沼尻の言葉に、ヤマキョーが「はい、おっしゃる通りです」と頷く。

「法律や規則で言葉を定義する時のポイントは『この法律において』『この規則において』と、限定して定義する点です。多治見さんにおける『ロック』、つまり多治見さんが思う『ロック』とか『ロックな生き方』の定義は何だろうと、素朴な疑問を持ったもので」

「さすがヤマキョー課長、やっぱり目の付け所が鋭いですね」

相良が感心する。お世辞を言うタイプではないので、心底そう感じたのだろう。相良はどうやらヤマキョーを尊敬しているようだ。

「ロックの定義、ロックの定義……」

勇吉は念仏のように唱えながら、酔った頭で言葉を捻《ひね》り出そうとする。

反骨、理由なき反抗、破天荒、自由。断片的な言葉が頭に浮かぶが、しっくりこない。

「たとえばよ、ロックとは何か。そんな定義をしないことがロックである。なんてどうよ」

沼尻の言う通り、勇吉にも、ロックを定義すること自体ロックではないという意識があった。

でも、自分なりの定義ならば、持っていてもよいかもしれない。むしろ、その定義がないから、勤め人・多治見勇吉とロックンローラー・ユーキチとの狭間《はざま》で、考え方や生き方にブレが生じるのではないか。

「今すぐには答えられないなあ……。頭の片隅に置いて、考えてみます」

「すみません、多治見さんを困らせるようなことを訊いてしまって。でも、なんで私、こんなことをお尋ねしたんだろう……」

ヤマキョーはチェイサーの水をゴクリと飲み、右手を顎《あご》に当てて、考えるような顔をした。

「思い出しました。『スマイルコンプライアンス』の定義がないんです。どうしても行動規範を作るのであれば、ミカゲ食品におけるスマコンとは何なのか、定義する必要があると思います」

勇吉は「そう！　定義がないんだよ」と身を乗り出した。

「誰も言葉で定義しないまま、議論ばかり広がる。今のヤマキョーさんの話で、分かった気がする。『ミカゲ食品において』どうしたいのかを定義できればいいのか……」

ずっと気になっていたが、先送りにしていた問題だ。

「よし、『ロック』とは何ぞやは、リーダーが自分なりに考え、『ミカゲ食品におけるスマコン』とは何ぞやは、みんなで考えて定義する。女将さん、焼酎ボトル同じやつもう一本！」

女将さんが「金さん、飲みすぎなんじゃないの？」と沼尻をなだめる。

「大丈夫！　もう一本空けて、明日もくだらねえ社内会議の資料作り、頑張ろうか。あ、俺は残業はしねえぜ。コンプライアンスに反するからな」

「あの、三六《さぶろく》協定という、時間外や休日労働に関する取り決めがありまして、一定の範囲内の残業は可能となっています」

ヤマキョーが律儀に説明すると、沼尻は忌々《いまいま》しげに笑った。

「三六協定ねえ……底の抜けたバケツみたいなルールだよなあ。原則なんてはみ出し放題で、例外のはずの残業が常識になって、たくさんの勤め人が病んだり死んだりしてきた」

近年は働き方改革関連法により時間外労働の上限が定められたが、数年前まではミカゲ食品でも膨大な時間のサービス残業が横行していた。

「俺は、社外会議室での残業は大歓迎だからよ。いつでも呼んでくれい！」

こうして新橋の街の社外会議室『笑談室』での夜は更けていった。スマコン準備室メンバーとヤマキョーの五人で、芋焼酎のボトルを二本空けた。思いがけず、楽しい酒になった。服用し始めた薬と酒の相性は悪いと聞くが、副作用もほとんど感じなかった。

たまには、こういう夜もいいか、と思えた。

結局、沼尻は泥酔し「釣りはいらねえ」と二万円を女将さんに押し付け「そうはいかないよ」とポケットに数千円のお釣りを突っ込まれた。勇吉たちがお金を出そうとしたら「こういう時は年寄りを立てるもんだ」と譲らず、そのまま店を出た。

「リーダー、ロックンロールに聞きな」

沼尻は焦点の定まらない目で、うわ言のように口にした。

「ロックンロールに聞きな。だいたいのことは、ロックンロールが答えてくれる」

沼尻の両脇を勇吉と都築で抱え、ＪＲ新橋駅へと歩いてゆく。地下鉄を使う相良とヤマキョーとは途中で別れた。春の夜風が、酒で上気した頬に吹きつける。その間、沼尻はうわ言で「ロックンロールに聞きな」と繰り返した。

なぜ「ロックンロールを聴け」ではなく「ロックンロールに聞け」なのだろう。

沼尻とホームで別れ、池袋へ向かう電車に揺られながら、勇吉はぼんやりと考えを巡らせた。


翌朝、二日酔い気味の顔で沼尻が出社してきた。

「おはようございます。大丈夫ですか」

「リーダー、昨日は飲み過ぎちゃったなあ。朝からシジミ汁が体に沁《し》みるぜ」

沼尻は新橋駅で買ってきたという缶入りのシジミ汁を掲げてみせた。「シジミ七十個分のエキス配合」と書かれた黄色い缶だ。勤め人の街、新橋では自販機でウコン入りドリンクやシジミ汁が売られ、飲酒前後の飲兵衛《のんべえ》たちを支えている。

「沼尻さん、昨日ずっと『ロックンロールに聞け』って、うわごとのように言ってましたけど、あれはどういう意味でしょうか」

勇吉は率直に訊ねた。しかし沼尻は、全く覚えていないようだった。

「俺、そんなこと言ってた？　申し訳ねえ。リーダーに偉そうに説教なんか垂れて」

「いえいえ、そんなこと気にしないでください。それより、なぜロックンロール『に』聞けだったのか、すごく気になって。何か沼尻さんの思いがあるのかなあ、と」

「うーん、分からないなあ。まあ、残りの人生はせいぜい楽しく生きようって、俺自身の反省かな。昨日は楽しかった。途中までなら、ちゃんと覚えてるぜ」

沼尻は、缶入りのシジミ汁をゴクゴクと飲み干した。

＊

日曜の夜、久々にデスペラーズの四人でスタジオに集まった。

新曲を作ろうと提案したのはジョージだ。

それぞれが気ままに楽器を鳴らして延々とセッションを続け、その演奏にマキが思うがままにメロディを乗せる。それをずっと録音しておく。マキは即興で適当な言葉を乗せる時もあり、それが意外とハマってそのまま歌詞になることも多い。

今回もマキの即興が冴《さ》え、リーマンロックの悪ノリ全開な、曲の「草案」が出来上がった。

ある日、五十過ぎのおじさん平社員が年下上司に申し出る。

なあ部長さん、俺の給料下げてくれ。俺は肩身が狭いんだ。清く明るく誠実な、窓際社員でいたいのさ。窓際上等、気遣い無用、窓際上等、気遣い無用。リストラだけは勘弁だから、昼間は真面目に働くよ。夜は場末の居酒屋で、ほどよく酔えればハッピーさ。窓際上等、気遣い無用、窓際上等、気遣い無用。

ジョージが『窓際上等ロック』という仮題を付けた。歌詞が今の勇吉の心に突き刺さった。昼はある程度真面目に働いて、夜は楽しく生きる。そうありたいと心の底から思った。

曲の草案づくりは何度やっても楽しくて、わくわくする。

それに引き換え、スマイルコンプライアンスの草案づくりときたら……。

音合わせを終えた後、勇吉は近くのショットバーで、メンバーに全てを打ち明けた。

賽の河原で石を積むような毎日。穴を掘っては埋めるような徒労感満載の仕事。作業の締め切りだけは次々と襲い掛かってくることへの苦悩。様々な思惑の板挟みになることによるストレス。

そして、初めて経験した心の危険信号。心療内科に駆け込んで、薬を飲んだら驚くほどよく眠れるようになったところまでを話した。

「大変だったね」

リキヤが優しい目で言った。

「どうりで今日のユーキチのベース、めちゃくちゃ冴えてると思ったわ。バンド的には最高だけど、でも……ユーキチ自身が壊れちゃったら元も子もないもんね」

マキが心配しているのかしていないのか分からないことを言う。

その時だった。「くっくっく」と抑えた笑い声が聞こえた。

「仕事が辛いってか……しょうもない不幸自慢だな」

ジョージだった。少しカチンときた。彼はいつも皮肉屋で、達観的だ。

「ユーキチ、せっかくの不幸自慢だけど、それなら俺も最近すげえのがあるんだよ」

マキが「なに、なに。教えて」と興味津々に耳を傾ける。

「俺、死ぬらしい」

ジョージが言った。まるで明日の天気予報のことでも話すような軽さだ。

「そりゃそうだ。人間、いつかは死ぬよな」

リキヤが場を取り繕うように笑った。勇吉もマキも「そりゃそうだよね」と同調する。

「まあそうだけど、俺の場合、ちょっと早いらしい」

ジョージの口調は相変わらず軽い。その軽さが逆に不穏で、否定しがたい説得力を伴って勇吉たちの間に漂う空気を凍り付かせた。

「胃がん。ステージ4。医者の見立てでは、長くて半年だとよ」

　昨年の十二月に、職場の健康診断で胃部に異常ありの所見。先月末に精密検査を受けたところ、悪性の腫瘍《しゆよう》が発見されたという。

「生まれて初めてバリウム飲んで検査して、まさかこんなことになるとは。スキルス性とかいうやつで、自覚症状があまり無いらしい。進行しちまって、腹膜とかにも転移してて、手術もできないって言われた」

　勇吉は、ジョージの言葉をまともに受け止められない。

「うーん、ジョークにしては、面白くないなあ」

　リキヤがいつもの調子で、のほほんと笑う。でも明らかに声が震えている。

「俺だって、こんなジョークは言わねえよ」

「分かった。マジな話だってことは百歩譲って分かったよ。でもさ、医者はそういうのを伝える時って、最悪の事態を想定して伝えるんでしょ？」

　マキがすがるようにジョージのシャツの袖《そで》を掴《つか》む。マキの言葉に、勇吉は頷きながら、末期ガンが完治した好事例を思い出そうとしていた。過去に確か、ガンを完治させた友人か知人がいたはずだ。

「今の時代、ガンは治らない病気じゃないからさ。アタシの会社にもステージ4とか言われたけど治ったやついるし」

「俺のパターンだと、半年でくたばらなかったとしても、五年生存率は……」

マキがテーブルを叩いて語尾を遮った。

「死ぬな！　死ぬと思ったら終わり。ジョージみたいに太々しい奴は長生きするんだよ」

「もちろん、簡単にはくたばらねえ。ただ、もしかしたら本当にあと半年かもしれない。だとすれば、死んだように生きるのはいやだ」

そう言ってジョージは酒のメニュー表を手に取る。マキがその手を摑んで止める。

「何やってんだよ。生きるんだろう？　今の話聞いたら飲ませらんないよ」

「分かったよ。酒飲めなくなるのは死ぬよりもキツいかもなあ。そこだけは同情してくれ」

ジョージは口の片端を吊《つ》り上げて笑った。

「断酒以外のことで同情は不要だ。俺は治療には入るが、棺桶《かんおけ》に入るつもりはねえ。いつも通り仕事とライブを続ける。ロックンロールを、このバンドを続けるために仕事する」

涙をこぼすまいと目を見開くマキ。呆然《ぼうぜん》とうつむくリキヤ。

ジョージは勇吉に向き直って言った。

「というわけでユーキチ、俺は結構な確率で早めに死ぬらしいが、お前は死にやしない。俺の不幸自慢、どうだった？　少しは気が晴れたか」

勇吉は意地になって「ああ、おかげさまで」と精一杯の皮肉を返した。

それから「思い出した！」と叫んだ。心の奥底に眠っていた記憶が浮かび上がってきた。

「中学校時代の先生が、定年の離任式の挨拶で言ってたよ。若い頃に末期の胃ガンが見つかって、半年生きられないと言われたけど、諦めずにあがいて、気付けば六十歳になったって」

何十年か前でも、治せたんだ。いま治せないはずがない。

「お前はそう簡単に死なねえ。世の中、ロクデナシほど長生きするようにできてるんだ」

憎まれ口をたたくと、ジョージは「ありがとよ」と笑った。

そうだ。こいつがそう簡単に死ぬはずがない。

*

バンドの皆と別れて家に帰った後、勇吉はほとんど眠れなかった。

ベッドの上でスマホを握りしめ、あらゆるキーワードでジョージの病について調べた。「スキルス」「ステージ4」「治療法」「手術」「寛解」「完治」「諦めない」「五年以上生存率」……。当たりが出るまでガチャを引き続けるかのように。

回復した事例だけを拾い集めては、マキとリキヤとＬＩＮＥで送り合った。

ほとんど眠れぬまま、出勤した。バンドの戦友・ジョージから余命宣告を知らされた翌日も、勇吉は会社でどうでもいい仕事に追いまくられた。

「多治見さん、なんだか顔色悪いですよ」

都築が滋養強壮のサプリメントを二粒くれた。

「申し訳ない。昨日、ちょっと調べ物で夜更かししたもんで」

親友が生きるか死ぬかの毎日を生きている一方で、自分は何をやっているのだろうか。

ジョージの言葉が、何度も勇吉の頭を殴りつけてくる。

〈お前は死にやしない〉

ジョージの言葉が頭から離れない。勇吉が直面している試練は、ジョージと比べたらあまりにも軽い。たかが仕事。失敗しても命まで取られることはない。

仕事のストレスで苦心するのは、勇吉だけに限らず、誰しもあることだろう。

だが、訳の分からない仕事で少し追い込まれたぐらいで、深刻ぶるなと、自らに言い聞かせる。

同情を乞《こ》うようなシグナルを、仕事とは全く関係のない長年の戦友たちに送っていた。俺はこんなに忙しいんだ。辛そうだろう。かわいそうだろう。

ジョージはそのシグナルを「不幸自慢」だと一蹴《いっしゅう》した。全くその通りだ。

たいした仕事をしているわけでもなく、誰の役にも立たない会議で右往左往しているだけなのに、さも重要任務のプレッシャーに苦しんでいるかのような錯覚に陥っていた。

この日は集中できぬまま大小の打合せをなんとかこなし、深夜、コンプライアンス部のフロアにはヤマキョーと勇吉の二人だけが残っていた。

「おつかれ。いつも遅くまで、何をそんなに根詰めてやってるの……ですか」

同期として接するか、上司として接するか、言葉遣いが中途半端になる。

「些末な申請の決裁業務です。昼間にこれをやっていると、優先業務が手につかないので」

デジタル化でハンコは減ったが、その一方でコンプライアンス重視の風潮から、どうでもいい些末なことでも電子申請での決裁が必要になった。

「コンプライアンス部が嫌われる理由が分かります。私もこんな決裁業務は嫌ですから」

領収書提出規則、残業申請規則、業務日報、情報セキュリティチェックリスト、時間外勤務申請理由書。内部管理用の規則や提出書類は年々増えるばかりだ。

　工場に対しては検品運用規定を細かく分けて、それに基づいた管理日報を義務付け。しかも、少しでも不良品が見つかれば地獄の「悉皆《しっかい》調査」が始まる。工場の社員が総出でマニュアル、日報、在庫管理記録、温度管理表など、幾多の書類を過去に遡《さかのぼ》って徹底的に調べる。「一万五千件の書類調査と三百人への聞き取り調査を実施しました」といった「徹底的な調査を実施した事実」を外部監査委員に報告するためだ。この悉皆調査で社員たちはどんどん疲弊してゆく。

「原因究明は大切ですが、極端な悉皆調査の横行は、終わりなき死体解剖のようなものです」

「終わりなき死体解剖？」

「はい。もう取返しのつかない過去を分析するために、膨大な労力を費やす。その結果、判明した原因への対策として、再発防止の名の下に『べからず集』のルールが乱発されます」

　ヤマキョーが溜息を吐きながら嘆いた。『死体解剖』からの、『べからず集の乱発』。ヤマキョー自らを戒めるような、辛辣《しんらつ》な言葉だ。

「いくら血眼で悉皆調査をして、べからず集的な社内ルールを増やしても、不祥事はむしろ増えるばかり。どうしてか分かりますか」

「無駄な書類手続きや調査が増えて、本業に集中できないから？」

「直接的にはそういうことです。ただ、もっと根本にあるのは、やらされ感です」

　やらされ感が社員を、会社を、少しずつ蝕《むしば》んでいく。

「それでも、当社では各部署で独自の細かい内部ルールが増え続けています」

　何年か前、社内提案の公募で、各部署に合った規則や行動規範を定めようという取組みが流行った。規則を形にすれば功績になるため「コーポレートガバナンス」だ「社内改革」だと称して、内部ルールが雨後の筍《たけのこ》のように次々と生まれた。

ルールは一度運用を始めると、簡単には止められない。負の遺産が蓄積されていった。

「私は、こういう無駄な仕事を減らしたい。でも、ままならないんです。規則や規範は、作るよりも無くすほうが難しいからです」

「じゃあ、スマコンなんて、明らかに無駄だよね」

「無駄かどうかすら分かりません。形すらできていませんから」

「形すらできていない……至極もっともな指摘。返す言葉すらございませんよ……」

*

三月末、いよいよ最初の難関とされるコンプライアンス委員会が開かれた。

結局、出羽守のゴリ押しで、法務企画課長のヤマキョーは渋々ながら提出資料を承認したが「委員会でのご指摘やご意見を受け、修正すること」という条件付きの承認だった。

そして迎えた委員会当日、開会前から担当者の勇吉が糾弾された。

男性の外部監査委員の一人が会議室に入ってくるなり「スマイルコンプライアンスのご担当はどなたですか」と事務局に詰め寄ってきた。

いかにも上等そうなスーツに身を包んだ五十がらみの男だ。むせ返るような香水の匂いが鼻を突く。勇吉は進み出て恐る恐る名刺を差し出した。

「スマイルコンプライアンス準備室の多治見と申し……」

「恥さらしですよ！」と名刺をはねのけられた。

ヤマキョーが「サンライズ監査法人の北畠律夫《きたばたけりつお》先生です」と勇吉に耳打ちした。

「お世話になっております、北畠先生、どうぞこちらのお席におかけください」

北畠先生と呼ばれた香水男はヤマキョーに促され、ロの字形の席の一画に腰を下ろした。

「不祥事の再発防止策を固めるのが先ですよね！　それを、何がスマイルコンプライアンスですか。夢や理想で塗り固めた前向きな話にすり換える魂胆でしょう。あなた方の、論点ずらしの卑怯《ひきょう》なたくらみが丸見えなんですよ！」

その時、出羽守が徐《おもむろ》にマイクを手に取った。

「経営企画本部長の出羽でございます。まだ委員会開始の定刻前ではございますが、北畠先生から厳しいご指摘がございました。ぜひ、ご指摘、ご意見をいただければと思います」

出羽守は、なぜか余裕の表情で委員たちに意見を求めた。

委員会には、社内の関連部署の部長たちも名を連ねているが、問題は外部監査委員からの攻撃だ。

「議論に値しないよ。今日はよっぽど委員会の出席をボイコットしようかと思ったけどね、スマコンだなんて、こんなけしからんものが万が一にでも通ってしまったら委員会の恥さらしだと思って、腸が煮えくり返る思いで来たよ」

北畠氏は勇吉を指差して顔を真っ赤にして怒っていた。

「多治見さんっていったっけ？　あんたじゃ話にならないよ。社長を出しなさい！」

他の外部監査委員も「そうだ！」「社長に説明させろ！」と、すごい剣幕だ。

事務局席の脇のほうに控えるヤマキョーと、目が合った。

勇吉は「社長を出せ」と詰め寄る外部監査委員たちに頭を下げながら、いっそ、委員会を挙げた総攻撃で全てをぶち壊して廃案にしてくれと心から願った。

その時だった。怒号が飛ぶ中、会議室の重厚な木製の扉がゆっくりと開いた。

スーツ姿の初老の小男が入ってきた。その人物が誰であるか、みな一瞬で認識したのだろう。怒号が瞬く間に収まった。

入ってきたのは、社長の影森啓太郎だった。

コンプライアンス委員会は取締役会の諮問機関だが、ミカゲ食品の場合は社長が直々に出席することなど、通常はない。ともかく、外部監査委員たちの「社長を出せ」という要望は、図らずも叶《かな》ったのだった。

「今日は、社長の影森啓太郎から委員の皆様に一言ご挨拶を申し上げたいということで」

司会進行役の出羽守が、笑顔で挨拶を促す。影森啓太郎がマイクを手に取った。

「昨今のことで色々とご心配をおかけしており、誠に申し訳ございません」

社長が深々と頭を下げると、委員たちの何人かが、座ったまま軽く頭を下げた。

「このスマイルコンプライアンスは……決して思い付きで言ったことではないんです。私は、本気です。皆が笑顔になれるコンプライアンスを実現できると、本気で思っています」

小さな体にそぐわないバリトンボイスで、社長が思いを滔々《とうとう》と語り始めた。

「義務感に囚《とら》われることなく、社員や皆様と一緒に守ってゆくことで笑顔が生まれるコンプライアンス。それがまさに、スマイルコンプライアンスです」

それがまさに……。勇吉は「それ」が具体的に何なのか注意して聞いていたが「守ってゆくことで笑顔が生まれるコンプライアンス」だけでは漠然とし過ぎている。さあ、これは荒れるぞ。

　ところが、つい先程まで怒り狂っていた委員たちが、すっかり静かになって聞き入っている。

「ミカゲ食品が生まれ変わるため、私は、このスマイルコンプライアンスに、経営者生命をかけて臨みたいと考えています。とりわけ、外部監査委員の皆様には客観的なご意見をいただきたく、今日は何卒《なにとぞ》、ご指導のほどよろしくお願いいたします」

　社長は挨拶を終えてマイクを置くと、そのまま空席に腰を下ろした。それから社長は、後ろの席を振り返り、司会進行役の出羽守を手招きで呼び寄せ、何事かを耳打ちした。出羽守は殊勝な表情で何度も頷くと、マイクを持って皆にアナウンスした。

「本日は、もし皆様のご許可をいただけるのなら、弊社代表取締役社長・影森啓太郎もこの場に残り、皆様からのご意見、ご指導を拝聴したいとのことです。いかがでしょうか」

　飛んで火にいる夏の虫とはまさにこのこと。外部監査委員たちは皆、深く頷いた。

　さあ、外部監査委員たちと社長との直接対決だ。

「それではまず、北畠先生、いかがでしょうか」

　出羽守が促す。先程の批判の急先鋒《きゅうせんぽう》、監査法人の執行役員・北畠律夫氏だ。北畠大先生は机上のマイクを手に取り「おほん」とひとつ、咳《せき》ばらいをした。

「社長が提唱されたスマイルコンプライアンス、私は総論では賛成なんです。しかしですね」

　勇吉は、耳を疑った。いま、総論では賛成と聞こえたが……。

「社長は、近年の不祥事によって少し焦りすぎておられるのか、議論が浅いといいますか、細部が詰まっていない。これはかなりの再考が必要かと感じておるわけでありまして……」

先程は勇吉を指差しながらはっきりと「議論に値しない」「恥さらし」と明言したはずだ。

この北畠氏の変節を目の当たりにし、義憤で立ち上がる委員はいないのか。

だが、みな北畠氏に同調を示すように、そうそう、各論の詰めが必要なんですよ、といった体で追従の頷きを繰り返す。

社長は「貴重なご意見をありがとうございます」と、笑みを浮かべる。やはり創業百年、従業員数約二千人を擁する老舗食品メーカーの五代目社長の威光だろうか。あれだけ血気盛んにスマコンをこき下ろし、「社長を出せ！」と息巻いていた人たちが、いざ社長本人を前にすると「総論では賛成」などと掌《てのひら》を返してしまうのだ。

きっと、本当に社長が出てくるとは思ってもいなかったのだろう。

この北畠氏の意見を皮切りにして、ドミノ倒しのように議論は各論へと移っていった。

〈スマイルコンプライアンスのコンセプトをどんな方向へブラッシュアップし、世に知らしめられるか。具体的な方向性を示していただく必要があります〉

外部監査委員からの提言を受け、結局「ブラッシュアップ案」を事務局で作成し、再度コンプライアンス委員会に提出することとなった。

社長は上機嫌で各委員の「ご意見」に耳を傾け、それに対する所見を述べた。

その後は、異物混入の原因検証と再発防止策の報告に議題が移った。カレーの生産ライン上で粉末の装填機《そうてんき》の整備点検が不十分だったため、異物混入を防げなかった。今後は、稼働前のチェックリストの項目を追加し、現場責任者の承認を得ることとした。

外部監査委員からは「地に足の着いた実効性のある対応だ」と評価を受けた。

こうしてコンプライアンス委員会は、和やかな雰囲気のうちに幕を閉じてしまった。

さあ、これから地獄の延長戦だ。社内の会議で偉い人たちの思い付きの言葉をまとめて「ブラッシュアップ案」とやらを作るのは、実務部隊の勇吉たちに他ならない。

重苦しい気持ちで会議室を片付けていると、出羽守が満面の笑みで寄ってきた。

「多治見君、今日は建設的な議論になったね。社長直々のご出席をお願いしてよかった」

やはり社長のサプライズ参加を仕組んだのは出羽守だった。

社長が入ってきたあの瞬間から一気に潮目が変わった。唖然とするぐらい、一目瞭然《りょうぜん》に。

こうなったら、議事録で一部始終を世の中に明かすのだ。ミカゲ食品のコンプライアンス委員会は議事録を書き起こして外部に公開することになっている。

社長が入ってくる前の猛烈な反対意見をしっかりと議事録に残しておこうと思った。そうすれば、「スマコンなど、けしからん」という全否定意見が圧倒的多数であるという事実が、記録に残る。

しかし、そんな勇吉の心の内を察したかのように、出羽守が静かに指示した。

「最初の部分は開会前だから、議事録には『開会前から議論白熱。事務局担当者から議事の事前説明少々』ぐらいにサラッと書いておいて。正式に開会したのは、社長のご挨拶以降ね」

先回りされた。このあたり、出羽守は抜かりがない。

「トップセールスは重要で、スイスのパラドリーム社ではCEO自らが欧米諸国を回って……」

出羽守の「ではトーク」によると、欧米でも人間は権威に弱いのか……。

「ということで多治見リーダー、ブラッシュアップ案の検討をよろしくお願いしますね」

出羽守は勇吉の肩をポンと叩いて会議室の扉の向こうへと消えていった。
取り残され、勇吉は途方に暮れた。
誰か教えてくれ。スマイルコンプライアンスって、いったい何なんだよ……。

スマイルコンプライアンスとは何なのか、誰にも分からぬまま二ヵ月半が過ぎ、新年度を迎えた。加えて、骨格案までの中間に「ブラッシュアップ案」とやらをコンプライアンス委員会に提出しなければならなくなり、追加の大きな作業が増えた。

一言で「ブラッシュアップ案」と言われてもよく分からない。出羽守に相談したら、「基本指針の言葉と骨格案の項目を関連付ける資料」を作るよう指示された。

六月の骨格案完成から逆算し、ブラッシュアップ案は四月中には社内調整を経て五月上旬にはコンプライアンス委員会の承認を得なければならない。

沼尻金之助がコーヒーカップを片手に「顔色が悪いねえ」と、勇吉の席に寄ってきた。

「リーダーさんが頭をかかえて悩む必要なんてないよ。分かんないなら、社長様のお考えを直接訊いてみりゃいいじゃねえか」

沼尻は美味《うま》そうにコーヒーをすすると、勇吉のパソコンのディスプレイを覗《のぞ》き込んだ。

「沼尻さんが聞いてみてくださいよ。若い頃、社長と親しかったんですよね」

前に丸岡部長から聞いた内緒話を、うっかり口にしてしまった。

「どこで聞いたのか知らないけど、それは大昔の話だよ。まだあいつが他社での修業を終えてミカゲ食品に入ってきたばかりの頃だ。もうかれこれ二十年は口をきいてねえよ。今や万年窓際の再雇用社員と五代目社長。天と地ほどの開きができちまった」

勇吉は、訊いてはならないことを訊いてしまった気がして「すみません」と詫《わ》びた。

「お偉いさんたちに社長の考えをズバリ問いただしてもらえばいいじゃねえか。雁首《がんくび》揃えて高い給料もらってんだからさ。それでご満足いく作文を書いて提出すりゃいい」

「実は、そう提案してみたんですけど、加部常務が烈火のごとく怒り出して」

そんな楽をして安直に答えを出して、いいものができるはずがない、というよく分からない理屈で、勇吉の進言は全否定された。

「社長のパワーワードをもとに、皆で考え抜くプロセスこそ大事らしいです」

加部常務は「担当者が仕事を放棄してどうする！」と勇吉を叱責《しっせき》したのだった。

「あんな高圧的な人間が『スマイルコンプライアンス』だなんて、悪い冗談みたいですね」

思わず愚痴がこぼれた。

結局「ブラッシュアップ案」は、都築の実直な思考回路と相良の柔軟な直感の力を借りて作業を進め、基本指針と行動規範本体の骨格案を繋《つな》ぐ資料としてなんとか叩《たた》き台を形にできた。

その後、全ての役員に根回しをして全員の意向を反映させたものを加部常務に提出し、ダメ出しで六回跳ね返され、その都度、丸岡部長にテキトーな修正を加えてもらいながら対応した。最後は加部常務のお決まり、時間切れによる「しょうがねえなあ」で解放され、三田村専務との調整をなんとか四月末ぎりぎりで終えた。

コンプライアンス委員会はゴールデンウィークの連休の谷間で臨時のオンライン開催となり「ブ

ラッシュアップ案」はあっけないほど難なく承認された。

*

五月初めの土曜の夕方、デスペラーズはリハーサルのため、皆がアクセスしやすい渋谷のスタジオに集まった。普段のリハーサルでも時々、バンドに魔法がかかったような演奏が生まれるが、今回は「これが本番であれば」と悔やまれる出来栄えだった。

特にジョージのギターがすさまじい。口に出しては言えないが、命をかけ、命を削り、楽器と自らの心身を共鳴させたような鬼気迫る演奏だ。

リハーサルの後、渋谷駅前の居酒屋へと流れた。

ジョージは酒ではなく、ウーロン茶を注文した。

「今日は、ちょっと大事な報告があってな……」

ジョージが珍しく改まった様子で、居住まいを正した。

勇吉は病状の報告かと思い、身構えた。リキヤも次の言葉を待ちながら、瞳《ひとみ》の奥にかすかに不安をにじませているように見える。

「アタシたち、結婚することにした」

マキが切り出した。彼女はいつも結論からズバリと話す。ジョージが横でバツが悪そうな表情で頷《うなず》いている。

「ジョージに生きて欲しいって強く願い続けているうちに、アタシはこの人のことが大好きなんだって直感的に気付いた」

ジョージは、斜向かいの席からチラチラと勇吉の顔色を窺《うかが》っている。

「大事な報告っていうのは、そういうことで……」

「いいと思う。おめでとう」

「ありがとう。俺は、ユーキチには一番に報告するべきだと思って」

こんなに神妙なジョージは初めて見た。よほど勇吉には言い出しにくかったのだろう。

マキは、十六年前、勇吉が付き合った、最初で最後の女性だ。

勇吉はマキの歌声に惚《は》れ込み、やがて彼女の存在そのものに惚れ込んだ。何ヵ月も悶々《もんもん》とした末、意を決して思いを告げると、彼女の返事はいともたやすく〈オッケー〉だった。

〈いいよ。アタシもユーキチ好きだよ〉

夢心地だった。バンドのメンバーにも隠すことなく、互いの下宿を行き来して、バンドで過ごす時間もそれ以外の時間も、四六時中一緒にいた。好きな人がいて、その人と特別な関係で一緒にいられる。こんなにも楽しくて、幸せなものなのかと驚いた。

ところが付き合い始めて半年ほど経ったある日、勇吉の下宿のアパートで、マキから唐突に別れを切り出された。

〈アタシたち、お別れしよう。つまらないベースを弾いているユーキチは好きじゃない。だからもうお別れ〉

マキはきっぱりと言った。勇吉には意味が分からなかった。いきなり結論と、理解不能な理由を言い渡された。

〈アタシたち、付き合ってると楽し過ぎるんだよ。アタシは変わらないけど、ユーキチは満たされてると、出す音がつまらなくなる。最近のユーキチのベースは、本当につまらない〉

ほとんど一方的な通告を終えると、マキは自分の持ち物をまとめて「じゃあ、また明日」と言って出て行った。別れた後も、バンドは何事もなかったかのように変わらず続けた。以来、マキとは戦友のような関係になった。マキに〈ユーキチ、今日は冴《さ》えてるねえ〉などと言われる度、ものすごく嬉《うれ》しくて、ものすごく悲しくもなった。

〈ユーキチは満たされてると、出す音がつまらなくなる〉

この言葉は、勇吉の人生の節目でリフのように何度も脳裏で鳴り響く。

以来、誰かに好意を抱きそうになるとその感情の芽を摘み、仕事でも自分の努力や功績を主張することなく、常に満たされないように努力してきた。

それもこれも、全てロックンロールのせいだ。

生まれ育った環境は、個人差こそあれど、かなりの程度でその先の人生を左右する。

多治見勇吉は広島市郊外の音楽一家で生まれ育った。

音楽一家というと、たいていはピアノやらバイオリンやらのクラシック系を想起させるが、多治見家は一風変わっていた。勇吉は、ロックンローラーになるための……いや、ロックンロールでスーパースターになるための教育を両親から受けてきた。

もっと言えば、永ちゃんこと、矢沢永吉になるための英才教育を受けて育った。

父親は広島市の郊外で多治見モータースという小さなバイク店を経営していた。

「永ちゃんは、俺にとってはただのスーパースターじゃのうて恩人じゃけえな。永ちゃんがおらんかったら、俺はバイク乗り回して喧嘩《けんか》に明け暮れる、アンパン中毒のロクデナシで終わっとった」

　アンパンは昭和の不良少年たちが吸ってラリった、シンナーの隠語だ。ビニール袋に入れて吸う様子がアンパンを食べる様子に似ているのが隠語の由来らしい。

　当時、筋金入りの不良少年だった父親は、キャロルのライブにバイクで押しかけては熱狂して暴力沙汰《ざた》を起こす、地元の番長だった。

「そんな時よ、永ちゃんが本を出したっちゅうから、生まれて初めて自分の足で本屋に行って、本を買って読んでみたけえ。ほんだら、永ちゃんの言葉に、俺は脳天からぶん殴られたんじゃ」

　その言葉は、店の壁の目立つところにいつもドーンと貼ってあった。

〈反撃するって、どういうことか。お前自身に負い目がなくなって、自分で、てめえの手でメシを食ってるんだという誇りを持つことだ　矢沢永吉『成りあがり』〉

　永ちゃんが本を通して、グレた少年や若者たちに投げ掛けたこの言葉で、父親は魂を撃ち抜かれ、高校を卒業後に一念発起してバイク店『多治見モーターズ』を立ち上げた。

　キャロルや永ちゃんのソロの曲がＢＧＭで流れるバイク店だ。

　父は、永ちゃんのファンが集まる会合で母と知り合い、結婚した。

　やがて、二人の間に元気な男の子が生まれた。両親とも、男の子の誕生を手放しで喜んだという。

　バイク店を継がせたいからではない。永ちゃんのようなロックスターに育てたいからだ。慶吉《けいきち》、大吉《おおきち》、久吉《きゅうきち》など、複数の候補の中から結局「勇吉」と命名された。Ａは恐れ多くてだめだ。Ｕならいいだろうということで、最後は父親が決めた。

　勇吉は一歳の誕生日に、おもちゃのベースギターを与えられていた。

永ちゃんはソロになる前、伝説のバンド『キャロル』のベース・ボーカルだったから。

勇吉は保育園にも通わず、父親の仕事場の隅で『キャロル』の曲を聴きながら、子供用のミニベースギターで、永ちゃんのベースラインを練習した。上手《うま》く弾けると褒められた。

家では、ビートルズも時々聴いた。両親とも、ビートルズそのものが好きというより、永ちゃんが愛したビートルズだから、真似をして愛した。

父親はバイク店経営の傍ら『キャロル』のコピーバンドを組んでいた。パートはやはりベース・ボーカル。

母親は店の経理などを担当しながら、夫の趣味のバンド活動を応援していた。

そして父親は自分の夢の続きを、勇吉に託した。

店先でちびっこの勇吉が小さなベースギターを鳴らし、永ちゃんになりきって舌っ足らずの言葉で歌うものだから、店に来るバイク愛好家の常連客たちから可愛がられた。

小学一年生の時に、広島市郊外のライブハウスで初めてステージに立った。父親がリードギターを弾き、リズムギターやドラムは父親が音楽仲間から手練《てだ》れを選んでサポートに付けた。小学一年生のチビ助が髪の毛をリーゼントにして革ジャン、革パンでステージに立っただけで、客席からは拍手喝采《かっさい》。一曲目からキャロルの『ファンキー・モンキー・ベイビー』をぶちかまし、観客の度肝を抜いた。

地元紙の文化欄で「平成のリトル永ちゃん」などと取り上げられたこともあった。

「勇吉よお、お前には才能があるけえ、永ちゃんみたいに東京に乗り込んでバンドで一旗揚げて、スーパースターになって、その後ソロ一本でやっていくんじゃ。永ちゃんもそうじゃったけえ」

父親は、店の客にも「勇吉はロックスターになるけぇ」と宣言していた。一人息子に夢を託し

「勇吉に店は継がせんけぇ」と、口癖のように言った。

進路も、大方針だけは決まっていた。高校を卒業したらとにかく東京へ行くこと。

「勉強は、しっかりせい。永ちゃんは、ハイスクールの時に好きな子ができたけぇ、ワルの番長をやめて、勉強したんじゃ」

永ちゃんの本を何度も読んで、真似できる習慣などは全て実行した。永ちゃんが「愛読書は新聞」「新聞は毎日隅から隅まで読んだ」と言っていたので、勇吉も欠かさず新聞を読んだ。この習慣が後々に、思いがけぬ形で仕事に生きることとなる。

東京に出て、ビッグになれ。両親からずっとそう言われて、中学・高校ではバンドを組んで地元のライブハウスで活動してきた。東京の大学に行きたい。勇吉がそう告げた時、父親は相当渋った。永ちゃんは大学には行っていないからだ。勇吉は懸命に父親を説得した。永ちゃんも、大学には行っておいたほうがいいって言っとるけぇ、と。本当のところは、行くならば東大に行けと説いているのだが「東京の大学」にすり換えた。

俺は大学生になって勉強して、ロックンロールでも永ちゃんを超えてみせるけぇ。

最後はハッタリで父親を口説き落とし、十八歳で、東京の私大に入学した。

大学では、まず自分に合いそうな音楽サークルを探したが、五〇～六〇年代のロックンロールをやっているサークルは見当たらなかった。

諦《あきら》めかけていた時、ひとつだけ『ロカビリー研究会』というサークルを見つけ、そこの新入生歓迎セッションというやつに参加してみた。学生向けの音楽スタジオの一番広い部屋を借り切って、

各パート自由に交代しながらアドリブで音を合わせる。

ここなら、五〇～六〇年代ロックが好きなプレイヤーが大勢いるかもしれない。淡い期待を抱いて、歓迎セッションに臨んだ。まず、上級生たちのバンドが演奏を披露した。ロカビリー研究会とは名ばかりで、みんな当時の流行に乗ったバンドを組んでいた。

可もなく不可もない上級生のバンド演奏の後「次は新入生で我こそはと思う人！」と声が掛かったので、勇吉は真っ先に手を挙げた。

勇吉はベースギターにストラップを付けて肩から下げ、マイクの前に立った。

続いて、無表情で何を考えているか分からない男がエレキギターを肩から下げて構え、ニヤついた大男が、スティックを持ってドラムの椅子に腰かけた。

「キーはＥで『ロング・トール・サリー』！」

勇吉はボーカルで始まる曲を選んだ。歌い出すと、上級生から歓声が起こり、楽器が鳴り出すと、静まり返った。ギターの無愛想男も、ドラムの大男も、相当な腕だった。上級生たちの歓声が静寂に変わったのは、圧倒されたからだろう。このメンバーでバンドを組みたい。勇吉はそう直感した。

演奏を終えると、拍手の中、新入生の一団から手が挙がった。

「アタシも『ロング・トール・サリー』大好き！　歌いたい！　メンバーはこのままで」

華奢《きゃしゃ》な女の子が、エレキギターをぶら下げて、マイクの前に立った。勇吉は気圧《けお》されるかのように一歩横にずれた。

「もう一回『ロング・トール・サリー』やろうよ！　キーはＧで！」

Ｇは、ビートルズのカバーバージョン。ポール・マッカートニーが歌う、高いキーだ。オリジナルのリトル・リチャードよりも二音高い。

勇吉と無愛想男と大男がそのままベースとギターとドラムで残り、華奢な女の子をギターボーカルに加えた四人の即席バンドとなった。勇吉は〈まあ、付き合いで演奏してやるか〉程度の気持ちで、ネックの指板に添えた左手をGのルート音にずらした。

華奢な女の子は胸いっぱいに大きく息を吸い込み、そのまま歌い出した。

彼女の第一声が炸裂《さくれつ》した瞬間、男三人は啞然《あぜん》とした表情で、顔を見合わせた。

誰の真似でもない、彼女独特の強烈な歌声で、一瞬にして心を持っていかれた。

なんだこれは。そんなお互いの心の声が聞こえてくるようだった。

これがジョージとリキヤ、そしてマキとの出会いであり、初めての演奏だった。

マキの歌声を初めて聴いた時の衝撃は忘れられない。ロックンロールを表現するために天から与えられた歌声だと瞬時に理解した。悔しさや嫉妬《しっと》すら感じなかった。彼女の歌声の前にひれ伏したと表すのが適切だろう。

勇吉は「誰かお手本にしてるシンガーとかはいるの？」と訊《たず》ねた。

「好きなシンガーはいっぱいいるけど、特にお手本はいないよ。ちっちゃい頃から、お父さんが好きな曲をとにかくでっかい声で、自由気ままに歌うのが好きだっただけ」

マキ曰《いわ》く、南アルプス山麓《さんろく》の村で生まれ育ち、隣の家が百メートルも先だったから、どんなにでっかい声で歌っても平気だったらしい。風呂《ふろ》でも庭でも納屋でも、どこでも大声で歌っていた。変な子供だったと、マキは自分で笑った。

父親が熱烈なロックンロール好きだから、往年の大ヒットナンバーをよく歌っていたと言う。家族で村のスナックに行ってプレスリーを歌い、中学と高校の軽音楽部ではチャック・ベリーやリトル・リチャードの曲を「布教した」と笑う。

勇吉は、自分が歌う必然性を見出《みいだ》せなくなった。彼女が歌うのが一番だからだ。

それからはベーシストに徹した。マキの歌を邪魔せず、下支えし、時には花を添えるようなベースラインと音作りを、飽きることなく追求した。

四人が十八歳の頃に出会ってから、はや十七年。あの時のほぼ倍の時間を生きてきた。

今、目の前で寄り添うジョージとマキを見て、勇吉は美しくもほろ苦い過去の記憶とは裏腹に、心の底から「お似合いの二人だ。うらやましい限りだよ」と言った。

リキヤは勇吉のほうをチラリと見て、複雑な表情で黙って苦笑いしていた。

ジョージは来週、大手術を控えている。

もはや手術はできないと言われていたが、マキの叱咤《しった》激励もあり、しぶとく別の病院を当たった結果、三つ目の病院で奇跡的に見通しが立ったという。

彼が生きるためには、きっとマキの存在が必要なのだ。

間もなく、マキとジョージは籍を入れ、一緒に暮らし始めた。ジョージの意向で、お互い家族には報告せずに事を進めたらしい。結婚の報告をすれば、病気のことも一緒に話すことになる。

マキがいれば大丈夫だろう。彼女には、人の心を照らす底抜けの明るさがある。厳しい闘病生活も、きっと乗り越えられる。

＊

「胃を半分残して生きていけるのは、不幸中の幸いだったよ」

病床でジョージは言った。大手術を終え、面会謝絶期間も明けた。

点滴の管から解放されたジョージは、ベッドの上で上体を起こし、病院食の白がゆを何度も咀嚼《そしゃく》した。勇吉はその咀嚼音にジョージの生命力を感じ、嬉しくなった。

「お粥《かゆ》がこんなに美味いなんて、初めて知ったぜ。飯が食えるって、ありがてえなあ」

「いやあ……本当に、諦めなくてよかったなあ！」

手術できた上に、胃を半分残せた。当初ジョージは主治医から「手術できない」と言い渡された。セカンドオピニオンでは、手術するならば胃の全摘出が必須《ひっす》。諦めきれず、この病院を頼り、サードオピニオンで「胃の半分の切除でも回復が望める可能性がある」と言われた。

ジョージは、半分切除の道を選んだ。胃が残せれば、術後の体重減を抑えられる。

「ロックンロールには、パワーがいるからな。早くモリモリ食えるようになれよ」

勇吉は、励ますつもりで言った。

「ユーキチは、会社のほうはどうだ。心の風邪は収まったか」

逆に、ジョージに気遣われた。

「おかげさまで毎日順調に、訳が分からない仕事に振り回されてるよ」

ジョージは「うらやましいなあ」と呟《つぶや》いた。勇吉は意味が分からず「うらやましい？」と訊《き》き返した。ジョージは言葉を継いだ。

「俺は今、満員電車で会社に通いたい。くだらない会議にも参加したい。仕事や会議を陳腐で退屈なものにしているのは自分自身なんだって、言ってやりたい。どんなにくだらない会議だって、楽しんでやろうと思う。そうすりゃ周りも面白くなるかもしれない。生きてるだけで、どれほどすげえことか、今なら分かるんだよ」

「おお、珍しく深いこと考えてんだな」

「たとえば、デザインにクレームを入れてきた客がいたら、徹底的に話す。どんな些《さ》細《さい》なクレームでも受け止めて、相手の言うことに筋が通ってると納得したら、頭を下げて、礼を言いたい。生きてりゃ、そういうこともできるだろう」

大学生の頃、スタジオで深夜パックのバンド練習を終えた後、朝の駅の改札口をラッシュアワーの人の流れと反対に歩きながら、ジョージと話したことを思い出す。

改札口から大量に吐き出されてくる、ダークグレーの服を着た人、人、人。

〈満員電車に乗って家と会社を行き来するだけで人生を終えるなんて、まっぴらだな〉

ジョージの言葉に勇吉も〈マジで地獄だ。ぞっとするな〉と、同意していた。やけに鮮明な記憶として心の奥底に焼き付いている。

三十五歳になった今、ジョージと勇吉は全く違うことを話している。

「暇だと妙なことをあれこれ考える。人間、死んでる時間のほうが圧倒的に長いんだよな。生きてるって状態のほうが異常なんだよ。今を生きている俺たちは、普通じゃないんだ」

「そんな途方もないことまで考え始めるのか。だいぶ暇そうだな」

勇吉は悪態で返しながら、ジョージの落ちくぼんでギラついた目をじっと見つめた。

ジョージは語る。人はなぜ働くか。金のためもある。でも他に、人とつながるささやかな喜びだったり、働いた後のつかの間の楽しみだったり、そんなものが根底にあるのではないか、と。

「意味の分からない仕事に振り回されながらも、お前は生きているし、少なくともまだしばらく生きていける。朝起きて会社まで体を運んで働いて、くたびれて、家に帰って飯食ってクソして寝る。それだけで十分にロックじゃないか」

「今の話、大学時代の俺らに聞かせてやりたいな」

勇吉が言うと、ジョージは「本当だな」と、腹を押さえて笑った。

「クソして寝て、起きて働いて飯を食え。それだけですげえことなんだよ」

ジョージの病室を後にしてから、勇吉の頭の中には、同じ言葉がまるでギターリフのように繰り返し鳴り響いていた。

〈お前は生きているし、少なくともまだしばらく生きていける〉

〈クソして寝て、起きて働いて飯を食え。それだけですげえことなんだよ〉

勇吉はこの言葉を、胸の奥に突き刺したまま毎日を生きようと思った。

*

五月も半ばを過ぎ、骨格案の作成業務が本格化していた。

勇吉は、チームのメンバーたちのおかげもあって精神的には上向いてきた一方、身体的な疲れがかなり蓄積しつつあった。コンプライアンス部の通報窓口の対応や、社内研修企画などの通常業務も少しずつ増え、勇吉だけではなく準備室のメンバー全体がかなり疲弊している。

相良は体調が優れず昼過ぎに早退してテレワーク、都築は新卒社員研修の講師に駆り出されて直帰。沼尻は定時に退社済で、スマコン準備室の島には勇吉ひとりが残っていた。

勇吉は二十一時過ぎまで、社内の各部署に対する骨格案の説明資料を作っていたが、もはや今夜は捗《はかど》る気がしない。諦めて、片付けを始めた。

時を同じくしてヤマキョーも荷物をまとめて退社しようとしていた。

「おつかれさまでした。フロアの戸締まりは自分がやって帰りますので」

勇吉は機械警備用のカードキーを手に取り、ヤマキョーに先に帰るよう、暗に促した。

「ありがとうございます。じゃあ私は照明とプリンターの電源を落としておきます」

結局、二人でフロアを閉めて同時に退社する流れになった。一階の通用口で守衛にカードキーを返して会社を出て、新橋駅のほうへ歩く。勇吉は腹が減ったので、新橋で食べて帰るつもりだった。

「軽く晩飯でもどうですか」

どうせ断られるだろうと思って社交辞令で声を掛けてみた。

「そうですね。軽く行きましょうか」

思いがけぬ返答に一瞬戸惑いつつ、この前行ったところにしますか、と、沼尻行きつけの焼き鳥居酒屋『笑談室』に入った。

席に座るなり、勇吉は生ビールを注文した。ヤマキョーは「私もひとつ」と続いた。その後、すぐに沈黙が流れた。何を話そうか思案していると、ヤマキョーから話しかけてきた。

「多治見さんは、ご出身はどちらですか」

「出身は、広島、です……」

同期入社で十三年も経つのに、お見合いの序盤みたいな会話だ。だがそれもそのはず。ヤマキョーは同期の飲み会にほとんど参加したことがなく、身の上話など一度もしたことがなかった。

「ご両親とも広島の方ですか」

「うん。俺が大学を卒業して就職した後、すぐに死んだよ」

凍て付くような冬の夜、永ちゃんのファンクラブの集いに行った帰りだったらしい。

翌朝、二人揃って用水路で水死体になって発見された。

二人とも、永ちゃんのライブグッズのタオルを首に巻いていた。永ちゃんファンが集まる行きつけのスナックで痛飲した後、上機嫌で、暗い農道を千鳥足で歩いていたらしい。

「酔っ払って、田んぼの脇の用水路に落ちて死んだ。親父がよろけて水の中に突っ込んで、助けに入ったおふくろも道連れになった」

「すみません、辛《つら》い話をさせてしまって……」

「俺は喪主なのに葬式に遅れて出て、挨拶《あいさつ》で『二人そろってロックな死に方だなあ。もう一回普通に死に直せよ』って言ってやったら、伯父《おじ》に横っ面をグーでぶん殴られた」

「それは殴られてもしかたない、かもしれませんね……」

勇吉は、泣いて悲しまなきゃいけない決まりでもあるのか、と親戚《しんせき》たちに食ってかかり、大暴れした挙句、祭壇をぶち壊した。

「伯父に『親不孝もん！』って、斎場から叩き出されて、それ以来、広島には帰ってない」

だいたいこの辺までのことならば、親しい同期には話している。

「あ、すみません、自分の話ばっかりで。ヤマキョー、さんは、どちらのご出身で」

「東京です。江戸川《えどがわ》区のほう。私も、大学卒業前に母を病気で亡くしました。両親ともいません」

「きょうだいは……」

「いません。年の離れた従妹《いとこ》と二人で暮らしています。もう大学生になって、手はかからなくなりましたが」

「え？『手はかからなくなった』って、もしかして育ててたんですか」

ヤマキョーは一瞬「しまった」と言いたげな表情で口ごもり、ビールを飲んだ。

「まあ、事実上、育てていたようなものかもしれません」

従妹は、母親の年の離れた妹、つまりヤマキョーの叔母《おば》の娘だった。再婚したのが酒癖の悪い暴力夫で、従妹が小学二年生の時に叔母は離婚し、育児放棄して蒸発したという。

「従妹は私によく懐いてくれていたので、こうなったら私が面倒を見るしかないと思って」

「そうだったのか……。同期の飲み会になんて行ってる場合じゃないよね」

「でしたね……でも同期の集まり、行きたかったですよ。当時お付き合いしていた人に従妹の面倒を見てもらって、何度か会の前半だけ顔を出したことはありましたけど。同期会のお誘いはほとんどお断りしていたので、だんだんと疎遠になって、お声も掛からなくなりました」

「そういう事情なら、言ってくれれば」

「そこは、言いたくないという、変な意地がありましたね。従妹がお荷物みたいなことは言いたくない。それに、彼女がいるから仕事を頑張ろうとも思えます」

女将《おかみ》さんが「どうぞ、ごゆっくり」と言いながら、ポテトサラダと焼き鳥丼を二つずつ、テーブルに置いた。ヤマキョーは丁寧に「いただきます」と頭を下げた。

「この前、司法試験で挫折《ざせつ》して企業法務でやっていくことにした、って聞いたけど」

「生活のためにすぐにでも仕事に就く必要があった、といえば、確かにそうかもしれません。でも在学中に司法試験に合格できなかったのは事実です。早く合格していれば、法曹として仕事をしながら養育する道もあったはずです。その点は、力不足でした」

「在学中に合格は相当難しいでしょう。あと一、二年あれば、いけた可能性もあるのでは？」

勤勉なヤマキョーのことだから、きっと受かったのではないか。

「たらればを言うとキリがないですけれど、でも私、後悔はしてません。ミカゲ食品は、母との記憶だけでなく、今では従妹との記憶にも刻まれていますから。よく二人で、ミカゲの中華丼、カレー、焼きそばとか、いろいろ食べてますよ」

ヤマキョーの表情からは、迷いのない、清々《すがすが》しい覚悟がはっきりと見て取れる。

「そうだ、この前ヤマキョーさんから、自分なりの『ロックであること』の定義っていう宿題をもらってたけど、まだ答えられていませんでした」

「ああ、そうでしたね。何か、答えが出ましたか」

「まずは今をありのまま受け入れて、できる限り楽しむ、みたいな……。これが簡単なようでなかなか難しいんだなあって、長年の親友に教えられて。そこからさらに、自分なりの定義みたいなものに思いをはせてみたんです」

ジョージの言葉を勇吉なりに解釈したら、自分にとっての『ロックであること』の定義めいたものが浮かび上がったのだ。

「三十五歳の多治見勇吉における『ロックであること』を定義するなら、しぶとくて、太々しくて、矛盾や不条理をも飲み込む懐の深い世界、または心。そういうものではないかと。そして、この定義は年を重ねるごとに変わりうるものじゃないかと思います」

「なるほど。懐の深い世界とか、変わりうるというところに、ロックンロールっぽさを感じますね」

「あ、それと、ミカゲ食品におけるスマイルコンプライアンスっていう言葉の定義も、最近ぼんやりと浮かんできました。でも、飲みながら話す定義なんて、法務審査上ダメですかね」

「そんなことはありません。ぜひ、聞かせてください」

「たとえば……よりよい今日を目指すという前提に立った、性善説に拠《よ》るコンプライアンスの行動規範、みたいな感じはどうだろう」

勇吉が言うと、ヤマキョーはぼそぼそと復唱した。

「細かい言葉づかいなどは精査する必要があるかもしれませんが、可能性を感じます。今の行動規範との棲《す》み分けもできそうですし」

「おおっ、俺、ヤマキョーさんに、初めて褒められたかも」

勇吉が驚くと、ヤマキョーも「私って、そんなに厳しいですか？」と驚く。

「いや、あの……もしかして、自覚ないの……ですか？」

勇吉が訊き返すとヤマキョーは「こんなザルみたいなゆるーい管理職でいいんだろうかって、反省しきりですが」と首を傾げる。

「いや、いや、いや。むしろ、もう少し粗目のザルでいいっす」

勇吉は大慌てでかぶりを振った。ヤマキョーは「自分のことって、案外分からないものですね」

と呟き、ジョッキのビールをぐいと傾けた。

それから二人で声を上げて笑い合った。

第四章　古き良き時代を検証せよ

今日も役員室で延々と続く、スマコン検討会議。

そもそも無駄な会議だが、一時間を過ぎる頃には次第にダレて更に無駄な時間と化す。

三田村専務が笑いながら「それにしても、昔はよかったよなあ」と言い出した。

「いっそのこと、昔に戻しちゃえばいいかもね？　きっと、みんなスマイルになる。昔は、今みたいに窮屈じゃなかったからなあ」

また始まった。武勇伝の時間だ。

「今の若いもんは、厳しく指導すればなんでも『パワハラ』呼ばわりだ。俺はあれが一番許せん。昔、俺が営業所の課長だった頃は、ノルマ達成できなかった部下には朝礼でみんなの前で謝らせたもんだけどな。これは愛のムチだ」

加部常務のご高説に「加部さんは鬼軍曹でしたからね」と、同調の笑いが起きる。

「俺の若い頃の上司はもっと厳しくておっかなかったぜ。部長からガラスの灰皿を顔に投げつけられて鼻の骨が折れたこともあったなあ。顔中真っ黒、鼻だけ真っ赤になってよ」

今のは立派な傷害罪か、加部常務が話を盛っているかのどちらかだろう。

今日はいつにも増して皆様そろって舌も滑らかになり、ひどい話がわんさか出てくる。

月の残業時間が二百時間を超えた「長時間労働武勇伝」。

三日三晩寝ないで働いた「徹夜武勇伝」。

営業ノルマ不達を厳しく追及して何人も病院送りにした「鬼軍曹時代のしごき武勇伝」。

バブル期に銀座《ぎんざ》で派手に経費を使って取引先をもてなした「接待交際費濫用武勇伝」。

今の時代なら、一発でコンプラ違反の行為ばかりだ。

「残業時間になると、酒とつまみが出てきて、わいわい騒ぎながら仕事をしたもんだ」

「女優のヌードポスターを壁に貼ってる奴とか、けっこういたよね」

「上司が女子社員のお尻《しり》を触るとか、コミュニケーションの一環だったけどねえ」

これまでも、幹部たちが武勇伝交じりに話す昔話を聞く度、勇吉は閉口していた。

今日は野卑な笑い声とともに、なかなか終わらない。

「よし、スマイルコンプライアンスの裏テーマは『古き良きあの頃に帰ろう』だな！」

三田村専務の悪ノリに皆が笑い声を上げたその時、後ろの席で誰かが立ち上がった。

「寛容と無秩序を履き違えないでください！」

ヤマキョーだった。皆、静まり返る。

「冗談だよ、冗談。いや、山田課長は、やっぱり迫力があるねえ。ははは」

ヤマキョーはにこりともせず、氷のような目で三田村専務を直視し続けていた。

「いやまあ、真面目な話に戻すけど、温故知新という言葉もある」

三田村専務は下品な話を取り繕い、威厳を取り戻そうとするかのように語った。あまりに強引な正当化で、呆《あき》れるばかりだ。

それから三田村専務は「ねえ、多治見君」と勇吉に呼び掛けた。

「ということで『古き良き時代』も検証してほしい。十年毎の記念社史とかが書庫にあるでしょう。もちろん、時代錯誤なところは取り入れず、よいところだけ取り入れる。よろしく」

勇吉は内心「勘弁してくれよ」と舌打ちする。また余計な仕事が増えた。

「いやあ、ちょっと悪ノリが過ぎたけれど、いい議論になった。骨格案と論点資料に、古き良き時代のエッセンスも取り入れた、新時代の行動規範という要素も入れ込もう。半月ぐらいでなんとかなるかな。温故知新ポリシーとでも名付けようか」

三田村専務の気まぐれで、またもや訳の分からないミッションが新たに爆誕した。ともあれ、ダレ過ぎた役員会議は、ヤマキョーの一喝により、お開きとなった。

*

その夜、勇吉は地下一階の書庫を訪ねた。

古き良き時代のよいところも取り入れろ。会社の過去を紐解《ひもと》く作業を仰せつかった。うんざりする反面、興味が湧くのも事実だ。その時代の書類から、何かが見えてくるかもしれない。幹部らが得意げに話す「古き良き時代」のミカゲ食品は、どんな様子だったのだろうか。まずは三田村専務の指示どおり、周年ごとに発行されていた記念社史をめくる。

十年毎の記念社史は、三十年前を最後に刊行が途絶えている。景気が悪くなって、社史に予算を割く余裕がなくなったのかもしれない。まさに、失われた三十年ということだろうか。

まずは、バブル期に刊行された七十周年記念社史を見る。冒頭の年表形式の沿革を眺めていると、アートギャラリーやゴルフ場を作るなど「経営の多角化」を進めていた様子が窺《うかが》える。

バブル華やかなりし頃のことだ。

正月の仕事始めは、女性社員は振袖《ふりそで》姿で出勤し、朝から皆で初もうで。その後、社屋の一階で餅《もち》つきをして、昼から各々の部の会議室で酒を飲みながら食べる。

社員旅行では、浴衣《ゆかた》をまとって上司とカラオケでデュエットする女性社員。社内大運動会では、おじさん社員と女性社員が二人三脚。女性社員は、嫌だったのではないか。今の時代なら完全にセクハラ事案だ。

新入社員合宿では、竹刀を持った「鬼軍曹」が、新人営業マンに大声を出させている。

何冊かの社史をめくってはみたが、心に響かなかった。結局、十年に一度歴史を振り返り、社員やその家族に向けて「ミカゲ食品は素晴らしい企業だ」と称《たた》えるプロパガンダのようなものだ。

「古き良き時代、ねえ……」

勇吉はひとりごち、社史をもとの場所にしまった。

その時、書棚の隅のほうにポツンと追いやられた段ボール箱に、なぜか目を惹《ひ》かれた。まるで、竹林の中で、かぐや姫の入った竹が光り輝いて見えるような、不思議な感覚だった。

埃《ほこり》をかぶった段ボール箱には、黒マジックでこう書かれていた。

〈ミカゲ食品『月刊社内報　月の影』平成五年度～八年度〉

紙の社内報だ。分厚いファイルに、時系列順でとじ込まれている。

現在の社内報は『季節報　ミカゲ通信』といって、イントラ上で年四回だけ厚生課が更新している。勇吉は広報部にいた関係上、このWEB社内報にも一応目を通している。内容は各部署の仕事紹介や社員のコラムなど、ありふれたものだ。おそらく、多くの社員は読んでいないだろう。

　かつては紙で毎月、社内報を発行していたことを、勇吉は初めて知った。丸岡部長や沼尻の昔話でも聞いたことはなかった。

　勇吉は平成五年度のファイルを抜き出し、パラパラとめくった。大きさはタブロイド判で、一号あたり十ページぐらいの構成になっている。

　どの号にもやはり時代を感じさせる服装、髪型の社員たちが写っている。笑顔で集合写真に収まる部署のメンバー、はにかみながらデスクトップパソコンの大きなモニターを見つめる社員……。どの写真も、一人一人の表情が楽しそうだ。

　恵まれた時代だったからだろうか。それとも、本当に楽しい職場だったのだろうか。

　一面は毎号カラー印刷だったようだ。光沢のあるコート紙が使われていて、保存状態はよい。

　次に、記事をひとつずつ眺めてみる。

〈タバコ部屋のシケモク談義〉

〈我が部署のお手柄自慢コーナー〉

〈給湯室のこぼれ話〉

〈宴会促進委員会〉

〈ハッピーウエディング広場〉

〈おくやみ　在りし日の歌〉

　どこか牧歌的な、それでいて明け透けな印象を受ける。こういうのを古き良き時代、と言うのだろうか。いや、この楽しそうな紙面の裏では、ひどいハラスメントが横行していたのかもしれない。

気を許さないようにしながら、しばらく紙面を眺めた。

なぜか懐かしい気持ちになる。勇吉はこの時代を知らないはずなのに、ほっとするような気持ちで読み進めた。暗くてひんやりと冷たい空気と、古びた紙の臭いが漂う書庫の隅で、脚立に腰掛けてしばらくの間、夢中で読んでしまった。

記事の割り付けは手作業の切り貼りで対応していたのだろう。手作り感がある。

これほど手間のかかりそうな社内報を、毎月出していたのだ。よほど人員に余裕があったのか、あるいは会社の方針で社内報に力を入れていたのかもしれない。

どの号にも、最後のページの一番下に、担当部署の情報が記載されていた。

〈発行者：ミカゲ食品　総務部厚生課　社内広報班（内線５９６３）〉

内線番号の横には、ゴロ合わせで「ごくろーさん」と印字されている。社内広報班などという班が存在していたなんて、隔世の感がある。

その下に、担当者の名前らしきものが記載されていた。それを見た瞬間、勇吉はハッと息を飲んで、全身が固まった。

〈責任編集：沼尻金之助〉

最後に、キャッチコピーのような言葉が、筆書きのロゴマークのような形で掲載されている。

〈どのみち毎日通うなら、楽しい職場がいいですね〉

責任編集というぐらいだから、沼尻が作ったキャッチコピーだろう。

若かりし頃の沼尻が、この『月刊社内報　月の影』を作っていた。この社内報が会社にどんな影響をもたらしていたのか、その善し悪しはともかく、沼尻が情熱を注いだであろう仕事が、紙の束となっていま目の前にある。

〈今月の業務連絡：総務部より。今月から社内の全部署で幹部席への朝のお茶出しを廃止。飲みたい方はセルフサービスでお願いします〉

〈今月の業務連絡：オフィス内の不特定多数の目に触れる場所へヌードのポスターやカレンダーを掲げるのは控えましょう。ご自宅でお楽しみください〉

〈今月の業務連絡：小紙編集者の沼尻、長男が生まれまして、三ヵ月間休職します。その間、小紙は厚生課の他の課員が引き続き発行します。父親として、社員として、公私ともども、より一層がんばります！〉

勇吉は、もう一度、頭を整理した。平成五年度の社内報だ。

男性社員が三ヵ月の育児休暇を取るなど、当時はほぼ有り得なかったはずだ。そんな時代に、沼尻は社内報という手段を使って、職場の環境改善に一石を投じようとしていたのではないか。

勇吉は、書庫の端末で保存文書貸出の手続きを済ませ、段ボールを自席に運び込んだ。

大切に、大切に、抱きかかえて運んだ。

翌日の終業時間前、勇吉はファイルを手に持ち、沼尻に声を掛けた。

「お疲れ様です。これ、沼尻さんが作ってたんですね」

勇吉は『月刊社内報　月の影』の束を沼尻の机の上に差し出した。沼尻は勇吉を見上げて「なんのことやら」とはぐらかした。

勇吉は〈責任編集：沼尻金之助〉という記載を指差した。

「おお、同姓同名でそういう奴がいたんだよ」

まだふざけて流そうとする。「こんなに珍しい名前で同じ会社に同姓同名なんて、なかなか奇跡的な偶然ですね」とやり返す。

沼尻は「そんな古文書なんかよく発見したもんだなあ。東京地検特捜部も真っ青だぜ」と笑う。

「見つけちゃいました。『どのみち毎日通うなら、楽しい職場がいいですね』。シンプルで、わかりやすいキャッチコピーだと思います」

「まあ、どうせなら少しでも楽しい職場にしようって、意気込んで作ってたよ」

沼尻は、さりげなく自分の仕業だと認めた。

「めちゃくちゃ面白いです。昨日の夜、書庫の脚立に座って、夢中で読んでしまいました」

「ありがとよ。まあ、そりゃ面白えだろうな。あ、今の、自画自賛じいさん」

「沼尻さん、これは過去の好事例として皆に共有します。皆さん、あとヤマキョー課長も、ちょっとお時間よろしいですか。専務からの課題についてご報告があります」

勇吉は皆を小会議室に集めた。

「三田村専務から古き良き時代を検証せよとの課題を仰せ付かって記念社史を当たったところ、現在に応用できそうな要素は見当たりませんでした。その代わり、別のお宝を発見しました」

そう言って勇吉は、打合せテーブルに三冊の分厚いファイルを広げた。

ヤマキョー、都築、相良が怪訝《けげん》そうにファイルを開く。三人とも、すぐに表情が変わった。

勇吉が〈責任編集：沼尻金之助〉の部分に付箋《ふせん》を立てておいたのだ。

「これは……本当に沼尻さんがお書きになっていたんですか」と半信半疑の都築。

「面白いです。沼尻さん、昔はこんなにセンスあったんですね……」と失礼な相良。

「二人とも、そんなにジロジロ見んなよ。それに、褒めてるのか貶《けな》してるのか分かんねえ」

ヤマキョーは「不勉強でした……」と呟《つぶや》き、言葉を継ぐ。

「当社にかつて紙の社内報があったことすら、知りませんでした」

「いやいや、知らなくてよかったのに。なにせ俺の黒歴史ってやつが詰まってるからな」

「黒歴史なんかじゃありません。沼尻さん、この時の話、聞かせてください」

勇吉は懇願した。都築、相良、それにヤマキョーも「私もぜひ」と。

「おっ、リーダーや課長さんからのお誘いなんて、珍しいじゃねえか。この時間に俺を呼び止めるってことは、社外会議室で打合せってことでいいよな」

沼尻は時計を見ながら言った。あと十分で定時の十八時だ。

本当なら、この社内報『月の影』のファイルを皆でめくりながらあれこれ訊《き》いてみたいところだが、そうすると沼尻が照れ臭くて話しづらいだろう。

「では皆さん、残り十分でざっと目を通して、あとは社外会議室へ移動しましょう」

沼尻の行きつけの店、焼き鳥赤提灯《あかちょうちん》『笑談室』に流れた。

店に入るなり沼尻は「生ビール五つと、入れてある焼酎《しょうちゅう》のボトル、グラス五つと水割りセットで」と女将さんに注文した。他にも矢継ぎ早に枝豆やレンコンチップスなど早く出てきそうなものをどんどん頼んでいる。

「金さん、あんまり飲み過ぎ食べ過ぎするんじゃないよ」

「分かってらあ。でも今日は飲んで勢いつけねえと話せないことがあんだよ」

「はい、はい。話せるお仲間ができてよかったわねえ」

女将さんは弾んだ声で言うと、すぐに人数分の生ビールを持ってきてくれた。

沼尻は乾杯するなり生ビールを一息で飲み干し「もうひとつ！」と言って、空になったジョッキを厨房《ちゅうぼう》に向かって差し出した。

「もう三十年以上も前の話だ。厚生課の社内報事業に可能性みたいなものを感じて、俺は責任編集を買って出た」

沼尻は徐《おもむろ》に語り出した。

「支店や営業所や工場から面白いことがあると情報が寄せられれば、電話で話を聞き、時には足を運んで取材をしに行った」

聞けば、社内広報班は沼尻一人だけ。当時の沼尻の仕事は社内報専属だったという。

「パソコンも部署に一台ぐらいしかなくて、インターネットもメールもない。ワープロとか電話、ＦＡＸが主流の時代だ。長時間労働のモーレツ時代だったけど、その反面、今みたいに慌ただしくなくて、時間の流れがゆるやかだったところもあるね」

当然、社内のイントラネットなどない、紙の時代だ。社内報で社員たちを盛り上げようとする会社がけっこう多かったらしい。外注で社内報の作成を手掛ける会社まであったという。

「この頃だよ。啓太郎が他社での修業を終えてミカゲ食品に入社したのは」

沼尻が言う「啓太郎」とは、現社長、影森啓太郎のことだ。

「啓太郎は、ミカゲ食品の総務部厚生課に配属された。しかも俺と同じ一社員としてだ。俺の取材に時々ついてきて、社内を見て回ったんだ」

「創業家の御曹司だったら、いきなり営業部長ぐらいからスタートしそうですが」

ヤマキョーが素朴な疑問を投げかける。

「先代の意向だったらしい。お客様の幸せを追求するなら、まず社員がよりよく働ける職場を作れ。社員たち一人一人のことを、できる限りよく知れと。まさか創業家の御曹司が配属されるとは思っていなかった厚生課は大騒ぎさ。俺は厚生課長から、折を見て社内の案内をするよう申し付けられた。啓太郎と同い年で、社内の事情通だからって言われて」

「沼尻さん、大変な役目でしたね」

都築が生真面目な表情で、沼尻のグラスに氷を入れ、芋焼酎を注ぐ。

「いや、別に大変でもなかった。俺はこういうずぼらな性格だから、創業家の御曹司だろうが誰だろうが気を遣うのも面倒で、同い年の同僚ぐらいな感じで接してたよ。啓太郎は、それが嬉《うれ》しかったらしい。よく一緒に飲みにも行ったよ」

沼尻は懐かしそうに振り返り、「止め止め、社内報の話だ」と話を戻す。

「ミカゲ食品の『月の影』は、記事の企画や作成は俺がやって、印刷だけ外注してた」

沼尻の『月刊社内報　月の影』は、社内で好評を博した。

「感想のFAXが色々な部署からたくさん届いた。ただ、ある日、そのたくさんの感想の中に、電話で、ある営業所の中年営業マンからのSOSが入ってきたんだ」

営業所長からいじめの標的にされているという相談だった。営業所長は若くして実力でのし上がったデキる男だが、ノルマを達成できない中年社員を暴言で追い込んでくるのだという。

「そんで、個人的に相談に乗っちゃった」

「まるで不祥事防止の内部通報窓口みたいですね」

ヤマキョーが少し声を潜めた。

「ああ、今思えばそうだなあ。今でこそ、そういう相談窓口みたいなのって、ある程度大きい会社には設置されてるみたいだけど、昔はなかったもんなあ」

沼尻は珍しく神妙な表情で語る。

「俺は思い切って、本社の人事部に内々に話をした」

事態を重く受け止めた人事部から営業所長へ改善の指導が入った。ところが、相談者から再び沼尻に情報がもたらされた。営業所長は改善するどころか、苛烈《かれつ》に相談者を問い詰めたという。

「内部通報者の公益保護義務に違反してるじゃないですか」

勇吉はコンプライアンス部で覚えたばかりの言葉を口にして、憤慨した。

「内部通報者の公益保護義務ねえ……。当時、そんな考え方はなかったからね」

沼尻は、捨て身の策に出た。社内報に『とある上司と部下の話』と題した糾弾記事を書いたのだ。部署名は伏せ、名前もXさんやYさんなどにした。

人情の厚かった厚生課長は、いじめの糾弾記事付きという異例の社内報に、校了の許可を出してくれた。加害者、被害者とも絶対に特定されないように、という条件付きだ。

当の本人にだけ伝わるよう、慎重に書いたつもりだった。

しかし、熱心な社内の読者たちがあの手この手で、加害者を特定してしまったのだ。

「これが結局、間違った私刑を科す結果になっちまった。私的な罰を下すほうの私刑ね」

「そんな、沼尻さんが罰を下したわけではないのでは……？」

「結果的に同じことだよ。悪玉だと決められた人間は、袋叩《ふくろだた》きにしてもＯＫっていう空気ができちまった。今も昔も変わりなしだ。今のネットで言う『炎上』ってやつだな」

当時は、社員の住所録が配られていた時代だ。加害者にあたる営業所長の家には、無言電話や誹《ひ》謗《ぼう》中傷のＦＡＸが延々と続いた。

沼尻は人事部から厳重注意を受けた。営業所での個人間のトラブルを社内報に書きたて、加害者が特定され、プライバシーの侵害を引き起こした。その咎《とが》で、責任編集の沼尻が糾弾されたのだ。

「でも、沼尻さんが糾弾されるのはおかしくないですか？　悪いのは、部下を追い込んだ加害者や、加害者を勝手に特定して誹謗中傷をした人たちだと思いますが」

都築が、納得いかない様子で憤慨している。

「いや……そういう次元の話じゃなかったんだ」

沼尻は俯《うつむ》いて、少し息を吸い込んでから、溜息《ためいき》交じりに言葉を継いだ。

「でっち上げだったんだよ」

沼尻は「相談者のタレコミ情報が、でっち上げだった」と付け加えた。被害者はむしろ、若き営業所長だった。

「相談者の他に、営業所内の別の社員に話を訊いたりしなかったんですか？」

勇吉は素朴な疑問を抱いた。広報担当者として記者の取材を受けていた経験から、記事の裏付け確認は欠かせないはずだと思った。

「もちろん訊いたよ。裏を取ったつもりだった。ところがよ、営業所のプロパー社員が、みんなグルだったんだ。所長は若くして本社からの期待を背負って、営業所のテコ入れを任されていた。営業所の幹部らは気に食わねえから、彼に一泡吹かせてやろうってね。特にベテランの営業所員たちは、新所長を客先に紹介しないとか、悪く言うとか、あの手この手で足を引っ張っていたらしい。出世争いする男の嫉妬《しっと》ってのは、恐ろしいもんだ」

営業所の事務の女性社員からの匿名の声が寄せられた。所長は決して、部下をいじめてなどいない。営業所の一員として、溶け込もうと必死に頑張っている、と。

人事部の聴き取り調査の後にいじめが苛烈になったという話も、本当のところは営業所長が「自分は何を改善すればよいか」と必死に聞き出そうとしていた、ということだった。

沼尻は「俺は正義を気取って、非のない人間を糾弾し、追い込んだ」と顔をしかめた。

若き営業所長は失意のうちに退職したという。

「ミカゲ食品を退職した後、その方はどうなったんですか」

都築が訊ねると、沼尻は「全く分からないんだ」と首を横に振った。

「小豆登志夫《あずきとしお》っていう男で、珍しい名前だから、ＳＮＳで検索してみたりもしたよ。でも、全然見当たらないんだ。元気でいてくれているといいんだが……」

勇吉もスマホから「小豆登志夫」の名で検索してみた。しかし、小豆島《しょうどしま》や妖怪小豆《ようかいあずき》洗いなどの記事が出てくるばかりで、確かに「小豆登志夫」は一件も見当たらない。

「俺は、後の号で、謝罪訂正記事を掲載した。記事に書いた上司による部下いじめの事実はなかったと訂正し、事実関係の確認不足で無実の人を傷付けてしまったことを詫《わ》びた」

次に社内で標的になったのは、非のない人間を追い詰めた『月の影』と沼尻だった。

誤報に乗じて正義感に駆られ、営業所長を「特定」した社員たちも、バツが悪かったのだろう。みな自分たちに矛先が向かぬよう、沼尻糾弾の急先鋒《きゅうせんぽう》となった。

〈社員の福利厚生のための社内報であるはずなのに、あんな記事を書くのは不適切〉

〈誤った正義感を振りかざし、事実無根の罪を着せた〉

あちこちから今度は掌《てのひら》を返したような義憤の声が寄せられた。

「そんでもって『月の影』は廃刊。前途有望だった若き営業所長をでっち上げの記事で退職に追い込んだ俺は、干された。その後は、窓際を転々とする日々さ」

沼尻は地方の営業所に飛ばされ、三年間、備品管理などの閑職の席を温めた。

「そんな俺が今の今まで会社にしがみついていられれんのは、会社にちょっとした貸しを作ったからなんだけどな」

「ちょっとした貸し、というのは何ですか」

勇吉は単刀直入に訊いた。沼尻は珍しく狼狽《ろうばい》した様子で口をつぐんだ。

「今のはちょっと口が滑った。墓場まで持っていく話だ。そいつは言えねえや」

「聞かせていただけませんか」

勇吉は食い下がった。沼尻は少し考え込んでからポンと膝《ひざ》を叩いた。

「もう時効だからいいや。会社と取引したんだ。自分の生活と、不正経理の責任を等価交換した」

本社に戻った沼尻は、経理課の請求支払処理班という不可解な新設のポストで班長になった。請求書や支払伝票に決裁のハンコを押すだけの仕事だった。沼尻がハンコを押すと、請求書が取引先へ送られる。ただそれだけ。誰にでもできる仕事だ。

「これはもう、いよいよリストラかと、覚悟したさ」

九〇年代も終わりの頃だ。ミカゲ食品でも四十前後から五十代の社員が肩叩きに遭って会社を去ってゆくケースが多々あったという。

ところが三年、四年と時が経っても沼尻は肩叩きにも遭わず、閑職の席を温め続けた。

「俺なんて真っ先に戦力外通告されるかと思ってたのに、不思議だったよ。『もしかしたら生き残ったかな』と安堵《あんど》しかけたその時だ。黒い影がスーッと俺に近づいてきた」

沼尻は怪談話を盛り上げるみたいに、声を潜めた。

「ミカゲ食品と取引先の関東《かんとう》マーケットとの間に、リベート絡みで会社史上最悪の不正会計疑惑が発覚した。税務署に両社とも踏み込まれて、見つかったんだ」

「でもリベート自体は、違法ではないですよね」

勇吉は首を傾げた。リベートは、メーカーが小売店に対し、仕入れ額のうち何パーセントかをキックバックする商習慣だ。

「ああ、リベート自体は法に触れてはいない。だがリベートの処理の仕方が真っ黒だった」

リベートは通常「売上割戻金」などの名目で計上される。

「売上割戻金としてキックバックしてるはずの金の流れが、ミカゲ食品と取引先のどちらの帳簿にも記録されてなかった。関東マーケットの裏金になってたんだ」

支払伝票にも、毎月ミカゲ食品から関東マーケットへの売上割戻金が入っていて、沼尻は特に怪しまずにハンコを押していた。

ところが、関東マーケットの出金先口座が、裏金をプールするための口座だった。

「会計の記録から、パッと消えちまうんだ。関東マーケットの裏帳簿で管理されてた」

最大の取引先、関東マーケットと結託した、巨額の簿外会計処理だった。

「俺は何も知らず、取引先の裏金作りの片棒をかついでたわけだ」

「ひどい話ですね……。でもなんで裏金なんか必要だったんですか？」

相良が憤慨気味にジョッキのビールを呷《あお》った。

「裏金の使い道？　関東マーケットが総会屋へ払う『賛助金』さ。脅してくる総会屋に、これで勘弁してほしいって、手打ちのために払う金だよ」

当時、関東マーケットはバブル期に手を出した不動産事業などで不良債権が焦げ付いて巨額の損失を出し、総会屋にいくつもの弱みを握られていた。株主総会を穏便に収めるため、関東マーケットの経営陣は、総会屋の不当要求に応じてしまった。

「さあ大変だ。そこで天下のミカゲ食品が、この沼尻金之助様に助けを求めてきたわけだ」

〈沼尻さん、このお金の流れ、あなたが作ったことにしてもらえませんか〉

「俺は察したよ。このために請求支払処理班とかいう不自然なポストができて、いつでもトカゲの尻尾《しっぽ》切りができるよう、俺が配属されたんだなって」

関東マーケット側にも沼尻と同じ立場の汚れ役が用意されていた。その二人が結託して総会屋対策に充てる裏金作りの会計処理を主導したというストーリーだ。

「取引先の経理担当者と共謀で、簿外経費を生み出し、裏金作りの実務を主導した班長として、俺は停職六ヵ月の処分を受けた」

沼尻への見返りは「この責任を被《かぶ》れば、リストラはしない」だった。沼尻は、組織の暴走であったはずの裏金作りを、個人的な不正経理としてしょい込んだ。

その時の財務部長が、今の常務取締役である加部だった。他にも、沼尻に責任を被せて助かった者はたくさんいる。

「俺だって同じ穴のムジナだよ。メシを食うために、裏取引に応じたんだから。停職期間の六ヵ月分の給料も秘密裏に補塡《ほてん》された」

関連部署の幹部職員は、管理不行き届きで減給三ヵ月や戒告などの処分を受けただけで、難を免れた。

沼尻にはもはやプライドなど残っていなかった。ただ生活のために、会社に通い続けた。

毎日定時に仕事を上がって帰宅し、家族から疎まれるようになった。

「晩飯食って酒飲みながらテレビに向かって悪態を吐く、クソ親父への道を転がり落ちた」

沼尻は自嘲《じちょう》気味に笑った。

「都築ちゃんや相良ちゃんは、『亭主達者で留守がいい』っていうことわざ、知ってるか」

唐突に話題を振られて、都築と相良が首を傾げた。

「なんとなく、聞いたことがあります」

勇吉が代わりに答えた。亭主は外で元気で働いてさえいれば、家にいないほうがありがたい。そんな意味だった気がする。ネットで懐かしの昭和ＣＭ集を見た時、「亭主元気で留守がいい」というキャッチコピーにアレンジして使われていた記憶がある。

「嫁さんと二人の息子には愛想をつかされ、誰も俺とは口をきかなくなった。俺も家に早く帰りづらくなって、新橋で安酒を呷って帰るようになった。こういう人生なんだと諦《あきら》めることにした」

給料をもらうため。住宅ローンを完済するため。それだけのために毎日、家と会社を往復した。

「暇だったから、自傷行為のように、成功したベンチャー企業の若い経営者の本とか、芸能人の自伝本とかを読んでみるんだよ。俺は、そういう本によく出てくる、無気力な勤め人のおっさんの典型例なんだなあって思いながら。朝のラッシュアワーに満員電車に押し込まれて会社へ通う『死んだ魚のような目をしたおじさん』の一人だ」

「死んだ魚のような目……。それは……自分も同じだと思います」

勇吉は朝の満員電車を思い出す。あんなにもぎゅうぎゅう詰めの人で込み合っているのに、電車の走行音の他は不気味な静寂に包まれ、時々咳払《せきばら》いや舌打ちが聞こえるだけだ。香水や化粧品や生乾きの洗濯物の香りがしたり、ほんのり汗臭さが漂ったり。満員電車の車内は不思議な空間だと、つくづく思う。極限まで人が密集しているのに、一人一人は孤独だ。

「仕事で成功した奴らは言うよな。社会に役立つことや、やりがいみたいなものを見つけて、生き生きと仕事しろってね。でも『死んだ魚のような目をしたおじさん』たちだって、何かと戦ってるかもしれないだろう」

満員電車、死んだ魚のような目をしたおじさん、列車の走行音、ため息、咳払い、舌打ち。いつも身を置いている朝の特殊空間が、勇吉の心の奥に鮮明に広がる。

「沼尻さんは、どうしてスマコン準備室に配属されたんですか？」

勇吉は改めて沼尻に訊いた。

「すみません、言いたくなかったら別に……」

勇吉が質問を取り下げかけると、沼尻が「希望したんだ」と遮った。

「手を挙げたんだよ。俺、コンプライアンス部で仕事がしたいです、って」

　勇吉は、沼尻独特の冗談かもしれないと思った。だが沼尻は続ける。

「年甲斐《としがい》もなく、社内公募枠っていうやつに手を挙げたんだ。ダメ元で」

　コンプライアンス部から一名、公募の枠が出されていた。

「罪滅ぼしになるかなっていう、自己満足もあるさ。間違った正義感でひとりの社員を退職に追い込み、知らないうちに取引先の裏金作りの片棒かついで、挙句の果てに生活のためとはいえ会社との裏取引にも乗っちまったからね。真っ黒なまま終わりたくねえなあとか、今更ながら考えちまった。しょうもねえ話だよな」

　勇吉は「いいえ」と首を横に振った。

「それと、どうしても気持ち悪かったんだよ。コンプライアンス、ってやつ？　昔、俺がやろうとしていたことが、なんだかおかしな方向に突っ走っている感じがしてさ」

　ヤマキョーと都築と相良は、沼尻の打ち明け話を黙って聞いている。

「言うのも恥ずかしいんだが、真っ黒な取引に魂を売って抜け殻になったおっさんが、最後にひと花咲かせに来たんだ。笑ってくれよ、リーダー」

「いいえ、笑いません。たとえ会社の他の全員が笑っても、私だけは笑いませんよ」

「そうかい。ありがとよ」

　そう言って沼尻は美《うま》味そうにグラスの焼酎をすすった。

「反撃したい。六十も過ぎて、人生の大逆転なんて望みはしない。ただ、反撃したいんだ」

何気なく沼尻が口にした言葉に、勇吉は魂を撃ち抜かれたような心地がした。

反撃したい。どこかで聞いたことのある言葉だ。

「職場も世の中も捨てたもんじゃないって思える瞬間があったらいいなと思うんだ。俺が社内報『月の影』の責任編集をしてた時は、そんな気持ちで張り切ってたよ」

捨てたもんじゃない。なんだかロックな響きだ。

「反撃しましょう。スマコンも、どうせならば、捨てたもんじゃないと思えるものにしましょう」

勇吉は拳《こぶし》を握りしめた。

沼尻が漠然と思い描いていた「スマコンじみたもの」と、現在の社内の状況を照らし合わせながら、作戦を練る。

「社内は細かいルールが飽和状態。だから原理原則に立ち返るべき。これが、我々スマコン準備室と、本家本元のヤマキョー課長で共有した基本的な考え方です。ここまではよいでしょうか」

勇吉はヤマキョーに向かって確認した。ヤマキョーは「概《おおむ》ね合っています」と頷《うなず》く。

「そこで、ひとつ提案があります」

勇吉は、もやもやと抱いていた思いを、今の一連の雑談で言語化できた気がした。

「社長に聞け、ではなく、現場の社員に聞け」

会議室でいくら役員たちの議論をメモしても、答えにはたどり着けなかった。

「前に、社長に聞くのが早いとか言いましたが、我々は大事なことを見落としていました」

会議室で議論を繰り返しても埒《らち》が明かないなら、現場の声を聞けばよい。

「現場の社員たちに話を聞きませんか。ちょっとした声掛けが、いい結果に繋《つな》がったとか」

沼尻が「面白そうだけど、それを聞いて、どうするんだい」と首を傾げる。

「まさに、お客様の声を聞くんです。相良さん、今回のプロジェクトのお客様は、社長でも役員たちでもない。現場の社員じゃないかな。通常のコンプライアンス行動規範は、社外のお客様の目を意識して発信される。でもスマコンは、社内の現場の社員をお客様と考えてはどうだろうか」

勇吉の言葉に相良は「確かに……そう考えたほうがしっくりきます」と頷いた。

「お客様の声、つまり社員の声を集め、事例を基にして、たとえば『挨拶《あいさつ》をしよう』レベルの原理原則に立ち戻った、数箇条の心得みたいなものを作る。ここに、ヤマキョー課長の言う『プリンシプルベース』のヒントが見えてくるかもしれない」

勇吉は皆を見回しながら、考えを言語化した。沼尻が小刻みに頷いた。

「俺は賛成だ。よかった事例を取材しようってことだろう？　昔の社内報記者時代を思い出すぜ」

「しかしどうやって事例を集めるかが課題ですね。表向きには、六月中に役員会議の注文に沿った骨格案を、九月までに行動規範全体の草案を取りまとめなければなりません」

三月末の臨時コンプライアンス委員会で課された「ブラッシュアップ案」は、なんとか五月の頭に承認を得て、一旦《いったん》はしのいだ。

その後、行動規範の骨格案は、五月下旬の定例コンプライアンス委員会で内容を報告したところ、概ね承認で、部分的な修正意見を受け、詰めの作業を迎えていた。それが終わると、全体案の取りまとめが待っている。

「それらの公の業務と並行で作業を進めるならば、短期間で多くの事例を集める必要がありますよね……」

都築が考え込む。彼は課題を実務に落とし込んでシミュレーションする力を持っている。

「社内イントラの掲示板を使って募集するのはどうでしょう。全社員が見ます」

相良がすかさずアイデアを出す。豪快なアイデアだ。この思い切りの良さが入社二年目でヒット商品を開発できた原動力だろう。

「許されるでしょうか。全社員向け掲示板でアンケートを募るって、相当ハードルが高いのでは？」

いつもならまっしぐらに突き進むタイプの都築も、ためらいを隠さない。

「確かに、かなり難しそうだなあ」

勇吉は唸《うな》った。どこの部署の誰の許可が必要だったろうか。仮に許可が取れたとして、アンケート募集を見た社員たちが協力してくれるか。下手をすれば、批判を浴びかねない。

勇吉の心の中でアクセルとブレーキが交互に作動する。

「許可の件なら大丈夫です」

ヤマキョーがきっぱりと断言した。

「ミカゲ食品の決裁規則上、社内イントラの全社員向け掲示板は、チームリーダーの決裁で記事を掲載可能。アンケートの収集記事でも、この基準は同じです」

「法務企画課長のヤマキョーさんが言うなら間違いねえなあ！」

「私が言うなら、ではなく、社内の決裁規則にはっきりと書いてあります」

「じゃあ、できるかできないかではなく、多治見さんが、やるかやらないかの二択ですね」

相良が悪戯《いたずら》っぽい笑みを浮かべて勇吉に決断を迫る。ここで引き下がっては、ロックじゃない。

「やろう。何事もやってみなければ分からない。まずは行動あるのみ」

翌日、チームの皆で文面を考え、勇吉の権限で決裁処理をした上で、社内イントラの全社員向け掲示板にアンケートを掲載した。

〈小さな成功事例を積み上げて、スマコンのヒントを探してみたい！　一緒に実験しましょう！
どんな些《さ》細《さい》なことでもＯＫです。よかったこと、自慢の事例を教えていただけませんか？〉

＊

アンケートの記事をイントラの全社員向け掲示板に掲載してから一週間が経った。

結果は、想像を絶していた。荒れるどころか、無風だった。

回答、ゼロ件。

どのぐらい集まるか不安ではあった。あるいはスマイルコンプライアンスを非難する厳しい回答が多数寄せられることも覚悟していた。

しかし、まさか一件も回答がないとは。都築が頭を抱えながら言った。

「やはり、回答の記載例を作って載せるのはどうでしょうか。自由記載のアンケートの場合、どんな感じで回答してよいか分からない人が多いような気がします」

「いや、記載例を出せば、我々が欲するような回答を誘導することになりかねない」

勇吉は記載例を出さずに待つ判断を下した。

そんな中、役員会議でもアンケートが話題に上った。

「お遊びみたいなアンケートなんかで無駄な時間を使ってんじゃねえ。さっさと社長に見せられる骨格案と論点資料を、きっちり更新して俺らに見せろよ！」

加部常務が机をバンバン叩きながら、顔を真っ赤にして怒っている。

「アンケートは、現在作成中の骨格案に根拠を持たせるための、現場からの情報収集です」

勇吉は苦し紛れの言い訳を口にしたが、我ながら説得力がないと痛感した。

「ところで、そのアンケートとやらには、どんな回答が来てる?」

三田村専務が一応聞いておこうといった様子でひじ掛け椅子に深く腰を沈めた。

「それが……回答は来ておりません」

勇吉は、顔面を火照らせながら答えた。

大爆笑が沸き起こった。わざとらしく椅子からずり落ちる者もいる。嘲笑の中、勇吉の脳裏に、アンケート企画を実行してくれた準備室のメンバーたちの顔が浮かんだ。

「回答がゼロのアンケート募集なんぞ、すぐに削除しろ。スマコンプロジェクトの面汚しだ」

加部常務がせせら笑う。この男は、いつもこうして高みから社員たちのアイデアにケチをつけ、ひねり潰《つぶ》してきたのだ。

図らずも勇吉の口から「また全否定か」というぼやきが小さく漏れ出してしまった。

「おい、タジマ。いま俺に何か言ったか。もう一度言ってみろ」

加部常務が勇吉を睨《にら》みつけた。自分に逆らう言葉はどんな小さな声でも察知するのだろうか。

「いいえ、独り言です。あの、ちなみにタジマではなく多治見です」

「またそうやって口答えするか」

「口答えとかではなく、名前を正確に覚えていただきたいだけなのですが……」

「お前みたいな、俺にいちいち口答えする担当者は初めてだよ。あんまり俺を怒らせるなよ」

三田村専務が「まあ、まあ」と割って入った。

「そう熱くならず。回答がないのだから、アンケートは速やかに削除。これでよいかな」

加部常務が「そういうことですな。理解したか」と下卑た笑いを浮かべる。

勇吉は「カシコマリマシター」と棒読みで応じた。

「フィンランドのサンタ・スポーツ社では回答なきアンケート調査というジョークのエピソードが新聞で取り上げられて話題になったりと、逆転の発想もあり……」

出羽本部長の「ではトーク」もむなしく響き渡り、役員会議はお開きとなった。

夕方、部署に戻り、勇吉は皆に謝った。

「申し訳ない。アンケートは社内イントラから削除しろと。専務からのお達しだ……」

勇吉は「残念だけど、削除します」とチームの皆に告げ、パソコンを起動させた。

「ちょっと待ってください！」

相良がパソコンの画面を見ながら叫んだ。

「一件、回答が来てます……」

皆で相良の席へ駆け寄り、回答を読んだ。

〈まだ二十代の頃、とある部署での忘年会で、課長が「お互い弱音や愚痴をとことん吐き出す会にしましょう」って、テーマを設定してくれたことがありました。私は、弱音や愚痴は傷の舐《な》めあいにしかならないし、チームを腐らせると思っていました。だから最初は「そんなネガティブなことをして何の足しになるのか」と半信半疑でした。課長が設定したルールは二つ「弱音や愚痴は遮らずに聞く」「暴言を吐かない」。すると、みんなから、出るわ、出るわ。今でいう「心のデトックス」ですかね。あれ以来、私は弱音や愚痴を積極的に、バカ話を交えたりして明るく話し、明るく聞くようにしています。よく、弱音を吐かない、愚痴を言わない、が美徳のように思われがちです。しかし私の経験上、弱音や愚痴を言い合えるチームのほうが厳しい仕事も乗り切れる気がします
（某地方営業所・四十代・管理職）〉

「この回答を紹介しましょう。後に続く人が出てくるかもしれません」

「リーダー、どうするよ。俺も都築ちゃんと同じ考えだ」

都築と沼尻が、勇吉に判断を求めた。

勇吉は少しためらった。三田村専務からアンケートは削除せよと命令を受けた。だが命令は「回答がないようなアンケートは削除しろ」ということだ。回答があったなら、載せ続けるべきだ。

「載せましょう。反撃しましょう」

翌日、三件。その翌日、五件。だんだんと、面白がって回答を投稿する人が増えた。

初投稿の「弱音や愚痴を吐きあおう」の事例が呼び水となったかのように、回答は増え続けた。

結果、五十件以上の回答が寄せられた。事例は匿名で紹介し、部署と年代と職種のみ掲載することとした。手分けをして「よかったこと事例」の取りまとめ作業を始めた。

〈ある商品の納期を間違えて一週間遅くメモしていたことに気付き、半ばパニックになって「すみません」「すっかり忘れてました」「どうしよう」とか、騒いだんです。そうしたら、課長も周りのみんなも緊急事態モードになって助けてくれて、なんとか乗り切れました。あれ以来「困ったら騒

げ」が私のモットーで、部下にもそう伝えています（営業部・四十代・法人営業職）〉

〈同じグループの男性社員のポケットで頻繁に携帯電話が鳴って、その度に席を外して廊下へ出て行く。家族に何かあったのだろうかと思って声を掛けたら、案の定、子供が熱を出して保育園から引き取りのお迎えを求められていると言う。妻も高熱で寝込んでいて迎えに行けないと困り顔。お節介ながら「その資料の納期、延ばせないんですか？　それか、他の誰かに代わってもらうとか」と、わざと大きな声で言ってみました。すると上司が察して「すぐにお迎えに行ってあげてください」と（生産管理部・四十代・研究職）〉

〈隣の部署の後輩社員がいつも鞄《かばん》に付けているキーホルダーが、私も応援しているプロスポーツチームのグッズだと気付いて、話し掛けてみたんです。意気投合して、週末に一緒に試合を見に行くようになりました。実は、その相手が今の夫です（総務部・三十代・事務職）〉

〈工場の給湯室で、朝よく同じタイミングでマグカップを洗いに来る年配社員のSさんがいました。いつも「おはようございます」って挨拶し、カップを洗いながら雑談するようになりました。ある時、機械管理部門にお願いしにくい仕事の相談をしなければならないことがあって、恐る恐る行ってみたんです。するとそこのチームリーダーが、毎朝給湯室で挨拶するSさんでした。「おつかれさん！　どうしたの」って手を振ってくれて。快く相談に乗ってもらえました（製造部・二十代・生産ラインオペレーター）〉

　相良と都築が、回答を一覧にまとめてくれた。

　それを、ヤマキョーも交えて皆で読み返した。

　ぽつりと、沼尻が呟いた。

「俺、今日は残業するぜ」

皆が仰天するや、沼尻は付け加えた。

「街の社外会議室で、皆さんと戦略会議でもしたいと思うが、どうだい」

勇吉は苦笑しつつまんざらでもない気分で「やりましょう」と応じ、皆も同意した。

新橋の路地裏『笑談室』は、今日も鳥を焼く煙の香りでスマコン準備室の面々を迎えてくれた。

「アンケートの回答を読むと、職場も捨てたもんじゃないって思えるなあ」

賑《にぎ》やかな店内の喧騒《けんそう》が、程よく各テーブルの半密室状態を作り出してくれる。

「現場の声から、プリンシプルベースの数箇条みたいなものを、考えてみませんか」

勇吉は少し声を張り、皆に提案した。すると、沼尻が真っ先に手を挙げた。

「その一、挨拶と声掛けをしよう」

先日と同じ発言だ。沼尻の根底にある考えは、ぶれていない。

「私もひとつ。上司、部下、同僚のいいところも見つけよう」

次にアイデアを出したのはヤマキョーだった。

「私自身の自戒も込めています。契約書類や訴訟に関わる書類をチェックして指摘事項を出したりしていると、減点法で人を見がちになってしまいます。でも会社の中には、いい加減に見えても仕事がすごく早い人、丁寧過ぎて遅いだけのように見えて実は誰もチェックし切れていなかった落とし穴を見つけている人もいます」

都築が負けじと意気込んだ様子で手を挙げた。

「困ったことがあったら、抱え込まずに騒ごう。回答をくれた方の経験談が元です。おっしゃるとおりだと思いました。困ってどうしようもなくなった時でも、騒ぐと周りの人が助けてくれます」

すると「私もアンケートの回答にあやかって」と相良が手を挙げる。

「時には雑談もしてみよう」

給湯室で雑談を交わすだけだった他部署の先輩社員と、偶然仕事で関わってスムーズに事が運んだ例もある。

「昔はタバコ部屋の腐れ縁っていうのもあったけどな」

沼尻が笑った。喫煙所でしか会わない人がいる。そこで一言二言、他愛もない雑談などをしながら仲良くなる。後々その人と同じ部署になって助け合えたこともあったという。

その後、皆で案を出し合っていくうちに、ごく当たり前だけれど忘れられてきたことが、だんだんと浮き彫りになっていった。勇吉は手応えを感じ、皆に提案した。

「冗談ではなく、実はこういう感じの明文化が、合っているのかもしれません。当たり前のようだけど忘れられていること、意外にも見落としていたり固定観念にとらわれていることを厳選して書き溜めてみましょうか」

「私は大賛成ですが、問題は、どうやって稟議《りんぎ》を通すか、ですね……」

相良が現実的な課題を提起する。確かに、法務企画課長のヤマキョーからお墨付きを得たとしても、その先は経営企画本部長の出羽守を説得することすら難しそうだ。ましてや、加部常務などは一蹴《いっしゅう》するだろう。

「社長稟議の案件には膨大な根回しとダメ出しが付き物だもんな。三歩進んで二歩下がるどころか、三歩進んで五歩下がることもある、長いスタンプラリーの旅が行く手を阻む」

沼尻が忌々《いまいま》しそうに溜息を吐き、串《くし》に刺さったつくねを一気に頬張った。

「稟議の通し方は追い追い考えるとして、自分たちなりに、これだと思えるものを作りましょう」

勇吉は心に決めて、皆を鼓舞した。

「いいねえ。俺さ、一条思い付いたぜ。『たまにはパーッと、飲みに行こう』ってな」

「それは……。面白そうですが行動規範に載せるのは、さすがにＮＧですね」

ヤマキョーが笑った。

「だめかー。スマイルコンプライアンスってのは、お固いなあ！」

沼尻も笑うと、皆も声を上げて笑った。

勇吉は、久しぶりに「ブルシットではない」議論ができた気がした。

第五章　よりよく変身できますように

胃を半分切除する大手術を乗り越えたジョージは、驚異的な回復を見せた。食事はよく嚙《か》んでゆっくり摂《と》らなければならないが、体重は手術前とほぼ同じぐらいに戻ったという。職場にも、時間短縮勤務で通い始めた。

退院後初めてのバンドリハは、池袋の音楽スタジオに集まった。学生時代から使っているなじみのスタジオだ。学生の頃、四人はこのスタジオでセッションをしながら、たくさんの曲を作った。深夜練習で怒鳴り合いの喧嘩《けんか》をしたこともある。

「そういえば、ユーキチが深夜練習で寝落ちしながら一曲弾ききったことがあったな」

「ジョージ、よく覚えてるね。とか言いつつ、あれはアタシも覚えてるわ」

マキとジョージとリキヤが声を合わせて笑う。

「そう言うジョージも、けっこう寝落ちしてただろう」

椅子に座って前後左右に揺れながら、リフもソロもバッキングもほぼ完璧《かんぺき》に弾き終えたところで「わりい、寝落ちしてたわ」と椅子からガバッと立ち上がったのだ。

居眠りしていたことなど、誰も気付かなかった。

今日のリハは、あの頃の深夜練習で疲れた時と同じく、四人とも座ったまま、ゆっくり進めた。

リキヤがドラムスティックを右手でくるくると回しながら「どうだ、ジョージ。調子良さそうだな」と嬉《うれ》しそうに微笑む。

ジョージは「まだまだ。俺の本調子はこんなもんじゃないぜ」と減らず口を叩《たた》く。

小休止の時、ジョージがマキと二人で作って録音したという新曲のデモ音源を披露した。

スマホに入れてきた音源を、スタジオのアンプに繋《つな》いで再生した。

〈満員電車で会社に通いたい。つまらん会議を面白くしたい
うちら勤め人。生きてりゃ最高
客のクレームでボロボロ。上司の小言でウンザリ
だけど勤め人。生きてりゃ最高
ひと山越えればチームで乾杯
愚痴も弱音もウェルカムナイト
みんなお互いお勤めご苦労さん〉

「どうだ、最高にダサくて格好悪い歌詞だろう。俺は運よく胃が半分残せて、飯もそこそこ食えて、職場にも復帰できた。前は金のためだけに渋々通ってた職場が、今は楽しいんだ。生きて職場に通ってるってだけで、どれだけすげえことか、分かるようになったんだ」

ジョージは心底嬉しそうだった。

「いいねえ。格好悪くてどうしようもない毎日を、楽しく這《は》いつくばって笑い飛ばすような、ロッ

クンロールの醍醐味《だいごみ》がある」

リキヤが丸くて柔かな笑みを浮かべて、大きな体をゆすった。

「あと、もう一曲作ってきた。こういうロックンロールナンバーなんだけど……」

ジョージが何やら照れくさそうに、歌詞の上にコード進行が振ってあるだけのメモ書きを勇吉とリキヤに向かって差し出した。

タイトルは『幾千の宝石をちりばめた空』。

「ジョージらしからぬ曲名だなあ」

勇吉は率直に言った。冷やかしではなく、この曲名を見ただけで、何かジョージの中で化学反応のようなものが起きている予感がした。

「アタシも、最初は『ジョージらしくないかも』って思った。でも、一度歌い終えたら、今のジョージの全てが詰まった歌なんだって思えた」

「入院って暇過ぎて、いろいろなこと考えてるうちに今までと全然違うものができた」

ジョージが照れ隠しのように苦笑しながら、スマホに入ったデモ音源を再生する。

ギターイントロは軽快な三連符の旋律による、典型的なロックンロールの音遣いで入った。

ドラムはリズムマシンの打ち込み音、ベースはおそらくマキが弾いている。リズムギターとリードギターは、もちろんジョージだ。

マキの歌声が入った瞬間から、ガラリと曲の世界が変わった。

〈どこまでゆけば分かってくるのだろう

同じ景色を何度も見てるけど
地図さえあれば、分かってしまうの？　道もないなら、意味もない
どのみちウチら、集った仲間だから、何かの縁と思って損はない
旅は道連れ　道草つれづれ　道がないなら　そうだ空を見上げよう

幾千の宝石をちりばめた空の、かたわらに遊ぶ鳥になって
でたらめまかせに線でつないで、みんなで描こう、無限の絵を描こう〉

歌の2コーラス目には、慌ただしい毎日の中でも、時には立ち止まって気楽にいこうという思いが込められていた。最後はジョージの弾幕《だんまく》のような爆音ギターをマキの歌声がかいくぐるようにして「歌おう、語ろう、探そう、笑おう」と呼び掛けながら突き抜けてくる。

聴き終えると、勇吉は半ば無意識のうちに拍手していた。一度どん底まで落ちて這い上がってきたジョージそのものみたいな曲だと思った。リキヤも「ブラボー」とつられて拍手する。

「綺麗事《きれいごと》をサラッと歌にするのもまた、ひとつのロックの在り方じゃねえかなと思って書いた」

ジョージは少し目を潤ませて言った。

「これ、一発録《ど》りでレコーディングしよう」

勇吉は半ば衝動的に提案していた。ジョージの魂の叫びだ。しかもそれを、彼らしく大げさでなく軽やかに表している。すぐに形にしたいと直感した。

次の土曜の夜、鍵原マスターの名ディレクションの下、ライブハウス『ロック・フィールド』の機材でレコーディングを敢行した。

四人で二度、三度とセッションを重ね、曲を詰めてゆく。どんどんよくなっていった。

「俺は、ちゃんと生きられてる。これは奇跡じゃねえ。マキとみんながいて、少しずつ復帰をサポートしてくれる職場もあって、絶対に生きてやるんだと思えるようになった。ありがとな」

神妙に感謝の気持ちを述べるジョージに、リキヤが「らしくねえこと言うなよ。薄気味悪いなあ」と満面の笑みを浮かべて言った。

ジョージがトイレ休憩でギターをスタンドに立てかけて出て行くと、マキが声を潜めた。

「お医者さんが『今だから言えること』ってアタシに教えてくれたんだけど、九十九パーセント助からない状態だったらしくて……この回復は奇跡的だって」

手術から一ヵ月後の腫瘍《しゅよう》マーカー検査の数値も問題なかったという。

「さて、再開すっか！」

ジョージが戻ってくると、マキが目元を指で拭《ぬぐ》って「やるぞ！」と叫んでマイクの前に立った。

勇吉はベースのチューニングを直しながら、隣で軽快にリフを奏でて指慣らしをするジョージを、まじまじと見つめた。

「どうしたユーキチ、ニヤニヤして」

「いやあ、本当に回復してよかったなあ、と思ってなあ」

「なんだ、改まってしみじみと。ユーキチの心の風邪はどうなんだよ」

「クソして寝て、起きて働いて飯を食え。ジョージの言葉で、俺の心もだいぶ立ち直った」

「俺、そんなこと言ったっけか？　よし、次でラストテイクにするぞ」

ジョージが意気込んだ。バンドの一体感が最高潮に達し、ラストテイクがこの日最高のテイクになった。多少粗くても、一発録りにはライブのような勢いがある。

勇吉は録り終えた音源を四人で聴き返す幸せを、改めて噛み締めた。

「いい出来だな。病み上がりの奴がいるとは思えない、いいバンドだ」

ジョージが自虐を交えながら笑う。

「新しい曲がだいぶ溜《た》まったから、新しいアルバムを作らない？　ジョージの快気祝いも兼ねてさ」

マキが提案する。この二年で録り溜めたオリジナル曲が十曲に達した。

「俺さあ、実は病室で、ジャケットのデザインを作ったんだ」

ジョージはポケットからスマホを取り出し、デザイン案をメンバーに見せた。

「この写真、二、三年前に新橋の横断歩道でみんなで撮影したよな。俺、今ほど太ってない」

リキヤが苦笑いする。

自主制作アルバムのタイトルは『ＬＩＦＥ』。ジャケットには、大写しになった四人の写真の周りに、小さな写真が額縁のようにぐるりと並んでいる。畑を耕す農家、船を出す漁師、黒板に向かう教師、子供のベビーカーを押す夫婦、舞台袖《そで》からマイク前へ出てゆく漫才コンビ、ベンチからグラウンドへ出てゆく野球選手やサッカー選手。いろいろな仕事の後ろ姿の写真だ。

その真ん中に、オフィス街の横断歩道をこちらへ歩いてくるデスペラーズの四人。

上はワイシャツにネクタイを締めてジャケットを羽織り、下は鎖をじゃらじゃら付けた革のパンツ。左手にビジネスバッグを提げ、右肩にソフトケースに入れた各々の楽器を掛けている。リキヤは、丸いケースに入ったスネアドラムを右肩に担いでいる。

無数の生き方がある中で、自分たちは勤め人のロックンローラーを選んだ。このデザインは、みんなそれぞれ何かを頑張って生きていて、俺たちも日々の勤めにくたびれながらも自ら選んでここにいるのだという、ジョージの意思表示のようでもあった。

「四人とも、ひと区切りついたところで、ちょっと聞いてくれ」

鍵原マスターが、機材を片付ける手を止めて、メンバーみんなに語り掛けた。

「昨日、俺のところに『デスペラーズ』への出演オファーがあった」

デスペラーズに関する依頼や問い合わせは、所属レーベルの『わんぱくレコード』代表でもある鍵原マスターに入ってくることが多い。

「どこからだと思う？　当ててみろ」

鍵原マスターがニヤリと笑った。

「どこのハコですか。ソリッドハウスとか？」

勇吉は過去に出演した五百人規模の大きなライブハウスの名前を挙げてみた。

「『有明《ありあけ》ロックフェス』の事務局からだ」

「有明ロックフェス……。えっ、嘘!?　マジっすか？」

マキが叫びながら鍵原マスターを二度見する。

「ああ、マジだよ。俺も電話を受けた時、飛び上がるぐらいビビったよ。正直、ジョージも手術して間もないから、何て答えようか迷った。でも、出ますって答えといたぜ」

「嘘じゃないですよね！　マスター、こんな嬉しい話……真っ先に言ってくださいよ」

マキが興奮を抑えきれず、鍵原マスターに詰め寄る。

「でかすぎる話だから、レコーディングの後に伝えたほうがいいと思ってな」

二十周年を迎える『有明ロックフェス』はインディーズロックの祭典。東京湾岸の巨大なガレージや野外の特設ステージで、毎年三十組を超える選《え》りすぐりのインディーズバンドが競演し、五万人余りを動員するビッグイベントだ。

「今年のロックフェスは多様なジャンルの音楽を集めたいらしい。その流れで、新橋からリーマンロックを根付かせたお前らに、白羽の矢が立ったんだ」

白羽の矢。勇吉は、確か五ヵ月前にも職場で同じ言葉を聞いたなあと思い出す。

「すごすぎておっかねえけど、わくわくするなあ」

リキヤがしみじみと口にした。

勇吉も、なぜか震えが止まらなくなった。武者震いというやつだろう。初めての経験だ。

怖くても、わくわくする。十代の頃から皆で作り溜めてきた三百以上の曲と、カバー演奏してきた偉大なロックンローラーたちの曲が、四人の背中を押す。

自分たちのリーマンロックが、届いた。

フェスは四ヵ月後の十月下旬。準備の時間は十分にある。

「生きててよかった……」

ジョージは突っ立ったまま、はらはらと涙を流した。それから肩を震わせて何度も「生きててよかった」と呟《つぶや》きながら泣いた。マキがジョージの背中をそっとなでた。

自主制作アルバム『ＬＩＦＥ』はフェスに向けて、鍵原マスターの得意先のプレス会社で三千枚作った。複製にかかる費用は、メンバー四人で割り勘で出した。

勇吉はめきめきと復活するジョージに触発され、日々の仕事に向き合いつつ、夜は時間をこじ開けるようにして『デスペラーズ』のリハやライブに精を出した。訳の分からない仕事に振り回されて……、最高にロックじゃねえか。

俺たちは生きている。

死んでいる時間のほうが圧倒的に長い中で、奇跡的に生きているのだ。

*

梅雨《つゆ》も盛りの七月初旬、勇吉の周りは公私ともに慌ただしくなっていた。

月に一度、土曜の日中に心療内科へ通い、薬を服用しながら日々の社内調整に奔走する。

表向きのスマコン行動規範骨格案はなんとか経営会議を経てコンプライアンス委員会の承認を受け、息つく間もなく九月目途の草案作りに向けて始動していた。

スマコンのリリース予定である十二月まで残り約五ヵ月。

職場では、役員会議向けのデコ資料の修正作業は丸岡部長に丸投げして、のらりくらりと進んだり、ダメ出しを食らったりの牛歩作戦を続けていた。準備室の面々と丸岡部長のチームワークによる「やってるふり作戦」だ。

スマイルコンプライアンス準備室の面々は、水面下でヤマキョーを巻き込み、アンケートや現場調査から得た日々の気付きを分かりやすく書き留めていった。

勇吉は出羽守から作業の進捗《しんちょく》を急《せ》かされ、役員会議に出れば吊《つる》し上げに遭った。

「こんな悠長にやってたら間に合わなくなるぞ！」

「申し訳ありません。全力で対応させていただきます」

勇吉は怯《おび》えているふりをして答えた。加部のような恫喝《どうかつ》型の人間には、怖がってみせるのも作戦のうちだ。多少は怖がる様子を見せなければ、威厳を損ねるだろうから。

コンプライアンス部の通常業務も忙しくなっていた。内部通報の窓口に、信憑性《しんぴょうせい》の高い備品横領疑惑や情報漏洩《ろうえい》疑惑、ストーカー疑惑などが相次いで寄せられたのだ。ヤマキョー曰《いわ》く、来るときはなぜか立て続けに来るという。

詳細なヒアリングは、基本的にはヤマキョーたち生え抜きのコンプライアンス部役職者や、人事部との兼務で派遣される調査員が担当する。

だが、内部通報の受付や一次対応、事実確認の作業は法務企画課社員の全員で分担する。

不正疑惑の通報は会話やメール連絡などの証拠が揃っている場合も多く、慎重にそれらの事実を積み上げねばならない。

たとえば、フリマサイトに旧型のプロジェクターや、リース切れで会社が買い取ったノートパソコンなどの高価な社内備品を何度も出品している社員がいた。アカウント名や出品された備品の型番などを確認し、裏付け情報を集める。調べていくと、最初はノベルティグッズなどの安価な物から手を染め、次第に高額な備品の横領・販売へとエスカレートしていることが分かった。

不正の多くは「このぐらいなら大丈夫だろう」という軽い認識から始まり、気が付けば後戻りできなくなっているパターンが多い。

どれほど多くのルールを精密に作っても、人の心の機微や、不正に手を染める出来心などはコントロールできないのだと痛感する毎日だった。

相良を中心としたコンプライアンス研修用のアニメ動画の作成は、シナリオと絵コンテがようやく固まってきたところだった。この動画は本来、そもそもコンプライアンスとは何かという基礎の基礎を分かりやすく解説するために制作を委託したものだった。しかし、スマコンの要素を入れ込めという三田村専務からの無茶ブリが割り込んできて大幅な仕様変更が発生し、作業が遅れていた。

そんな夏の盛りのある日のこと、終業時刻の十五分ほど前に、都築が改まった様子で勇吉のところにやってきた。

「多治見さん、ちょっと個人的なご相談が……お時間をいただいてもよろしいですか」

この場で話せる様子ではないので勇吉は「あっちで話したほうがいいかな」と促し、二人でコンプライアンス部の小会議室に入った。

「一身上の理由により、退職させていただきたく」

都築が、丁寧な毛筆書きの「退職願」を差し出してきた。

目の前が真っ暗になるようなショックで、勇吉はしばしの間、言葉を失った。

「冗談だと思いたいけど、都築君はこういう冗談を言う人じゃないね……どうして急に？」

勇吉は努めて平静を装いながら訊《たず》ねた。

「急ではないんです。だいぶ前から考えてはいたんです」

「何か不満があるなら言ってほしい。俺は、都築君を、めちゃくちゃ頼りにしているんだ。スマコンの行動規範を、みんなで作り切ろう。そこまでの間は……」

「あの、多治見さん、不満で辞めるわけではないんです。このままずっと今の環境に居続けていいのか、不安で、新たな環境に挑戦したいだけです」

「不満ではなく、不安?」

「はい、そうです」

「都築君の仕事ぶりで、何を不安に思うことがあるのだろう」

「ひとつの場所に留《とど》まっていることへの不安と、新しいことに挑戦しなければという焦りです」

分かる。勇吉は三十五歳でその不安に揺らぐも行動に移せずじまいだが、都築は行動に移した。

「それに、スマコンに区切りがつくまでは、ミカゲ食品でお世話になりたいと思っています」

勇吉は手元の紙をもう一度読み直して「あ、十二月末日をもって。本当だ……」と上ずった声で呟いた。気が動転して、よく読めていなかったのだ。

「ありがとう。退職は残念だけど、区切りまで力を尽くしてくれるのは、本当にありがたい」

「自分、子供の頃から大学までサッカーをやってて、夢はプロサッカー選手でした。でもまあ、大学二年ぐらいの頃には到底無理だと分かってしまいまして」

「スポーツの世界は、厳しいもんなあ」

「自分は、ビジネスの世界で、どうせなら点取り屋に似ている営業でプロになろうと思って、インターンを探したんです。ご縁があったのが、ミカゲ食品の池袋営業所でのインターンでした」

都築は最初、ルートセールスの社員に同行して納品の補助や商談のメモ取りをしていたが、優秀な仕事ぶりを見込んだ社員たちが「新規開拓を任せてみよう」と言い出した。

埼玉南部を拠点に展開する中堅スーパーマーケットにミカゲの新商品『春雨スープ』を提案した

ところ、見事に特売の棚で多面陳列の交渉が成立。全店舗の棚に並べてもらえた。

「売上を勝ち取るのって、ゴールを決めた時の喜びと似ていました。点を取って、チームに貢献する。守備で失点を防ぐとか、トレーナーとして選手を支えるとか、いろいろな役割があると思いますが、やっぱり自分は点取り屋の血が騒ぐんだと思いました」

大学卒業後、そのままミカゲ食品に入社し、池袋営業所で社員として勤務を始めた。

「プロのチームでフォワードをやっている先輩が、点を取って結果を残している姿に感化されて、自分もプロ意識を持って一円でも多く売ろうと、頑張ったつもりです」

「営業所での都築君の活躍は、関東中、いや、全国の支社にも轟《とどろ》いてるよ」

「ありがとうございます。次は食品とは別の物を売ってみたい。それだけです」

「引き止めたいのは山々だけど、意志は堅そうだなあ。次は決まってるの？」

「はい。関東のとあるサッカーチームの運営会社から、スポンサー獲得の法人営業をやってみないかと、声を掛けてもらいました。大学のサッカー部の先輩を介して」

ああ、これは引き止めてはいけない決断だと、勇吉は直感した。

「声を掛けてもらえたのは、ミカゲ食品で育てていただいて、実績を上げられたからです。最後の務めとして、スマコンという攻守を兼ね合わせたプロジェクトでチームに貢献したいと思います。その経験もまた、次に活かせると思いますので」

「ミカゲ食品は都築君のような人材を輩出できる場所なんだなあ。寂しいけど、誇りに思うよ」

勇吉には若き営業のポイントゲッターが眩《まぶ》しく見えた。

「都築君のおかげで、スマイルコンプライアンスの数箇条、ひとつ新しい案が浮かんだよ」

「どんな案でしょうか」

「転職する社員は気持ちよく送り出そう。誇れる人材として」

「いいと思います。出て行く人材、入ってくる人材、両方にとって気持ちのよいルールですし、本来それが自然な形で、まさに原理原則。プリンシプルだと思います」

「残り五ヵ月強か。名残惜しいけれど、引き続きよろしく」

「こちらこそ、よろしくお願いします」

「みんなには、いつ頃言おうか」

「今日、私からご報告したいと思いますが、いかがでしょう」

「そうだね。早い方がいいね。よし、じゃあ『笑談室』に行こうか！」

勇吉は準備室の面々の仕事を定時で強制終了させた。

ヤマキョーにも、わざと改まった口調で「課長と準備室の皆様に、社外会議室でどうしてもご相談したい件がございまして、お願いします」と懇願し、強引に連れ出した。

焼き鳥屋『笑談室』で、勇吉から話を振って、都築が自らの決断を皆に話した。

「身勝手ですみません。でもどうか、最後までよろしくお願いします」

都築は立ち上がって、深々と頭を下げた。

「すげえなあ。都築ちゃん、引き抜かれたってことだろう。めでたいことだ」

沼尻が都築に快く祝福の言葉を送った。

「優秀な若手ほど辞めていく。一方で俺みたいな骨董品《こっとうひん》が残る。皮肉なもんだねえ」

勇吉も、最近の二十代は転職率が上がっていると、新聞で読んだことがある。大企業から新興企業に転職したり、他社に引き抜かれてキャリアアップしたりする者も多いという。

「人事部からは、ミカゲ食品も早期離職率は上がっていると聞いています。退職理由の半分は配属のミスマッチ。半分は都築さんのような将来のキャリアへの不安だそうです」

ヤマキョーは言った。沼尻も、ヤマキョーも、残念な思いを吐露する一方、都築の新たなチャレンジを応援し、プロジェクトの区切りまで残ってくれる意思を歓迎した。

そんな中、相良だけが一言も発さずにビールの杯を重ねる。怒っているのだろうか。

都築は夢を語った。幼い頃からずっとサッカーをしてきたこと、中学、高校では地元の市の選抜選手で、全国大会にも出たこと、そして大学で越えられない壁にぶち当たったこと。

「ミカゲ食品で育てていただいた営業力で、今度はサッカーに恩返しがしたい。だからこそ、ミカゲ食品に不義理をして去るようなことは絶対にしてはならないと思ったんです」

都築はビールを飲むペースを速めながらも、神妙な表情で語った。その時、ぼそりと「格好付け。ノーキン」と呟く声が聞こえた。相良が初めて口を開いた。

都築が腫《は》れ物に触るかのように「相良さん、どうしたの」と訊ねる。

「だ、か、ら、脳みそ筋肉だって言ってんですよー」

相良が珍しく呂律《ろれつ》の怪しい口調で都築に絡んだ。

「辞めるんだったら、一ヵ月前に言って、さらっと辞めればいいじゃないですか。そしたらキャリアアップおめでとうございまーす、サヨナラーって、ドライに送り出しますよ」

「いや、相良さん、そういうわけにはいかないんだ。多治見さんにも皆さんにも本当によくしてもらっているので、できるだけ早く……」

「律儀過ぎるんですよ！　こっちはあと五ヵ月も、都築さんは年末でいなくなっちゃうのかーって思いながら仕事するわけですよ。寂しい期間が長くなるでしょう。分かってんのか、こら！」

　相良はやはり怒っていた。寂しくて怒っていたのだ。

「気が向いたら戻ってこいよ、こら！」

「いや、一度決めて出て行くからには、そう軽い気持ちでは……」

「真面目かよ。『戻ってきまーす』って軽く言えないのか、こら。寂しいじゃないですか」

　相良はテーブルに伏して、そのまま眠ってしまった。

「一、出戻り大歓迎。海に出て戻ってくるシャケ社員を応援します。なんてのはどうだ」

「シャケ社員ですか。それはなかなか面白いですね」

　勇吉は沼尻に向けて、ジョッキを掲げた。

「いいかもしれません。コンプライアンス部では、転職だけでなく、長期の育児休暇で会社の外に出て戻ってくる社員も大切にする制度を企画していますし、留学や他業種との交流派遣も盛んにしようという動きがあります。シャケ社員がそのまま文案に使えるかは難しいところですが、規範として適した言葉に置き換えられると思います」

　ヤマキョーが真顔で言って、ビールを飲み干した。

「やったぜ、俺の案、採用かな」

「相良さんのナイスアシストのおかげですね」

　都築がサッカー青年らしい冗談を言いながら、テーブルに突っ伏す相良に目を遣った。

「都築ちゃん、その視線、セクハラだぜ！」

沼尻が言うと都築は「はっ、申し訳ありません」と真面目に目を逸《そ》らした。

「冗談だってば。都築ちゃん、そういうところがノーキンって言われんじゃねえの」

笑談室で、笑い声が弾《はじ》けた。

スマイルコンプライアンス、もしかしたら本当にできるかもしれない。勇吉は酔った頭でそんなことを考えた。

*

うだるように暑い八月初めの月曜の朝、丸岡部長がスマコン準備室にやってきた。

「ちょっと手伝って欲しいことがあるんだけどさ」

「作業が立て込んでいて……と言いたいですが、丸岡部長の頼みなら一応聞きましょうか」

勇吉は軽口で返した。立て込んでいるのは事実だ。各種デコ資料の加部対策は丸岡部長に外注しているが、表向きの行動規範案本体はスマコン準備室で作成せざるを得ない。多くの船頭たちが好き勝手に追加意見を出すから、量がどんどん膨れ上がっていく。

全体案の草案の作成期限である十月まで、時間がない。

「立て込んでるのはダミーのほうだろう？　本業のほうは着々と進んでるかい」

「おかげさまで、少しずつですが」

本業とは、水面下で進めているプリンシプルベースの行動規範作りのことだ。

「じゃあ、恩に着せるわけではないんだけど、代わりに手伝ってほしいことがあって」

「あからさまに恩に着せようとしてますね。何でしょうか」

「一日だけ食品展覧会の応援に来てくんねえかな」

「おお、食品展覧会。もうそんな季節ですか」

食品展覧会は、年に一度、八月に東京湾岸の有明の展示場で開催される、食料品の見本市だ。メーカー各社がブースを出し、そこに商社や食品卸、小売店などの関係者のほか、一般のお客さんも大勢訪れる、一大イベントだ。

「多治見ちゃん、気分転換に、ミカゲちゃんの着ぐるみに入ってみねえか」

「着ぐるみって、イベント会社への委託じゃないんですか？」

「それがさあ、今年は自社で全て賄わなきゃならないんだ」

ブースではマスコットキャラのミカゲちゃんが愛嬌《あいきょう》を振りまいて客寄せをする。例年、イベント会社に委託し、プロの着ぐるみパフォーマーが中に入るのだが、今年は予算面で折り合いが付かず、全て自前で運営。着ぐるみの中にも社員が入ることになったという。

「予算が云々《うんぬん》は置いといて、着ぐるみに入るっていう経験は、なかなかいいもんだぜ」

「またまた、パワーワードの『何事も経験だ』ってことですか」

「いや、これは本心だ。俺は昔、よく着ぐるみに入ったんだ。あれは、実にいい仕事だよ。多分、着ぐるみに入ったことがない奴は、人生の半分は損してると思うぜ」

「なんですか、その極端な持論」

「まあ、着れば分かるさ」

着ぐるみ未体験で人生の半分も損をしているか否かはともかく、勇吉はふと思い直した。会場が有明の展示場ならば、ロックフェス会場の下見にもなる。

「一日ぐらいなら、気分転換に行ってみますかね」

こうして勇吉は日曜日の朝、食品展覧会の応援要員として東京ビッグサイトへ行った。

会場内のミカゲ食品のブースに着くと丸岡部長から早速「変身ルーム」に案内された。

ビッグサイトの更衣室に、ミカゲちゃんの抜け殻が搬入されていた。

「多治見ちゃんは、ＳＮＳでずっと『中の人』をやってきたんだ。いまミカゲちゃんの気持ちを一番よく知ってるのは、多治見ちゃんを措《お》いて他にいないよ」

勇吉は、丸岡部長におだてられながら、恐る恐るミカゲちゃんの着ぐるみの中に入った。

まず、満月の下半分に両足を突っ込む。へそから脛《すね》のあたりまでが黄色い半球で覆われる。それから、蓋《ふた》のようになっている満月の上半分を被《かぶ》り、左右の穴から腕を出す。そして接合部分のテープを、外側から他の社員に留めてもらう。

暗いカプセルの中に閉じ込められたような感覚になる。満月の上の方に開けられた二つの穴が数少ない通気孔になっていて、その穴から、わずかに外が見える。

「これで多治見ちゃんも、本当にミカゲちゃんの『中の人』になった。感想は？」

「すみません。狭い。暑い。見えない。動きづらい。以上です」

閉所恐怖症の人なら恐ろしくて叫び出すだろう。

「カゲぴょんには俺が入る。ミカゲちゃんと共演だ」

丸岡部長はサブキャラクター・カゲぴょんの着ぐるみを装着し、兎の頭部を被った。

広報宣伝部の若手社員が「部長、カゲぴょんは自分がやりますから」と慌てて止めようとする。

部長に着ぐるみの中の人をやらせるわけにはいかない、という気遣いだろう。だが丸岡部長は「俺が見本をみせるから、明日以降、他のみんなでやればいい」と、意に介さない。

丸岡部長は水を得た魚、いや、ニンジンを得た兎のように更衣室内を華麗に動き回った。

「部長、見本だとか言いながら、単純に着ぐるみに入りたいだけですよね」

勇吉がツッコむと兎の姿をした丸岡部長は「バレた？」と素直に白状した。

ミカゲちゃんとカゲぴょんは、広報宣伝部の若手社員に付き添われながら、ブースのところまでゆっくり歩いていった。歩くのも一苦労だ。

「みなさーん、弊社のマスコット、ミカゲちゃんが、遥々《はるばる》、お月様から遊びに来てくれましたよー。お友達の、兎のカゲぴょんも一緒でーす」

ブースでマイクを手にした女性社員が、ミカゲちゃんの登場をアナウンスした。

すると勇吉は、いや、ミカゲちゃんは大勢の人に取り囲まれた。子供づれのお客さんや、若い女性客がたくさん寄ってくる。大人気だ。

「一緒に写真撮ってもいいですか？」

見知らぬ人からこんなことを言われたのは初めてだ。とにかく思い切り手を振って応《こた》えると、一団から「かわいい！」と歓声が上がった。

三十分ほど愛嬌を振りまいた後、更衣室に戻って休憩を入れる。

展示場内は空調が効いているとはいえ真夏の暑さは厳しい。

勇吉はミカゲちゃんの上半分を取り外し、ペットボトルの水をゴクゴクと飲み干した。

「どうだい、感想は」

丸岡部長は、カゲぴょんの着ぐるみの顔だけを外して言った。顔だけ五十過ぎのおじさんで、その下はかわいらしい兎。なんとも異様な生物だ。

「なんだか、自分じゃないみたいな気分になりました」

「そうだろう！　変身できるんだよ。普段の自分とは全く違う存在になれるだろう」

カゲぴょんの着ぐるみから顔だけを出した丸岡部長が、冷たい缶コーヒーを飲みながら力説した。とても不気味で、滑稽《こっけい》だ。来場者の子供たちには絶対に見られてはいけない。

「冴《さ》えないおっさんが、みんなに囲まれて人気者になるあの錯覚で、温かい気持ちになれるんだ。世の中、捨てたもんじゃない。自分がやってる仕事も、捨てたもんじゃないってさ」

食品展覧会からの帰り道、勇吉はゆりかもめの東京ビッグサイト駅へ向かって歩きながら、ふわふわとした不思議な感覚に包まれていた。

つい先程まで、ミカゲちゃんを身にまとった勇吉は、たくさんの人に手を振って愛嬌を振りまき、笑顔の人たちに取り囲まれていた。でも今、道行く見知らぬ人々にいきなり手を振ったら、ただの怪しいおっさんだ。警察に通報されるかもしれない。

やはり自分は、三十五歳のおっさんからミカゲちゃんに変身し、その変身が解けて今、また一人のおっさんとして帰路についているのだ。そんな当たり前のことが、ぐるぐると頭の中を回った。この感覚、なんとなく既知感がある。

勤め人とロックンローラーの狭間《はざま》で変身を繰り返す、自分自身だ。

この後、平日も二日間にわたって開催される食品展覧会。勇吉は、相良と都築に少しでもいいからぜひ応援に行ってくるよう勧めた。

応援の業務内容を伝えると二人とも一様に驚いた。

「着ぐるみの仕事を軽んじてるわけでも、嫌がっているわけでもありませんが、ただ、費用対効果に問題がないかと思ってしまいます」

都築が首を傾げながら疑問を呈した。勇吉は「なるほど」と頷《うなず》いた。

「どんなところが問題だろうか」

「素人の社員が演じるより、委託費を払ってでもプロに演じてもらうほうが効果的です」

「合理的に考えれば、そうかもしれない。でもとにかく一回行ってみてほしいんだ」

諭して、都築と相良にも一日ずつ応援に行ってもらった。二人とも会場へ行く前は不安そうだった。ところが、結局生き生きとした表情で帰ってきた。

「なんだか、費用対効果とか言っていた自分が情けなく思えてきました。これはプライスレスな研修効果すらあるような気がします。せっかくマスコットキャラがいる会社で働いているなら、一度は着ぐるみに入ったほうがいいと思いますね」

力説する都築に勇吉は「そうでしょう」と得意げに言った。

「丸岡部長が延々と力説してましたけど、キーワードはズバリ『変身』ですね」

相良が直感的な感想を一言でまとめる。

「本当にそうだね。俺は着ぐるみに入りながら、仕事をするっていうことは、それだけでひとつの『変身』なのかもなあって、思ったよ。使い古された『やりがいのある仕事をしたい』っていう言葉は、よりよく変身したいっていうことなのかなあって」

金銭の対価が発生するか否かに拘《かか》わらず、仕事をする時には、様々な変身が伴う。時には楽しく心地よく、時には辛《つら》く苦しい変身もある。

「お三方よ、もしかしてまた一条、案が浮かんだかい」

沼尻がニヤリと笑った。

「当社は社員を日々成長させる環境を整えます、というのはどうでしょう」

都築が言うと、相良が首を傾げた。

「固い！　成長って、ありきたりですね。あと成長させるって、押し付けがましい気がします」

相良は相変わらず直感でズバズバと物を言う。そして大抵、的を射ている。

「変身をそのまま使ったらどうだろう。誰しも、ある程度の年になれば二つ以上の顔や立場を使い分けながら、自己矛盾を感じたり、悩んだりすることもある」

コンプライアンスとロックンロールの狭間で感じていた矛盾を、変身と捉《とら》えると、違う見え方が勇吉の心の中に広がった。

「たとえば朝、勤め人に変身して職場に向かう。夕方、親に変身して保育園へお迎えに向かう。夜、学生時代の自分に変身して古い友達との飲み会に向かう」

職場を出るとロックンローラーに変身して、ライブハウスに向かう者もいる。

「人それぞれの、大小いろいろな変身を、自分自身も周りの人も寛容に受け止める。それが働きやすさにつながると思う。使い分ける複数の立場に矛盾が生まれても、それは間違ったことではない。自然なことなんだと」

勇吉は手帳のメモ欄にボールペンで、思い付くままの言葉を書きつけた。

〈一、社員が日々、よりよく変身できる環境を作ろう〉

＊

蟬時雨《せみしぐれ》の中にツクツクボウシの鳴き声が増えてきた。

バスの車窓を閉め切っていても、木々に暮らす蟬たちの声が聞こえる。

八月下旬の朝、駅からバスに揺られて三十分。市街地を抜け、平地の茶畑を通って丘陵地帯に入る。埼玉県の南部、狭山《さやま》市郊外にある埼玉工場を、勇吉はアポイント無しで訪ねた。

正確に言うと、訪問を申し入れて断られたのだが、それでも訪ねずにはいられなかった。

元工場長は、カレー粉とカット野菜の段ボールが積まれた冷凍倉庫で、作業着と作業帽を着け、節くれだった手を黙々と動かしていた。

六十歳近いだろうか。横顔の皺《しわ》は深く、作業帽の隙間から半分白髪の頭髪が覗《のぞ》く。

「おつかれさまです。スマイルコンプライアンス準備室の多治見です」

「会うのは断ったはずだが。帰ってくれ」

「どうしてもお話を伺いたくて、来てしまいました。すみません」

盆休み明けに異物混入の原因究明の調査結果が取りまとめられ、再発防止策とともに責任者と現場担当社員三名の懲戒処分も発表された。

埼玉工場の工場長は材料調達部長に降格、現場の担当社員三名は減給六ヵ月になった。

「あんたらはいいよな。スマコンだっけか？　本社のご立派な会議室で机囲んで自己満足して。うちらは製品を手違いなく製造できるのが当たり前で、少しでも事故があれば、このお裁きだ。勘弁してくれよ」

元工場長は、死んだ魚のような目で勇吉にチラリと目をやった。検品作業の手はずっと動かしたまま。目は死んでいても、作業をする手は死んでいない。節くれだった手で、カット野菜の段ボールを開け、次々と中身を確認している。

「うちらにはなあ、普通に製品を造るだけでも膨大な雑務がある。その上、今では製造ラインを動かすまで、毎朝気が遠くなるような点検作業を強いられている。法律で決められてるわけでもない、自分で自分の首を絞めるような作業の山だ。あれを全ての工場が毎日全部バカ正直にやってたら、ミカゲ食品はつぶれるぞ」

埼玉工場は製造ラインの稼働率と生産効率を上げるために、社内で定められた点検リストを一部省略し、それが常態化していた。

「うちの工場だけじゃない。他の工場も同じだ。言い訳だって笑われるんだろうけどな」

「スマコンは、減点法のルールを増やすものではなく、現場への負担も軽くなるよう……」

勇吉が言い終える前に「嘘だね」と元工場長が遮った。

「あんたらのやっていることは偽善だ。どうせ何も変えられないのに、変えようとしている振りをして、社外監査役だか株主だかへの言い訳のネタにしたいんだろう」

「いえ、決して偽善で終わらせるつもりは……」

「偽善じゃないって言うなら、俺の頼みを聞いてくれるか」

「どのようなことでしょうか」

勇吉は背筋を伸ばして訊き返した。

「退職まで間も無い俺を生け贄《にえ》として捧《ささ》げるのは百歩譲ってよしとしよう。その代わり、担当社員三人の処分は取り消してくれよ」

「それは……自分の権限ではどうにもできず、申し訳ありません」

「ほらな。スマイルコンプライアンスだなんて耳触りのいいお題目を唱えたって、なんにも変わらない。次はどんな点検作業を押し付けて現場を締め付けてくれんのかなあ」

返す言葉がなかった。

「誰かを生け贄にして、本社の上の方々は大理石造りのシェルターに守られたまま無傷だろ」

勇吉の脳裏に、ピカピカの大会議室でひじ掛け椅子に腰を沈めて武勇伝を語る、三田村専務や加部常務たちの顔が浮かんだ。

降格や左遷の処分を受けた社員のその後は厳しい。今までの例から見ても、元工場長は、降格したまま定年を迎えるだろう。

「今回、生け贄に捧げられた部下の三人は、多分転職するよ。工場から若手の人材が流出していく。言っておくが、製品を造ってるのは工場だ。俺たち工場の人間だ」

「肝に銘じ、私の部下や上司によく伝えます」

勇吉は、そう返すのが精一杯だった。

「俺らは本当の意味で忙しいんだ。本社と工場の人間では、棲《す》む世界が違う。帰ってくれ」

これが答えだと思った。無力感に打ちひしがれ、勇吉は短い面会を終え「では失礼します」と深々と頭を下げて辞去しようとした。

すると「ちょっと待ってくれ」と呼び止められた。

「悪いのはあんたじゃないのに、恨み言をぶつけちまった。すまなかったね。遠いところ来てもらったのに。怒りの遣り場がなかったもんで、いろいろ言っちゃったけど、きっと多治見さんもうちらとは全然違う苦労を抱えてるんだろう。おつかれさま」

元工場長は、勇吉を労《ねぎら》った。

「自分の苦労など、大したことのないもので……おつかれさまなんて、もったいない言葉です」

「そんなに自分の仕事を卑下することはない。それに職場の上司部下、同僚後輩に挨拶《あいさつ》をするのは当たり前だろう。仕事の考え方で分かり合えるか否かは、別問題だ」

スマイルコンプライアンスのプリンシプル草案のひとつ、挨拶をしよう。工場長の言葉で、この当たり前過ぎるプリンシプルがどれほど大事か、勇吉は実感した。

「お忙しいところ、話してくださって、ありがとうございました」

勇吉は深々と頭を下げ、冷凍倉庫を辞去した。元工場長は作業の手を止めなかった。


本社に帰り、勇吉は埼玉工場での元工場長との話を皆に報告した。製造を担う工場の過剰な負担は深刻だ。しかも責任を押し付けられて、不満が募っている。

「ミカゲ食品と同じようなことが、他の会社でも起きている」

スマホをテーブルに置き、転職サイトのクチコミ情報を見せた。

現職の社員や、転職済の元社員が匿名でクチコミを投稿し、転職の参考になる情報が蓄積されている。実際に働いている人、働いていた人たちの生の声だ。

風通しの良さ、人材育成、若手成長環境、社員の士気、待遇への満足度、そして法令遵守意識が、五段階評価のレーダーチャートで示されている。

　多くの会社で「法令遵守意識」だけが4・6、など4以上の高い数値になる一方、他のチャートは2点台から3点台など、軒並み低いことが多い。

「どこの会社も『法令遵守意識』の評価は高いですね。相次ぐ不祥事やネット炎上などで、対策を講じてるのが目に見えて分かります。ミカゲ食品も、負けていられませんね」

「都築さんって、本当に単純ですよね……。これは、ルールばかりガチガチにして、他の要素が置き去りになってる、みたいな不満の表れじゃないですか」

　相良が苦笑いする。

「俺も、そう思うんだ。ミカゲ食品のクチコミも、この通り」

　レーダーチャートの評価は、法令遵守意識だけ突出して、5点満点中なんと4・8。他は概《おおむ》ね2点台後半から3点台前半だ。

　勇吉はスマホをテーブルに置き、転職サイトにミカゲ食品の社員たちが匿名で投稿したクチコミを、皆に見せた。

〈良くも悪くも伝統的な日本の大企業〉

〈動きが遅い。膨大な資料作成と社内調整、稟議《りんぎ》書《しょ》のスタンプラリーで時間がかかる〉

〈幹部は皆、創業家の顔色ばかり窺《うかが》っている〉

〈声のでかい人が出世する。十年前まではパワハラもセクハラも日常茶飯事だった〉

〈不祥事続きで失敗を恐れる社風が定着。チャレンジしたい人には向かない社風〉

「俺が言うのもおこがましいんだけどさ、うちの会社は一度でも大きなミスをすると、やり直しがきかない。これはスマコンに逆行してると、俺は思うんだ」

「確かに、沼尻さんご自身も一度の大きなミスで……」

都築の言葉を沼尻が「それは違う」と遮る。

「俺の場合は、いいんだ。俺のせいで将来有望な若き営業所長が、あらぬ疑いをかけられて会社に居られなくなったんだからな。懲戒解雇だっておかしくなかったと思ってる」

「それにしても、転職サイトから分析するなんて、多治見さんも転職しようとしてるんですか？」

相良に言われ「実は……」と、勇吉は転職を何度も考えていたことを白状した。

ヤマキョーは、転職サイトに寄せられたミカゲ食品に関するクチコミのレーダーチャートを見ながら、言葉を失っていた。

「この数字から見えるのは、明らかなコンプラ疲れ……。『一度失敗すると閑職に飛ばされて二度と戻れません』というクチコミもあります」

「誰の書き込みだろうな。俺に似たような道のりをたどった人が、他にもいるんだな」

沼尻が唇を噛みながら「こんな案はどうだろう」と、紙に文章を書いてみせた。

〈一、過ちを犯した社員が、挽回《ばんかい》のチャンスを得られるようにしよう〉

〈一、ミスを憎んで、ひとを憎まず〉

「一度大きな過ちを犯して負い目を感じている社員が挽回のチャンスを与えられたら、一生懸命仕事に励むと思うぜ。これは今の俺の経験談だ。リーダーが、俺が腐る前の、大昔の俺の仕事を見つけ出して、肯定してくれた」

「私は何も……」

「いや、俺はリーダーから、反撃する勇気をもらったぜ。だから一生懸命やりてえんだ」

沼尻は語気を強めてから「勤務時間内だけはね」と付け加えて皆を笑わせたのだった。

終業のチャイムが鳴り、沼尻が「じゃ、お先に」と鞄《かばん》を肩にかける。

「あの、少しだけ待ってください！」

勇吉は意を決して鞄からクリアファイルを取り出し、チラシを皆に配った。

「みなさん、業務外の話で恐縮なんですが……。十月最後の土曜日、よかったらこれをぜひ観に来てくれませんか」

「東京ビッグサイトでインディーズロックの祭典……。多治見さん、これに出るんですか⁉」

都築が興奮気味に訊ねる。

「ああ。この『デスペラーズ』っていうのが、うちのバンドだよ」

都築と相良が「行きます！」と声を揃えて言った。

「すげえなあ、リーダー。俺も、もちろん行くぜ」

沼尻がニヤリと笑うと、相良が「沼尻さん、休日出勤するんですか？」と冷やかす。

「これは断じて休日出勤じゃねえ。職場とは別の顔を持つ、もう一人のリーダーを観に行くんだ」

勇吉は、これまでのいきさつを話した。かつては「ロックじゃない」という信念のもと、職場の人たちはライブに呼ばないようにしていたが、自分を含むメンバーの心境の変化で職場の人にこそ観てもらいたいと思うようになった。

勤め人のロックンロールバンドの代表として、四人のメンバーそれぞれの職場の仲間に、最高のパフォーマンスを観てもらいたい。

「ありがとうございます。もしよかったら、大勢でお誘い合わせの上、観に来てください」

ヤマキョーが「ちょっと、いいですか」と手を挙げた。

「従妹《いとこ》と一緒に行ってもいいでしょうか。それから……同期の人たちにも声を掛けます」

「もちろんです！　いやあ、上司に観られながら演奏するのは、緊張するなあ」

「ロックンローラーがそんな弱気じゃ、いけませんよ。魂の演奏をお願いします！」

都築が言うと相良が「ノーキン」とツッコんだ。

＊

九月の残暑厳しい土曜の午後、有明ロックフェスに向けたリハーサルは三回目を迎えた。

「俺、職場の人たちに声掛けちゃったぜ。お前らも、ちゃんと声掛けろよ」

勇吉が上機嫌で発破をかけると、ジョージが「俺は、百人ちょい来てくれることになった。職場のメンバーの大半だ」と笑った。

リキヤもマキも、覚悟を決めてガンガン集客しているという。リキヤは妻と小学二年生の息子も初めて呼んだのだと、しみじみ語った。

「普段と違う姿を家族に観られるのって、なんとなく照れ臭かったし、息子が小さかったから観に来てくれって言えなかったんだけど、今回は特別な」

「よーし、フェスまであと一ヵ月ちょい。リハ、頑張るぞ」

マキがルーティンワークの体側伸ばしを済ませ、張り切ってリハを開始した。

今は普段のライブ出演をセーブし、フェスに照準を合わせてリハーサルを重ねている。

バンドのコンディションはどんどん上がっている。手術直後は椅子に座ってギターを弾いていたジョージも、今は立ってギブソン製ＥＳ－３５０Ｔでパワーコードを鳴らしている。

ジョージが取りつかれたようにリフを奏で、イントロやギターソロの旋律は冴え渡る。

勇吉も乗せられ、演奏のボルテージが上がってゆく。暑い。流れてくる汗が目に染みる。ジョージも顔中から滝のような汗を流している。

「暑くなってきたなあ。クーラーの温度設定を下げるか」

勇吉がエアコンのパネルを操作したその時、ジョージが突然うずくまった。

絞り出すような唸《うな》り声の後、スタジオの床の木製タイルに、赤黒い液体が広がった。

「ジョージ！」

マキが駆け寄って背中をさする。

「暑さにやられてゲロ吐いただけだ……。昨日ラズベリーパイを食い過ぎて、こんな色だ」

ジョージはギターを手に持って立ち上がろうとする。口元からシャツの胸元まで、血だらけだ。

「次の曲、合わせるぞ。有明ロックフェスに出る……」

ギターのネックを手に持って立とうとしたが、今度は尻《しり》から床に崩れ落ち、仰向《あおむ》けに倒れかけた。

リキヤが間一髪のところで抱き留めると、ジョージの口から再び血が噴き出した。リキヤは喉《のど》に血が入らないよう、ジョージの顔を横に向ける。ジョージの顔は土気色に変色していた。

「救急車だ」

リキヤが有無を言わせず告げ、勇吉は携帯電話で救急通報した。

救急車の到着を待つ間、ジョージが「ギターは無事か」と訊ねる。

「無事だから！　お前こそ無事になれ！」

勇吉はジョージの耳元で言った。

リハは当然中断。スタジオ前に救急車が到着し、マキが同乗して病院へと搬送された。勇吉とリキヤもタクシーで病院に向かった。

ジョージはひとまず一命を取りとめ、点滴を打ちながら意識の回復を待った。


次の土曜日、意識が戻ったジョージを、勇吉とリキヤで一緒に見舞った。

ジョージのそばにはマキが座り、付き添っている。

「すまねえ。さすがにもう、それほど長くはないようだ」

ジョージは病室の天井を見つめたまま言った。

精密検査の結果、再発と、骨や肺への転移が発見された。前回検査では悪いところは発見されなかったが、まだ若いゆえに、わずかな期間で急速に進行していたという。

「俺は退院して、自宅で緩和ケアを受けることにした。自宅で最期を迎える」

最期という言葉がジョージの口から病室の天井へと漂った。

「そんでもって、仕事も続けるし、十月の有明ロックフェスにも出る」

「バカなこと言ってんじゃねえよ」

「退院は医者に相談して、マキと一緒に決めた。体が動かせる限りはリモートでも働くし、何より、十月までは絶対に生きて、這ってでも有明ロックフェスに出る。そのために緩和ケアを選んだ」

自分の尊厳は自分で守り抜くと言って聞かない。

「いいか、同情は不要だ。どのみち残り少ない時間なら、好きなように生きてえ。諦めるなとかいう気休めも要らない」

「ジョージ、お前、怖くないのか？」

「怖い。死ぬほど怖い」

勇吉の問いに、ジョージは即答した。

「怖くてたまらねえ。でも同情なんかされると、死ぬのが早まるような気がして余計怖くなっちまう。だから、せめてお前ら三人は今までどおりノーテンキに一緒に過ごしてくれ」

「分かったよ。大丈夫。アタシもみんなも、ノーテンキのパッパラパーだから」

マキがジョージの手を握る。勇吉とリキヤも、頷いた。

「今日は全員やたら聞き分けがいいな。さては俺に同情してやがんのか」

「うるせえ。誰がお前になんか同情してやるもんか」

リキヤが精一杯の笑みを作り、勇吉も「まったくその通りだ」と同調した。

「あと、てめえらの人生はてめえら自身のために生きろ。間違っても『ジョージの分まで生きる』とか考えるなよ」

「おう、分かった。お前の分なんて生きたかねえって言ってやるよ」

「ユーキチに言われると、それもムカつくな。まあ、いいや」

「相変わらずひねくれた野郎だなあ」

勇吉は嗚咽《おえつ》を飲み下して、悪態をついた。ジョージが口の端を吊《つ》り上げて笑みを浮かべた。

第六章　どのみちウチら、集った仲間だから

大切な十月が訪れた。ジョージは再発と転移が判明した後も、自宅で緩和ケアを受けながら、リモートで働いている。

〈毎朝職場に体を運び、夜は無事に家に帰ってくるだけでもすごいことなんだ〉

勇吉は、少し前までは担当医からの言葉を心の内に秘め、自己暗示をかけながら日々を乗り切ってきた。だが今は、心の底からそう思うようになっていた。

今朝の山手線は信号機トラブルのためダイヤが乱れて車両の中は寿司《すし》詰め状態。前後左右の人垣に圧迫され、足が宙に浮くかと思うほどだ。新聞を開く隙間などない。

溜息《ためいき》も舌打ちも、みんな生きている証なのだ。勇吉は、そんな気持ちで満員電車に乗っている。

〈ジョージ、俺は満員電車で職場に通わされてるんじゃない。通えてるんだな〉

同情は不要だ。ジョージは言った。ならば楽しもう。ジョージとの残りの時間を。勇吉も勤め人ロックンローラーとして、職場で精一杯働き、バンドでベースを奏でる。

スマコン・プロジェクトのほうは行動規範の全体案の作成期限である十月を迎えたのに、案はまとまる気配もない。鋼鉄の壁が立ちはだかったのだ。加部常務は、期限に囚《とら》われず、一度廃案にして再考するという選択肢も視野に入れながら徹底的に吟味すべし、と主張し始めた。

一度は厳しい意見を提示したという既成事実を作るためだけの、茶番劇だ。

今となっては正規の全体案など勇吉たちにとってはダミーであり、どうでもよい。だが、一人の保身のために振り回されるのは、心底バカバカしく思えた。

思わず溜息を吐いたその時、電車が大きく揺れた。乗客が一斉にバランスを崩した。

勇吉のすぐ近くから「おい！」という怒声がした。左隣のグレースーツの中年男が、勇吉を睨《にら》みつけていた。死んだ魚の目に怨念《おんねん》だけを宿したような、にごった眼光だった。

「鞄《かばん》が邪魔なんだよ。さっきから鞄で俺の腕を押してんだろう」

電車が揺れる度に勇吉の鞄が体に当たって、気に入らないらしい。

今まで十三年半の通勤で、同じような場面は何度かあった。以前なら「押してねえよ」とか「押したのはそっちだろ」などと言い返しているところだ。言われっぱなし、やられっぱなしはロックじゃない。そんなちっぽけなプライドが心のどこかにあったのだろう。一度、朝の満員電車で中年の男に絡まれた時「みんな窮屈なのを我慢してんだよ。嫌なら金を出してタクシー通勤でもしたらどうだ」と毒づいて、摑《つか》み合いになったこともある。その時は「このお兄さんの言う通りだ」と、他の乗客たちを味方につけ、溜飲《りゅういん》を下げた。

しかし今は、そんなことを言う気にも、する気にもなれなかった。

「すみません。これだけ混んでると、みんな窮屈っすね。お互い頑張りましょう」

車内の人たちの耳と意識が、勇吉と中年の男に集まっているのが、気配で分かった。

「旅は道連れ、世は情け。袖《そで》振り合うも多生《たしょう》の縁かと。あ、通勤電車でこんなことを言うのは、ちょっと気持ち悪いでしょうか？」

無言で聞き耳を立てている車内の人たちの空気がふと緩んだのを、勇吉は確かに感じた。

「いや、こちらこそ、言い方がきつくなって申し訳なかった」

グレースーツの中年男は横目で勇吉を見て、小さく頭を下げた。

こだまでしょうか、
いいえ、誰でも。

詩人・金子《かねこ》みすゞの有名な詩の一節が、実感を伴ってふっと心に浮かんだ。「もう遊ばない」と言えば「遊ばない」と返ってくる。「ごめんね」と言えば「ごめんね」と返ってくる。

新橋駅から人波の中を歩き、本社のオフィスビルへと吸い込まれてゆく。身も蓋《ふた》もない考え方をすれば、勤め人は時間を売って生きている。何時から何時まで、組織の指揮命令系統の下で指示された業務に従事し、対価として給料をもらい、一定の成果を求められる。その間の時間は組織に買い取られた時間であるともいえる。

どのみち毎日通うなら、楽しい職場がいいですね。

全国七支店、二十営業所、五工場を有し、社員数は二千人余りの大組織。すぐに何かが大きく変わるとは、とても思えない。だがそれぞれの半径五メートルに一石を投じるぐらいならば、できるかもしれない。

スマコンを形にするのが今の自分に課せられた仕事なら、せめて、それぞれの半径五メートルが少しだけでも良くなるようなものを作りたい。

スマコン準備室の仲間たちと、職場の声や自分たちの体験を結晶にして「プリンシプル」にまとめるための作業を進める。

今朝も勇吉は偉い人たちが並ぶ会議に駆り出され、壁際の末席に控えた。

「スマコンの理念に、業務環境の改善をどう盛り込むか、この点は重要なポイントになる。社長は、スマコンを、人材確保の武器にしたいというご意向もお持ちのようだ」

三田村専務は力を込めた。

「流行《はや》りの『ホワイト企業』アピールですか。それで本当にいい人材が取れるのか、俺には疑問ですがね。いくら時代の流れとはいえ、残業時間の規制はまったくもって理不尽ですよ」

加部常務が忌々《いまいま》しげに溜息を吐いた。働き方改革関連法の話題に移り、他の役員たちも加部常務に同調する。

「残業時間が四十五時間を超える月が年に六回を超えてはならない、とか、我々の若い時代に口にしたら『お前はバカか』と怒鳴りつけられたでしょうね」

「経理課も、四半期ごとの決算期には寝袋持って会社に泊まり込んでいたもんだ」

職場でありがちな、根性論と苦労話のマウンティング合戦。

聞き苦しい言葉が、「こだま」のように反響し、増幅し合っている。

古き良き時代のオフィスワーカーたちには、長時間労働と寝不足を自慢したがる者が多い。そういう働き方をする者が評価されてきたからだろう。

勇吉自身にも、思い当たる節があった。最初に配属された営業所時代には土日に顧客対応で呼び出されたことをアピールしたり、広報宣伝部でも不祥事謝罪対応の準備で徹夜したことを大げさに語ったりしていた。そうすることで評価を確保し、大事なライブやレコーディングの日に「家庭の事情」と称して仕事を早く上がれるよう、予防線を張っていたのだ。

自分がどれだけ大変か、虚勢を張り合う不毛な勝負に、勇吉自身も加担していた。

「スマコンには、締めるところは締める考え方も盛り込んだほうがいい。時代の流れはあれども、頑張っている社員を見捨てて『家の用事がある』とか言い訳を付けて帰るのは本末転倒だろう」

　加部常務がまたひとつ、壁をこしらえた。

　それから「どうだ。何か反論はあるか」と勇吉を挑発する。

「加部常務のお考えは理解しました」

　しかし賛同は全くできない。という言葉は飲み込んだ。言うだけ無駄だと割り切る。

「今日は珍しく素直じゃねえか」

「とりあえず、水曜日と金曜日は原則定時退社、二十時に全社一斉消灯を『笑顔で』実践する方向で、よろしいかな」

　三田村専務の仕切りに、加部常務が「まあ今の時代、パソコン持って帰れば二十四時間三百六十五日、いつでもどこでも『笑顔で』仕事できますからね」と茶化し、皆がどっと笑った。

　このままではスマコンは、ただのパフォーマンスで終わってしまう。

　勇吉は、コンプライアンス部の小会議室にメンバーを集めた。

「長時間労働自慢とか、ついやってしまいがちだと思う。都築君や相良さんにも、こういう経験はないだろうか」

　勇吉の問いかけに、都築も相良も「ありますねえ」「恥ずかしながら」と、わが身を省みる。沼尻が「なんだよ、リーダー、俺には訊かないのかい?」と言う。

「失礼しました。沼尻さんは、いかがですか」

「俺も、昔はあったなあ。入社したてぐらいの、大昔だけどね」

「沼尻さんにも『鐘と共に去りぬ』じゃなかった時代があるんですね」

相良が意外そうに問うと、沼尻も「恥ずかしながら」と、相良の真似をして応じた。

「でも厚生課に配属された時、俺は考え直したんだ。仕事は人生の大きな部分を占めるけど、全部じゃない。だから俺は、育児休暇を三ヵ月取って、自分なりに行動した」

家の事情などで長時間職場にいられない社員もいることを理解し、そういう社員が肩身の狭い思いをしないよう、そして時間内に精一杯仕事をして胸を張って帰宅できる職場にしたい。家での子育てや介護や家事も、大変な仕事だと、沼尻は考えるようになったという。

「上の人たちのプロジェクト会議では、水曜日と金曜日は定時退社、二十時に全社一斉消灯という案が出たけれど、どう思う？」

勇吉の問いに、相良が「無理でしょうね。掛け声倒れに終わるか、持ち帰り残業が増えるだけで、実効性はほとんどないルールになる気がします」と冷静な分析で答えた。

「ヤマキョー課長が言ってましたよね。ルールだけ遵守すればいいという考え方は、ルールさえ守っていればいいっていう考え方に陥って、抜け道ができていくって」

原理原則レベルで考える必要がある。実現可能な「プリンシプル」を皆で考えた。

「分かりやすく、こういう言葉でどうだろう」

勇吉は、文章をノートに走り書きし、皆に見せた。

〈一、残業時間の自慢や、寝不足の自慢などをするのは、止めましょう〉

「『みんな終業のチャイムと共に退社しましょう』にすると、現実的ではない。長い間、大量の書類仕事を長時間労働で乗り切ることを美徳としてきた人も多いから、全員が沼尻さんのように『鐘と共に去る』のは、はっきり言って不可能でしょう」

「お、リーダー、言ってくれるじゃないの」

沼尻がニヤリと笑った。

「でも、残業自慢は止めよう、寝不足自慢は止めよう、これはいいかも……」

自画自賛した途端、勇吉はふと思い直して言葉を継いだ。

「って、違う！　べからず集は作らないというポリシーに逆行してる。だめだこりゃ」

「多治見さん、漫才のノリツッコミみたいですね」

相良が笑う。勇吉はもつられて笑った。

「下手なノリツッコミだね。べからずルールにならないよう『困った時は騒いで周りに助けてもらおう』に『みんなで早く帰れる職場にしよう』を合体させるなんてどうでしょう」

〈一、困った時は騒いで周りに助けてもらい、みんなで早く帰れる職場にしよう〉

勇吉がメモを書き直すと、沼尻が「リーダー、最近楽しそうだ」としみじみ言った。

「大切な戦友が教えてくれたんです。職場で起こる小さないいことを拾い集めて、ゆるやかに楽しめばいいんだって。どのみち毎日通うなら、楽しい職場がいいですから」

「すごいな。昔の俺に聞かせてやりたいよ」

沼尻は少し哀しげに苦笑いした。

＊

十月下旬の土曜、インディーズロックの祭典『有明ロックフェス』の日がやってきた。

淡く青みがかった秋空に、鰯雲《いわしぐも》が風に吹かれてゆっくりと流れている。

デスペラーズが出演するのは、メインの野外特設ステージ。観客一万人収容の広大な敷地には、椅子は設置されていない。

リキヤ、勇吉、マキの順でステージへと出てゆく。

みな、上はワイシャツにネクタイを締めてスーツの上着を羽織り、下は鎖を付けた革パン。アルバム『ＬＩＦＥ』の写真と同じ、勤め人ロックンローラーを体現する衣装だ。

最後にジョージが、ギブソン製のＥＳ－３５０Ｔを抱きかかえ、電動車椅子でステージに入ってくると、客席がざわめいた。

「四人揃ってみんな勤め人やりながら、新橋あたりで暴れてる、ロックンロールバンド『デスペラーズ』、憧《あこが》れのスーパー大会議、有明ロックフェスにやってきました！」

マキのＭＣに盛大な拍手が沸き起こると同時に、前方に陣取る客たちがジョージを指差して「大丈夫か」と問うている。

「うちの名ギタリスト、ジョージは少々体調を崩しておりまして、本日の会議は座ったままプレゼンさせていただきます。ジョージ、会場の皆様にご挨拶《あいさつ》をお願いします」

マキはわざと会議の説明口調でジョージにマイクを向けた。

ジョージはかすれた声で「準備ＯＫ」とだけ言った。

舞台袖には医療チームが待機している。ジョージの容態が急変したら、演奏を即中止する約束になっている。

「里中しゅにーーーーん！」

前の方に立っている一団が、声を合わせて声援を送っている。ジョージのデザイン会社の人たちだと一目で分かった。

ジョージはピックを持った右手を顔の前まで掲げて、笑顔で応じた。

「ジョージ、職場では『里中主任』って呼ばれてんだな」

「里中しゅにーん。おめえ、ちゃっかり昇格してたのかよ」

ユーキチとリキヤが冷やかすと、ジョージは「うるせえな」と涼しげな顔で答えた。

フェスの事務局に事情を話して、職場の人たちのための専用スペースを、ステージに近い前寄りに確保してもらったのだ。勇吉にも、職場の人たちの顔がはっきりと見えた。沼尻、都築、相良、ヤマキョーと彼女の従妹。他の部署からも大勢、二百人以上が駆けつけてくれている。

「みんな、勤め人のロックンロールだよ！　ウチら四人でデスペラーズ、ジョージにユーキチにリキヤ、準備はいいか！　い、き、ざ、ま、見せるぜ、ワンツースリー」

ジョージが生命力の全てを指に宿して奏でた三連符のイントロが鳴る。チャック・ベリーの『ジョニー・Ｂ・グッド』。

今まで何千回と聴いたジョージのイントロの中でも、飛び抜けて冴《さ》え渡っている。今日のライブは「いける」と確信した。

「一時間、駆け抜けるぜ！」

マキが会場を煽《あお》る。ジョージの体力を考えると、長いＭＣを挟んでいる余裕はない。

勤め人あるあるのオリジナルナンバーは、数ある曲の中からアップテンポのものだけを選び、ノリと勢い一発で駆け抜けられる曲を集めてセットリストを組んだ。ジョージの希望だった。

ロクデナシの勤め人を描いたオリジナルのロックンロールナンバーを十曲、立て続けに演奏した。

『サーフィンＨＴＴＰ』『自己破産フィール・オーライ』『パワハラ上司は二度死ぬ』『満員電車に揺られたい』など、どれもアップテンポ一辺倒だ。

一万人収容の観客スペースが、波打つように揺れていた。中央では、顔なじみのファンたちが酒を飲みながら踊り、暴れ回っている。手拍子、指笛、歓声は曲を追うごとに大きくなってゆく。

最後から二番目の曲まで、短いＭＣを入れながらも、ほぼぶっ通しで演奏した。

「ジョージ、皆様へのプレゼン、まだ続けられますか？」

マキがまた会議のノリで訊《たず》ねると、ジョージは左手をギターのネックの上に添えて親指を立てた。

リキヤのカウントから、いきなりマキの歌声で曲が始まる。

四人が十八歳の頃に初めて出会って音を合わせた思い出の曲。リトル・リチャードの『ロング・トール・サリー』だ。

ああ、この四人でもっと一緒に演奏し続けていたい。叶《かな》わない思いが心を締め付けるほど、勇吉のベースラインはうねり、走り、地を這《は》う龍のごとく暴れ回る。

ユーキチは、満たされていない時ほど、いい音を出す。

隣を見ると、ジョージは心持ち首を上に向けて目を閉じ、頭を小刻みに横へ振りながらパワーコードを掻《か》き鳴らしている。ソロに入るとオクターブ奏法でローフレットからハイフレットへせり上がるフレーズを見事に決める。

ジョージは今、恍惚《こうこつ》の中にいる。と、思いきや、違う。

おそらく、気を失っている。

勇吉は思い出した。学生の頃、池袋のスタジオで深夜練習をしていた時、椅子に座ったジョージが目を閉じて寝落ちしながら演奏していたことを。

意識を失いかけながらも、ジョージはミスタッチがないどころか、生涯最高の演奏かと思われるほどの高みに昇りつめている。

眠りながらでも弾けるほど、指に、体に、そして魂にしみついたパワーコードのバッキングやギターソロ。今のジョージは意識と無意識の狭間《はざま》で、神懸かった音を奏でていた。

はたから見れば恍惚の中で目を閉じて弦を鳴らし続けているように見えるだろう。

だが勇吉たち三人には、もう分かっていた。

ジョージはもう、半分消えかかっている。マキと目が合った、そのままリキヤに目を向ける。リキヤが目配せをしながら何か言っている。大歓声にかき消されて聞こえない。勇吉とマキはドラムセットの両脇に寄って、耳を近づけた。

「ジョージは、そろそろ限界っぽいな。ばれないようにしてやろう」

リキヤがドラムスティックを片手でくるくると回しながら、マキと勇吉に叫んだ。マキがジョージの電動車椅子を操作し、リキヤと勇吉も含めて四人でドラムセットの周りに集まる。

「残業するとしたら、あの一曲だけだね」

客席から「ジョージ！」「マキ！」「ユーキチ！」「リキヤ！」とそれぞれに声援が飛ぶ。

ジョージにはもはや腕を上げて応《こた》える力すら残っていない。

皆で前に出て、マキがジョージの右手を持って高々と掲げ、頭を下げた。その時「ああ」と、ジョージの声がかすかに聞こえた。三人で顔を近づけ、耳を澄ました。ジョージが、目を開いた。

「わりい、寝落ちしかけてた」

満面の笑みだった。

「でも、覚えてる。なんか、すげえ楽しい夢を見てた」

「残業で、あと一曲、できる？」

マキが耳元で囁《ささや》いて確認すると、ジョージは「当たりめえだろ」と笑みを浮かべた。

「ええ、ジョージはあいにく体調不良ですが、彼は仕事大好きなもんで、残業申請がありました！　でもウチらが残業するには、みんなからの残業命令が必要なんだ。みんな、ウチらに残業してほしいかーい!?」

マキが客に向かって、右耳に手を当てて問い掛ける。

「残業上等だ！　命令してくれ！」

勇吉が客席を煽った。すると、一人、二人と声がする。「残業」「残業」……。

「病人を働かせて残業までさせる。とんでもねえコンプライアンス違反だ！　なあ」

リキヤが笑ってジョージに呼び掛けると、ジョージは口の片端を吊《つ》り上げて応じた。

「それでは残業で、ほんとに最後の一曲！　同じ時間を生きて同じ場所で、どのみちウチら集った仲間、どうせなら楽しんでいこう。サンキュー、ファンのみんな！　サンキュー、職場の仲間！

サンキュー、ロックンロール！」

マキのＭＣが終わると、リキヤがスティックを打ち鳴らしてカウントを取る。ジョージのイントロが有明の湾岸地帯に響き渡り、マキの歌声がそれに続いた。

〈どこまでゆけば分かってくるのだろう
同じ景色を何度も見てるけど
地図さえあれば、分かってしまうの？　道もないなら、意味もない〉

毎日の暮らしのようだ。同じ時間に起き、同じ職場に通い続けているけど、いつになっても惑いが消えることはない。分からないことだらけだ。

〈どのみちウチら、集った仲間だから、何かの縁と思って損はない〉

今日ここにいる観客も、何かの縁で集ったはずだ。

〈歌おう、語ろう、探そう、笑おう
歌おう、語ろう、探そう、笑おう〉

ジョージがエンディングに向けて掻き鳴らす分厚いセブンスコードの爆音は、消えかかった命から発された音とは信じ難いパワーを帯びて東京湾を渡り、海の彼方《かなた》へこだまし、高々と秋の蒼天《そうてん》を突く。そして立ち会った人々の魂を震わせている。

勇吉も四弦と二弦のＤのルート音をオクターブで押さえ、ありったけの力で弦を弾《はじ》く。

四人で最後の一音を鳴らし終えた。会場は拍手や歓声に包まれ、勇吉とマキとリキヤが手を振って応えると、その音はますます大きくなる。そしてジョージが最後の力を振り絞るかのように、ゆっくりと左の拳《こぶし》を天に突き上げた。すると会場のあちこちから四人の名を叫ぶ声が沸き起こった。

ジョージ！　里中主任！

マキ！　入江さーん！

ユーキチ！　多治見さん！

リキヤ！　岩瀬さん！

ジョージに寄り添いながら、皆で舞台袖にはけた。ジョージは電動車椅子のひじ掛けの上で、客席に向かって親指をゆっくりと立てた。

完全に舞台袖に入ってからも、地鳴りのような拍手と歓声が聞こえる。ジョージが何か、口を開いた。勇吉とマキとリキヤの三人がジョージの口元に耳を寄せ合い、声を聞き取る。

「楽しかったな」

「うん、最っ高に楽しかったね！」

マキがジョージの手を握り、声を張る。リキヤも「俺たち史上で最高の演奏だ」と自画自賛する。

奥の楽屋テントへ入ると、拍手と歓声の音圧が遠ざかり、静けさの中に戻った。

「お前、仮病だろう。さっきの音、重病人が出せる音とは思えなかったぜ」

勇吉が言うと、ジョージは「火事場の馬鹿力だ」と強がってみせた。その目には、少しだけ涙が滲《にじ》んでいる。

「ステージ上で死ななくてよかったぜ……。俺はそんなカッコいいガラじゃねえし、皆様に多大なるご迷惑をかけちまうからな」

「冗談言ってられんなら、死なねえよ」

勇吉が言い返し、四人で笑い合った。

「みんな、ありがとな。少し休ませてくれ」

そう言って、ジョージは静かに目を閉じた。

「ジョージ」

マキが手を握って静かに呼び掛けた。かすかにジョージの指が動いたきり、もう返事はなかった。

「帰ろう、ジョージ。ユーキチとリキヤも、一緒に来てくれるかな」

勇吉とリキヤは無言で頷《うなず》いた。

医療チームや緩和ケアのスタッフにも、付いてきてもらった。

リキヤの自家用ワゴン車に、少しずつ消えかかっているジョージを乗せた。マキとジョージの部屋で、最後のライブ音源を流しながら、皆で最後の時を過ごした。

その日の夜、三人に見守られながら、ジョージは眠るように息を引き取った。

*

妻であるマキが喪主となり、ごく近しい関係者だけでジョージの葬儀を執り行った。

ジョージの職場と、愛知県に住む彼の両親には、マキから電話で連絡を入れた。ジョージの両親は、病気のこと、結婚のこと、ロックフェス強行出演のこと、そして訃報を一遍に知らされたのだった。

半信半疑で斎場に駆け付けた両親は、棺《ひつぎ》に納められたジョージの遺体と対面するなり「なぜこんな無茶をさせた」と、泣き叫びながらマキや勇吉、リキヤに摑みかかってきた。

三人とも、詫《わ》びることしかできなかった。ジョージの意向で、病気のことは家族には伝えないで欲しいときつく言われていた。

ジョージが両親へ宛てた遺言を父親に手渡すと、両親は二人で黙読し、静かに目を閉じた。父親は、無言でマキにその手紙を渡した。勇吉とリキヤも一緒に読んだ。

〈ロックンロールを続けたかった。病気のことを話したら止められるだろうと思って、話せずじまいだった。今更ながら紹介するよ。妻のマキと、親友のユーキチとリキヤ。この三人は十代の頃からずっと一緒にバンドでやってきた、戦友なんだ。いろいろなことを最後まで隠していてごめん。生まれてきてよかった。いい人生だった。今まで本当にありがとう〉

ジョージの父親は「何を考えてるか分からないけど、変なところで一本気で、言い出したら聞かないやつだったからなあ」と、肩を震わせた。

*

三日間の休みをもらった後、勇吉は出社した。友人の葬儀だから忌引きにはならないが、ヤマキョーは休暇の許可をくれたのだった。

勇吉は出社するなりヤマキョーとスマイルコンプライアンス準備室の面々に礼を言い、小会議室に集まってもらった。

「大病を患ったジョージはこう言いました。俺は満員電車で会社に通いたいんだ、と」

勇吉はジョージの遺作となった『幾千の宝石をちりばめた空』の歌詞について話した。

〈どのみちウチら、集った仲間だから、何かの縁と思って損はない〉

この一行が強く心に響いたのだと。

沼尻が「そうだよな」と、しんみりした口調で言った。

「職場も、人生も、心からそんな風に思えたら理想的なんだろうな」

「はい。沼尻さんが掲げた『どのみち毎日通うなら、楽しい職場がいいですね』にも通じます」

「働くって、尊いことなんですね」

相良が涙目で呟《つぶや》いた。

「どうなんだろう……。自分は、労働は尊いっていう考えは、違うと思う」

勇吉は、ジョージの病と死や、この一年弱のスマイルコンプライアンス騒動の中で感じたことを、率直に述べた。

「勤労奉仕をことさら美化するのには、違和感を覚えるんだ。本当ならみんな、金の心配もなく、食って飲んで遊んで暮らせたら、間違いなく楽だろう」

「じゃあ、多治見さんはなんのために働いてるんでしょうか」

ヤマキョーが珍しく、漠然とした疑問を投げかけてきた。

「まずはズバリ生活するため、金のためです。自分もバンドの仲間も、ロックンロールを続けるために、勤め人になった。自分の好きなことを続けるために働いて給料をもらう。金が無いと暮らしていけませんから」

やはり、まずは生きるために働くのだと勇吉は思う。

「でも、金のためだけに働き続けると、心が折れてしまう。誰かを喜ばせたかったり、誰かと一緒に何かを作り上げたかったり。誰かのためが自分のためにもなる。つまりは誰かとつながっていたいから働くんだと思う」

満員電車で会社に通いたいというジョージの言葉は、誰かとつながっていたいという願いそのものだったような気がするのだ。

「ジョージは言いました。『ジョージの分まで生きる』とか考えるなよ、と。でも自分は、ジョージから授かったものを、スマコンに重ねたい」

「よし、リーダーの親友の魂も乗せて、スマコンのプリンシプルを完成させようぜ」

沼尻がシャープペンをカチカチと鳴らした。

チームのメンバーで、プリンシプルの選定を進めた。これまで挙がっていた数々の候補を取捨選択、または合体させて再編成し、十一のプリンシプルを選び出した。議論をしながら、順番を入れ替え、言葉を吟味して整えてゆく。相良がパソコンで文字を打ち、モニターに繋《つな》いで映し出す。

〈【スマイルコンプライアンス　十一箇条《じゅういちかじょう》】

一、挨拶《あいさつ》をしよう。おはようございます、ありがとうございます、おつかれさま。
二、忙《いそが》しくしている人《ひと》がいたら、手伝《てつだ》えることを探《さが》して、声《こえ》をかけよう。
三、社員《しゃいん》が日々《ひび》、よりよく変身《へんしん》できる環境《かんきょう》を作《つく》ろう。
四、困《こま》った時《とき》は騒《さわ》いでみんなに助《たす》けてもらい、みんなで早《はや》く帰《かえ》れる職場《しょくば》にしよう。
五、明《あか》るく愚痴《ぐち》をこぼし、明《あか》るく弱音《よわね》をはこう。そしてお互《たが》いに思《おも》いやろう。
六、時々《ときどき》、雑談《ざつだん》もしてみよう。
七、過《あやま》ちをおかした社員《しゃいん》が、やり直《なお》すチャンスを得《え》られるようにしよう。
八、ミスを憎《にく》んで、人を憎《にく》まず。小《ちい》さなミスも知《し》らせて、みんなでカバーしよう。
九、出《で》ていく社員《しゃいん》をやさしく見送《みおく》り、もどってくる社員《しゃいん》をやさしく迎《むか》えよう。
十、上司《じょうし》、部下《ぶか》、同僚《どうりょう》のいいところを見《み》つけよう。
十一、余計《よけい》なルールがあれば、どんどん見直《みなお》して、廃止《はいし》しよう〉

この行動規範は、全ての社員に伝わるようにしたい。しかし社内には様々な事情から漢字を苦手とする社員もいる。だから、できるだけ簡単な言葉を使い、漢字には全てルビを振ることにした。

ヤマキョーが、モニターに映し出された十一箇条を眺めながら頷いている。

「すごくいいと思うぜ。当たり前過ぎるとか偉そうに言ってくるやつほど、一個目すらまともにできてないもんだ。加部なんて、下の者には挨拶しねえからな」

沼尻は忌々しげに言った。

都築が「いいですね。ただ、大事なことが一つ抜けてる気がします」と割って入った。

勇吉は「ぜひ聞かせてほしい」と促す。

「通報のことです。たとえば『おかしいと思うことがあったら通報しよう』とか」

都築は相変わらず鋭い。勇吉も、日々の通報窓口業務で実感していたことだ。通報に至るのはごく一部で、多くの人は一人で抱え込んでいるだろう。

「簡単そうに聞こえるけど、難しいんだろうな。不正に気付いたとしても、報復を受けるのが怖くて言い出せない場合も多いと思うぜ」

「コンプライアンス部では内部通報者の公益保護に関する規則というものを定めておりますので、会社は通報者に不利益になる対応を禁じられています」

ヤマキョーが淡々と沼尻に説明する。

「その内部通報なんちゃら規則っていうやつ、果たして読んでる社員はどれぐらいいるかねえ。俺は当然、一度も読んだことない」

沼尻は笑い、都築は「おかしいと思ったことを通報できる風土がないと、不祥事はなくならないと思います」と食い下がる。

「都築君の意見はもっともだ。しかし自分は、通報という二文字がスマイルコンプライアンスには合わない気がする。たとえば『悩んでいることがあったら相談窓口に話をしてみよう』とか、どうだろう。規制する考え方ではなく、相談したい時に相談するっていう自主性を尊重するんだ」

勇吉は都築の考えは否定せず、視点を変えて提案した。

「スマコンのプリンシプルとしては、多治見さんが言った方向性がよいと思います」

ヤマキョーが言った。

「確かに『通報』は大事な不祥事防止の手段ですが、スマコンの表現にはふさわしくないですね」

都築も納得してくれた。

結果、スマコン十二箇条が出来上がった。

がんじがらめではなく、余白や遊びのある、プリンシプルを記した行動規範になった。

皆の生きた経験や現場の社員の声を取り入れた十二箇条だ。

だが勇吉は、最後の最後で、もうひとつ大事なことを忘れていることに気付いた。スマイルコンプライアンスに魂を吹き込むような、もうひとつのピースが足りていない。

しかし、そのピースをはめれば、すべてをぶち壊してしまう可能性もある。それでも勇吉は、これまで共に頑張ってきた仲間たちに、問うてみようと思い、意を決して切り出した。

「最後にもう一行だけ『附則』をつけませんか」

附則は法律や規則などの決まり事の本文の後に、補足事項などを書き足すものだ。

勇吉は、「附則」と入力し、ある一行の言葉を書き足した。

その一行を見て、都築が目を白黒させた。

「これはちょっと、まずくないですか？」

「この一行、私は個人的には嫌いじゃないですが、ロック過ぎるかもしれません」

相良は好意的に受け止めつつも、やはり書き込むのには反対の立場だ。

「最後にこんなこと書いちゃ、元も子もないだろうよ」

さすがの沼尻もあっけに取られている。

「ミカゲ食品の『スマイルコンプライアンス行動規範』は、減点法のルールではないということを、この一行に込めて高らかに宣言するんです」

勇吉はこの一行の意味を皆に話し、ヤマキョーに向き直った。

「いかがでしょうか、山田法務企画課長どの」

勇吉は、わざと改まって、少し挑発的にヤマキョーに訊ねた。

「私は……スマイルコンプライアンスの位置付けを表す附則として、この一文はありだと思います。いや、むしろ龍の画《え》に瞳を入れるような、肝《きも》の一文になるかもしれません」

ヤマキョーは皆を見回しながら言った。他の三人も腹を決めたようで、力強く頷いた。勇吉は「ありがとうございます」と、畏《かしこ》まって皆に頭を下げた。

「では、内容はできましたが、どうやって稟議《りんぎ》を通すか。それが一番難しいところです」

相良が問題提起する。勇吉はもう、とある覚悟を決めていた。

「飛び込み営業的な発想は、通用しませんか？　ぼくなら上の人を狙います」

都築が言うと相良が「やっぱり都築さんはソルジャーですねえ」と皮肉っぽく笑う。

「実は都築君の言う通り、稟議を回す前に、先に社長の了解を取りつけておこうと思うんだ」

「でも、私たち下々の者が、どうやって事前に社長の了解を取るんですか。間に何人も、いや、十何人かは入ります。根回しの段階で潰《つぶ》されちゃうんじゃないですか？」

相良が素朴な疑問を呈する。彼女は過去に新商品の社長稟議を通した経験から、その難しさをよく知っているのだろう。意思決定の遅さは、多くの大組織に付きまとう構造的な病だ。

「狙いは、経営会議です。全部すっとばして、経営会議一発勝負に賭《か》けるんです」

勇吉は捨て身の一手を提案した。

「それができればいいけどさ……経営会議にかけるにも、資料は全て関係幹部に根回しして了承をもらわないと、会議の場に出せないだろう」

沼尻が言う。相良も二度、三度頷きながら「ですね」と相槌《あいづち》を打つ。

「経営会議も根回しが命で、会議当日は資料を説明して、少し質疑応答して終わりですよね」

「根回しは、しません。ガチンコでいきます」

勇吉は言い切った。相良が「ちょっとそれは……ヤバくないですか？」と呟く。

「この十二箇条を書いた紙を『参考資料』として一枚、こっそりと経営会議の資料に潜り込ませる。会議直前に、しれっと、さりげなく。紙が大好きな三田村専務に、今度ばかりは感謝しつつ」

「多治見さん、さすがに、スマコン準備室として責任問題に……」

ソルジャー気質の都築も、かなり尻込《しりご》みしている。

「俺が責任を取るよ。元々、昇進とか興味ないから。俺が勝手に資料を挟み込んだことに……」

勇吉が言うのを半ば遮ってヤマキョーが「責任は私が取ります」と言った。

「法務企画課長も了解の上で、紙一枚を潜り込ませる。私を確信犯にして頂いて結構です。原理原則へ回帰する。紙一枚で勝負しましょう」

「よし、俺らみんなで、この十二箇条と心中だ！　これでいこうぜ」

沼尻が膝《ひざ》をうち、みんなも力強く頷いた。

表向きの分厚い行動規範案とデコ資料の中に、たった一枚「参考資料」を潜り込ませた。

この一枚に全てを込めた。机上で考えた決まり事ではない。現場の社員たちの声がついている。

第七章　半径五メートルに思いを馳せろ

勤め人・多治見勇吉にとって勝負の日がやってきた。社長の御前会議、いわゆる経営会議だ。

会議は今日も大盛況。幹部たちが社長の「パワーワード」を褒めそやし、社長が笑うと追従の笑い声を上げる。各本部長や議題に関係する部署の部課長級の管理職が総出で集まり、その後ろには勇吉のような、お付きの中堅社員がメモ帳代わりに参加する。

長大な拘束時間、退屈な議論、それを何らかの形にしなければならないジレンマ。檻《おり》の中に閉じ込められているような閉塞感《へいそくかん》で、押しつぶされそうになる。

拘束。檻の中。閉塞感。

勇吉の脳内で、そんなキーワードと、ある名曲がぐるぐると回り始めた。

「では本日最後の議題『スマイルコンプライアンス行動規範』に移らせていただきます」

三田村専務が、数十ページに及ぶ行動規範の案を説明してゆく。

要点を絞って説明してはいるが、社長は「はぁー」と大きなあくびをした。会議開始から一時間が経過し、飽きてきたのだ。

「いつも思うんだけどさ、後ろのほうで発言しない人って、なんでこの場にいるの？　メモ取ってるだけじゃなくて、せっかくいるなら何か言ったらいいのに」

社長は、退屈しのぎに下っ端の社員たちにちょっかいを出してみたのだろう。通常、経営会議では、本部長級の幹部とその陪席者のみ発言が許されている。だが、社長の許可が出た。勇吉は、意を決して右手を挙げた。

「では、発言してもいいでしょうか」

重臣たちの視線が一斉に、会議室の隅の勇吉に注がれる。

「コンプライアンス準備室で統括リーダーをしている、多治見勇吉といいます」

「多治見さん。どうも、ご苦労さん」

お偉いさんたちの顔に「余計なことは言うなよ」と書いてある。

「エルヴィス・プレスリーの曲に『ジェイルハウス・ロック』というのがあります。ジェイルハウスは監獄。文字通り『監獄ロック』です」

大理石造りの重厚な会議室には場違いな言葉が、室内の空気を震わせて漂う。「プレスリー」「ジェイルハウス・ロック」「監獄」。

「社長は分刻みのスケジュールで動いておられるんだ。雑談は省いて、結論から」

三田村専務は急《せ》かすが、勇吉は構わず続ける。

「雑談ではなく既に本題に入っています。仮に職場というものを、一日あたり八時間ほど拘束されて管理監督者の監視下に置かれる監獄だとします。通いの監獄です。我ら勤め人は、そこに通う囚人。ミカゲ食品は毎日二千人が通う、でっかい監獄ということになります」

「社長の御前で、神聖なる職場を監獄呼ばわりするとは……撤回しなさい」

社長の右脇の席から、三田村専務が血相を変えて勇吉を指差す。

「職場って、神聖なんですか？　初めて知りました。発言は撤回しません。社長のお許しを得て発言しているわけですから、議事録にも残していただきます」

「まあ、いい。多治見さん、続けていいよ」

社長は横分けの白髪を手櫛《てぐし》で整えながら、背もたれに体を預けた。

「プレスリーの『ジェイルハウス・ロック』では、ある日、田舎の監獄で所長が賑《にぎ》やかなパーティーを開きます。囚人たちがロックンロールを奏で始め、みんなで踊り出します」

監獄の片隅では、このどさくさにまぎれて脱獄をそそのかす囚人も出始めるが、結局誰も脱獄しない。楽しいからだ。

「どのみちほぼ毎日通って一日の大半を過ごす職場なら、少しでも楽しいほうがいい」

「楽しんで給料をもらうというのは、考えが甘いんじゃないか。働いて働いて、耐えて耐えて、成果を出してこそ初めて給料をもらうに値する人材になると、私は思うが」

加部常務が口角から泡を飛ばす。経営会議の場だけに、言葉遣いは少し柔らかくしているようだが、全否定男の本質は変わらない。老舗《しにせ》企業の封建的な指揮命令系統が生み出したサディストだ。

勇吉は加部常務には目もくれず、会議の座長席に座る社長をじっと見据えた。

部課長たちが陣取る陪席者の席から、ヤマキョーが壁際の勇吉を振り返った。

工場は、お仕着せのチェックリストを埋める作業に追われ、機械の点検や整備に手が回らなくなる。結果、異物混入などの不祥事に繋《つな》がる。経理も営業も近年、稟議《りんぎ》の書類が回るのがあまりに遅いため、抜け道を探すようになった。あるいは、未承認の書類を溜《た》めこむ社員が続出した。彼らはみな、社内規則違反で処分される。

「理不尽な校則でがんじがらめになった生徒が、無気力になったり、勉強を怠ったり、悪さを始めたりするようなもんです」

「学校と会社は別だ。そんなに会社が嫌なら出て行けばいい」

加部常務がすかさず全否定する。この人はこういう人間なのだと割り切り、きっといいところもあると信じるのだ。「上司、部下、同僚のいいところを見つけよう」。十二箇条の一つだ。

勇吉は「そう簡単には出て行けないからもがいてるんです」と反論した。

心の中で、出て行けない理由が渦を巻く。生活があるから。部下に対する責任感があるから。結局は他でやっていける自信がないから。

様々な理由で、出て行く気力や強さがないのだ。

自分は弱い。その弱さを、生きられなかった戦友・ジョージが肯定してくれた。

困惑し、右往左往し、それでも重たい心と体を会社に運び、なんとか働いて帰る。クソして寝て、起きて働いて飯を食え。それだけですげえことなんだよ、と。

「人生だって同じじゃないでしょうか。苦しいことや面倒なことがたくさんあって、どんなに自由に見える人でも何かに縛られながら生きている。どうせ何十年か百年かの間の監獄を生きるなら、少しでも楽しいほうがいい」

加部常務が「頭の中、お花畑か？」と周りに聞こえないぐらいの小さな声で呟《つぶや》いた。勇吉はその声を聞き逃さなかった。

「そうですね。加部常務のおっしゃるとおり、お花畑みたいな甘い理想かもしれません。でも心の奥にちっちゃなお花畑のひとつぐらい育てたっていいじゃないかと思います。それを教えてくれたのは部下の……いや、大先輩の沼尻金之助さんです」

勇吉は、大会議室の本席に並ぶ面々の反応をじっと見ながら言った。

「多治見君、能書きは分かった。具体的な案を示してくれないか」

社長は「沼尻金之助」という名前には特に反応を示さず、勇吉に言った。

「具体案は、お手元の資料の中の一枚『参考資料5』に全て記しております」

社長をはじめ、皆が大量の資料の中から、一枚の『参考資料5』を探し出した。

「なんじゃ、こりゃ……」

三田村専務が呟くのが聞こえた。

「とても簡潔なものなので、読み上げさせていただきます」

「おい、待ちなさい！」

制止する三田村専務には構わず、勇吉は読み上げ始めた。

〈■ミカゲ食品　スマイルコンプライアンス行動規範案
スマイルコンプライアンスとは、社員やその関係者が、より多くの喜びを実感できる職場を作るための、性善説に拠《よ》るコンプライアンスの行動規範です。
本行動規範は、原理原則に立ち返ることを基本理念とし、現場の自主性に委《ゆだ》ねるコンプライアンスを実現することを目的とします。
当社はこれらの基本理念、目的が、創業以来の社是「美味しさと時間と健康を」に繋がるものと確信し、次のとおりスマイルコンプライアンス行動規範を定めます。

【ミカゲ食品《しょくひん》スマイルコンプライアンス行動規範《こうどうきはん》　十二箇条《じゅうにかじょう》】
一、挨拶《あいさつ》をしよう。おはようございます、ありがとうございます、おつかれさま。
二、忙《いそが》しくしている人《ひと》がいたら、手伝《てつだ》えることを探《さが》して、声《こえ》をかけよう。
三、困《こま》った時《とき》は騒《さわ》いで周《まわ》りに助《たす》けてもらい、みんなで早《はや》く帰《かえ》れる職場《しょくば》にしよう。
四、明《あか》るく愚痴《ぐち》をこぼし、明《あか》るく弱音《よわね》をはこう。そしてお互《たが》いに思《おも》いやろう。
五、時々《ときどき》、雑談《ざつだん》もしてみよう。
六、悩《なや》んでいることがあったら相談窓口《そうだんまどぐち》に話をしてみよう。
七、過《あやま》ちをおかした社員《しゃいん》が、やり直《なお》すチャンスを得《え》られるようにしよう。
八、ミスを憎《にく》んで、人を憎《にく》まず。小《ちい》さなミスも知《し》らせて、みんなでカバーしよう。
九、社員《しゃいん》が日々《ひび》、よりよく変身《へんしん》できる環境《かんきょう》を作《つく》ろう。
十、出《で》ていく社員《しゃいん》をやさしく見送《みおく》り、もどってくる社員《しゃいん》をやさしく迎《むか》えよう。
十一、上司《じょうし》、部下《ぶか》、同僚《どうりょう》のいいところを見《み》つけよう。
十二、余計《よけい》なルールがあれば、どんどん見直《みなお》して、廃止《はいし》しよう。
附則《ふそく》　この十二箇条《じゅうにかじょう》を守《まも》るか守《まも》らないかは、それぞれの自由《じゆう》です〉

「ここに書いてあることは、いったい何？」

社長が問うた。勇吉は、この一枚の『参考資料5』を掲げて答えた。

「これが、私たち準備室が起草した、スマイルコンプライアンス行動規範の案です」

「こんな資料、私は了承した覚えはないぞ」「私もだ。ふざけるな！」

三田村専務と加部常務が色をなして指摘するが、勇吉は聞こえないふりをして続けた。

「この行動規範は、社員の行動を規制監督する『べからず集』ではなく、自主的な行動を促すものです」

勇吉の手は震え、足はすくんで今にも崩れ落ちそうになる。だが心は折れない。

ヤマキョーから教えてもらった専門用語を口にした途端、声が上ずった。簡単な言葉に置き換えるのが、法務の素人としてこの部署に送り込まれた自分の役目だ。

「ルールベースからプリンシプルベースへの転換……」

「細かいルールや規則で縛り過ぎず、原理原則の考え方を浸透させて現場ごとの裁量に委ね、少しでも楽しい職場を作る。スマイルコンプライアンスは、その旗印です」

三田村専務が「君、喋《しゃべ》り過ぎだ。社長、失礼いたしました」と割って入る。

続いて加部常務が『参考資料５』を読みながら、聞こえよがしに溜息を吐いた。

「社長の御前で、とんでもないことをしてくれたものだ。我々に一度も見せていない資料を勝手に混ぜ込んで、しかもこれが全体案だと？　積み上げてきた他の資料は何だったんだ」

加部常務は自分が全てチェックしてきた資料をないがしろにされ、怒りに震えている。

「他の資料は一応、皆様の仰せの通りに一式作りましたが、私たち実務担当の案としては『参考資料５』の一枚に集約しました」

「いやはや……おふざけもいい加減にしてもらわないと、私もかばい切れなくなるよ」

ふざけているつもりなどないし、三田村専務にかばってもらった記憶もない。

「この十二箇条は、私たちの覚悟の提案であります」

「覚悟だと？　百歩譲って、提案する行為自体は許されたとしよう。しかしレベルが低すぎる。それになんだ、この最後の『附則』ってやつは。守るか守らないかはそれぞれの自由？　そんなルールなどあるか！　話にならん」

勇吉が仕組んだ附則に、加部常務が真っ先に食いついてくれた。勇吉は待ってましたとばかりに笑いをかみ殺す。

「不祥事対策の規律とは別次元の、性善説に立った新しい行動規範です。冒頭の理念に、現場の自主性を重んじる旨を書いています。よって、守るか否かも自由です」

誰かが「ポエムだな」と呟くのが聞こえた。ポエムを馬鹿にするなと思った。

「ご意見はいろいろあるとは思いますが、一度この案を吟味いただきたく、お願いします。現場はコンプラ疲れで悪循環を繰り返してきました。過去を絶ち切れるのはトップの決断だけです。今回の十二箇条は、そのきっかけになり得ると考え、起草しました」

怒号が飛び交った。加部常務に至っては「お前、この任務を降りろ！」と叫ぶ。こういう声が大きく押しが強い男が重用されてきた組織なのだと改めて痛感する。

「これは、現場の声や日々の仕事の中での小さな気付きをすくい上げたものです。ここにいる皆様は、現場の声を少しも吟味せずに握り潰《つぶ》す。そういう認識でよろしいでしょうか」

勇吉の言葉に、皆が黙った。常務や平取締役たちの視線が、経営企画本部長の出羽守に集まった。

「出羽経営企画本部長からの説明を求めます」

三田村専務が、出羽守に話を振った。

「この資料については、わたくしも、一切関知しておらぬところでして、あの、その、たとえばドイツのカール・ヴァイツェン社では若手社員たちが社長室に乗り込んで直訴のプレゼンを敢行した事例もあるわけでして……」

「ドイツのビール会社の話は結構ですから、ミカゲ食品経営企画本部長として、あなたの見解ではどう把握しているのか説明を求めている」

「私の見解では、あちらでは、こちらが、ではであることから、ではありまして、それでは埒《らち》が明かないのではと承知ではありますが……」

しどろもどろの出羽守にはさすがに申し訳なく感じた。事前に十二箇条を見せれば間違いなく却下されるため、本部長にも黙って資料に忍び込ませたのだ。

「この提案を進言したのは、私、多治見です。不適切なら、スマイルコンプライアンス準備室統括チームリーダーとして、どんな処分も受ける覚悟であり、主犯格は自分っす」

勇吉は神妙に頭を下げながら説明しつつ、最後の「主犯格は自分っす」だけは顔を上げて、怖くて震える気持ちを押し殺し、満面の笑みで言い放った。

出羽守は「ここは是非、専務のご意見を」とかわした。

「現場の社員たちの声ならば、全く無視するわけにはいかないねえ。この幼稚な表現方法はいかがなものかと思うが」

三田村専務が渋々の体で言った。勇吉は膝《ひざ》の上で小さく拳《こぶし》を握り、ガッツポーズした。

ヤマキョーが、さりげなく体を斜め後ろに向け、勇吉にそっと目礼を送ってきた。勇吉も、小さく目礼して応じた。

「前代未聞だ。一担当者が経営会議に独断で資料を出すなど、自分のやっていることの重大さを分かってんのか！」

加部常務がいきり立つ。

「はい、ただで済むとは思っていませんので、ご処分でも何でも、いかようにも」

勇吉はちょこんと頭を下げた。

「しかしねえ……余計なルールを見直すとか、これは各部署に委ねられる面も大きい。さすがに越権行為じゃないのかね。この点は山田法務企画課長、どうお考えですか」

三田村専務が各論の指摘を始めた。メンツを潰され、威厳を保ちたい意図が透ける。

「この十二箇条については私も了承の上、法務企画課長の職責で、自主的に経営会議の参考資料として、会議開始直前に追加させていただきました」

ヤマキョーが答えると、またもや大会議室がどよめいた。

勇吉はヤマキョーに「ありがとう」と目配せをして、社長に向き直った。

「社長、ミカゲ食品の社是は『美味しさと時間と健康を』ですよね」

「そうだね」

「もう一度この社是に立ち返る必要があると思います。山田課長、いかがでしょうか」

ヤマキョーは、再び勇吉のほうを振り返った。

「社是を踏まえてコンプライアンスを見直す作業は、非常に重要だと私も思います」

徒労感で満ちた仕事に社員たちの心身の健康が蝕《むしば》まれて、会社全体の健康が蝕まれていく。このままでは、社員みんなが、社是とは真逆の道を突き進むことになる。

「行き帰りの通勤を含めれば最低でも毎日十時間ぐらいは拘束される、通いの監獄。少しでも職場が居心地よく、毎日が少しずつでも楽しくなれば、きっと不祥事は減る。それがスマイルコンプライアンスだと自分は思います」

冷ややかな視線、怒りの視線を受け止めながら、勇吉は心の底から微笑んだ。

〈ロックンロールに聞きな。だいたいのことはロックンロールが答えてくれる〉

沼尻がうわ言のように言っていた謎の言葉。

勇吉は今、あの言葉の意味を自分なりの感覚で実感した。

ロックンロールは、日々の暮らしのうっぷん、労働の疲れ、失恋の哀しみ、つかの間の安息や歓喜など様々な感情を歌詞に込める。そして、それらの感情を軽快なメロディと歌やコーラス、パワフルなリフなどに乗せてぶっ放してくれる。

今回はプレスリーの『監獄ロック』がヒントをくれた。

大会議室に何ともいえぬ雰囲気の沈黙が流れ、多くの者がちらちらと社長の顔色を窺う。

その時、重い木の扉が徐《おもむろ》に開き、小太りの男が入ってきた。

「あれ？　こりゃ失礼。小便に行こうと思ったら、入るところ間違えちまった」

勇吉は、言葉を失った。入ってきたのはなんと、沼尻金之助だった。

沼尻は、戸口に立つと「何やら大変な部屋に紛れこんじまったなあ」と呟いた。

「あ、申し遅れました。万年取り締まられ役再雇用社員の、沼尻ぃ、金之助と申しやす」

なぜか、いつもの服装とは打って変わって、皺《しわ》ひとつない濃紺のスーツに社章のバッジを付け、幹部社員のような貫禄《かんろく》を漂わせている。おそらく大会議室前の警備員の目をごまかすため、遅参の出席者でも装ったのだろう。

社長以下、皆が呆然《ぼうぜん》と沼尻へ目を向ける。

「おっと、お懐かしいお顔が並んでおられる。いやあ、皆さんお偉くなられてなにより！」

「おい、何をしにきた。芝居がかった真似は止めろ」

加部常務が上席から、戸口の前に立つ沼尻をギロリと睨《にら》みつけた。

「加部さんよ、あんた、誰のおかげでその席に座ってられるか、分かってんのかい」

沼尻の声色が低く変わった。

「何の話だ。さっぱり意味が分からんなあ」

「いいのかな、そんな口聞いて。何の話だ？　洗いざらいしゃべってやろうか」

「あんたこそ、誰のおかげで、窓際の席を温めていられると思ってる」

加部常務が凄《すご》むと、沼尻はニヤリと笑った。

「こちとら、失うもんはねえんだよ。無敵の人、無敵社員だ。お互い三十何年も勤めてりゃ、叩《たた》けば埃《ほこり》が出るような話はあるもんだよな。埃の叩き合いなら受けて立つぜ。おっと、この会議、議事録は公表されるんだっけ」

加部常務は憤怒《ふんぬ》の目で「何だか知らんが、後で個別に話を聞いてやろう」と虚勢を張った。

その時「金さん」と呼ぶ声がした。

「金さんは、変わらないねえ」

社長、影森啓太郎だった。

「おや、おぼっちゃま、お久しぶりですなあ。なにせ天と地ほども身分が離れちまいまして」

沼尻は微笑みながら頭を下げた。

「金さん、何か勘違いをしていないか」

「ほう、私めが勘違いを？　どういうことか詳しくご教授願えますか」

「ぼくは金さんと話したかった。会社で一番親しい友達だったんだから」

「いえいえ、友達なんてとんでもない。あの節は大変失礼いたしやした」

沼尻は皮肉たっぷりに言う。

「ぼくだって好きで社長になったわけじゃない。一言何か発すれば株主様やお客様から非難の嵐。でも、いつも言い聞かせてきた。どのみち毎日通うなら、楽しい職場がいいですね」

啓太郎社長は唐突に『月刊社内報　月の影』のキャッチコピーを口にした。

「社長、沼尻さん、旧交を温められるのは大変結構ですが、審議を再開してよろしいですか。とにかくこの十二箇条とやらは、さすがに稚拙です。これを世に出すなど、当社の恥さらしになると私は考えます」

三田村専務がしびれを切らしたように割って入った。勇吉は「誰に対する恥さらしですか」と声を上げた。

「我々担当者としては、社員の声や現場の望みから拾い上げ、選び抜いたプリンシプル、原理原則です。会社が目指すスマイルコンプライアンスの羅針盤になると自負してます」

「毒にも薬にもならん幼稚な約束事が羅針盤だと？　仕事をなめるな！」

加部常務が顔を真っ赤にして勇吉を指差す。

「確かに、毒にはなりませんね。そう思います。でも一服の薬ぐらいにはなるかもしれない。この十二箇条を心の片隅にでも留めおく社員が増えれば、それぞれの半径五メートルがほんの少しずつより良い方向に変わるかもしれない」

「かもしれないだと？　そんないい加減なもんを社長のお言葉として出せるか！」

「ちょっと待って。ぼくのお言葉として？　そんなつもりはまったくないって、前も言ったよね」

　社長の一言で、皆が静まり返った。

「この十二箇条、悪くないね。前に見せられた長ったらしいやつとか、今日も配られてる山のような能書き資料より、この一枚のほうがよっぽどシンプルでいいと思うけどね」

「まあ、社長がおっしゃるとおり、シンプルといえばシンプルな……」

　三田村専務が口ごもる。

「じゃあ、これをベースにすればいいんじゃないの」

「お言葉ですが社長。こんなお花畑みたいな行動規範など、前代未聞です」

　加部常務がいかにも苦言を呈する忠義の臣といった体で社長に進言する。

「このいい加減な担当者がラクをするために奇をてらって適当なものを作っただけで、百害あって一利なしです。ミカゲ食品の威信を失墜させかねません。どうかご再考を」

　加部常務は得意の全否定で勇吉を何度も指差しながら、社長に再考を迫る。

「前代未聞か……。それって悪いことなのかな」

「いえ、あまりにシンプル過ぎて、株主様やお客様の批判の矛先が社長に向いてしまうのではないかと懸念しておりまして……」

　三田村専務が再び進言するが、だんだん歯切れが悪くなっている。

「別にいいよ。ぼく、ネットで辞めろとか死ねとかいっぱい書かれてるけど、それだけ多くの人がぼくの言動に注目してるってことでしょう。多治見さんって、広報宣伝部で記者会見の手配とかやってくれてたね。ありがとね。ところでぼくのフォロワー数は、何人だっけ？」

「十二万人を超えています」

　勇吉は、社長が自分のことを覚えていた事実に驚きながら答えた。

　ミカゲ食品ぐらいの規模の企業の社長個人アカウントでは、トップクラスのフォロワー数だ。

「炎上商法とかいうのをやっているつもりはないんだ。思ったことを書き込んでいたら炎上しちゃって、気が付いたら『燃料社長』なんて呼ばれて野次馬のフォロワーがどんどん増えた。申し訳なかったね。どうせ最後に炎上するなら、前向きなネタで盛大に燃やされよう。このスマイルコンプライアンス十二箇条っていうのを見せてやればいい」

　勇吉は今の社長の発言に、ふと正体不明の違和感を抱いた。だが社長は続ける。

「コンプライアンスって、なんで『コンプライアンス』って言うんだっけ？　これは山田課長に聞いたほうがいいのかな？」

　ヤマキョーは「英語の『コンプライ』、つまり従う、が基になっています」と答えた。ヤマキョーの説明は、丁寧で分かりやすかった。ルールの遵守に目が行き過ぎることの危険性など、以前、勇吉に教えてくれたのと同じ。ぶれない考えだ。

　そこへ沼尻が「いやあ、勉強になるねえ」と調子の良い声で場を煽《あお》る。

「加部さんよ、ルールで現場をがんじがらめにすると、上の人間はそれを守らせるのが仕事になる。すると、あんたみたいな人が出世する組織になっちまう。そういうことだよ」

「逆だろう。規律の緩い会社は、誰かさんみたいに何も生み出さない窓際社員が、ぬくぬくと席を温める組織に成り下がる。最近『働かないおじさん』っていうのが社会問題になっている」

「じゃあ、あんたと俺は大差ないってことだな」

「は？　言ってる意味が分からんのだが」

「あんたが生み出したのは、社員に植え付けた恐怖と、自分を大きく見せるための膨大な稟議対策作業だけだ。この二十年間、有用なものは何も生み出してないっていう点では俺と同じだよ」

「じゃあ訊くが、半年以上もかけて生み出したこの十二箇条ってやつはなんだ？　ひとつ、挨拶をしよう？　小学生でもできることだろうが」

「お言葉ですが加部常務、果たして、本当に小学生でもできることでしょうか」

勇吉は声を大にして疑問を呈した。

「少なくとも私は、加部常務が我々社員に挨拶しているのを見たことがありません。私ども社員はすれ違う都度ご挨拶していますが、素知らぬ顔。気のせいですかね」

加部常務は、口をぱくぱくさせて狼狽《ろうばい》した後、勇吉を指差した。

「あんまり俺を怒らせるなよ！」

加部常務が目下の者には挨拶をしないのは有名な話だ。急所を突かれた加部常務は顔を真っ赤にして勇吉を睨みつけている。

「待った、そこまで！　加部さんも、これ以上の不規則発言は慎しむように」

三田村専務が大慌ての様子でストップをかけた。

「議論は尽くしたと思います。この想定外の参考資料に記された内容について、あらためて社長のご見解を伺いましょう」

三田村専務は創業家の意図を先回りして読み取って下達し、仕事を割り振る調整役タイプのリーダー。加部の暴走を見兼ねて、社長に裁定を預けたのだ。

「ルールベースからプリンシプルベースへ。原理原則のコンプライアンスに立ち戻る。ぼくは、いいと思う。ぼくは最後に、多治見さんたちが作ってくれたスマイルコンプライアンスの羅針盤に未来を託したい」

やはり啓太郎社長は「最後に」と言った。これがおそらく先程抱いた違和感の正体だ。

「突然だけど、ぼくはそろそろ社長を退こうと思っている」

一瞬、大会議室が凪《なぎ》のように静まり返った。

「度重なった不祥事の責任を取ってぼくは社長を退く。経営陣も半分は退陣で、入れ替え。次の取締役会で臨時株主総会の招集を諮り、その総会の場で、社長退任と次期社長の選任を諮りたい」

「お待ちください。経営陣も半分は退陣？　まさか、私もですか？」

加部常務が真っ先に食ってかかる。今の一言でも、保身第一の臆病《おくびょう》な人間だと分かる。

「もちろん、加部さんもだよ。ぼくも、三田村さんも加部さんも」

加部常務は口をぱくぱくさせている。三田村専務は呆然と一点を見つめる。

「多治見さん、過去を絶ち切れるのは、トップしかいない。そう言ったね」

「はい、確かに言いました」

「まったくその通りだとぼくも思うよ。一度、創業家は経営から手を引いて、生まれ変わらなければならない。最後の置き土産に、スマイルコンプライアンス十二箇条は採用。社是の『美味しさと時間と健康を』を目指す羅針盤として掲げていく。ぼくは一連の不祥事の責任を取って社長を降り、外部から社長を招き、経営陣を五人入れ替える。社外の人の視点を入れ、牽制《けんせい》機能を働かせるためだ。ぼくの意見は以上。よろしく」

「お待ちください、社長。こんな十二箇条、いえ、この十二箇条が通るかどうか、コンプライアンス委員会での審議は必要ではないでしょうか。経営陣の刷新はその結果を見てからでないと」

席を立った啓太郎社長に、三田村専務が食い下がる。

「コンプライアンス委員会の所管業務は、不祥事防止と行動規範の進捗《しんちょく》を監督することだからね。このスマイルコンプライアンス十二箇条は、不祥事防止や既存の行動規範とは別次元のものだから、委員会の審査の対象外でしょう。審査事項ではなく報告事項に留《とど》めて、何か言われたら責任はぼくが取る。では、今日の会議は終了で」

社長の裁断で、経営会議はお開きになった。

その時、加部常務が「ちょっと待った！」と叫び、猛然と席を立った。

「社長、会社を私物と勘違いしていませんか。正当な理由なく取締役を解任はできない！」

加部常務の抗議に対し、ヤマキョーがサッと手を挙げた。

「株主総会の決議があれば、会社はいつでも取締役を解任できます。会社法第三百三十九条、第一項です」

加部常務は歯噛《はが》みをすると「正当な理由がない！　不当な解任だ！」とヤマキョーを指差す。

「その点は、社長が先程述べられた『不祥事の引責』で十分な理由になります」

「黙れ！　俺個人の責任は何だ。言ってみろ」

勇吉は「加部常務個人におかれましては……」と言いかけ、口をつぐんだ。ヤマキョーと目が合った。ヤマキョーが頷き、勇吉は続けた。

「実はコンプライアンス部の内部通報窓口にもたらされている情報で、様々な事案が。ここでは具体的に申し上げられませんが」

「またお前か……俺に恨みでもあって何かアラ探しでもしたのか」

「いいえ、聞きたくないような話が入ってきてしまうんです。私は、引きが強いもので……」

勇吉が正直に述べると、加部常務は崩れ落ちるかのように、再び椅子に腰を下ろした。

「そうだ、金さん」

啓太郎社長は去り際、戸口のそばに立っている沼尻に声を掛けた。

「社長を降りる前に、金さんに話しておかなきゃならないことがある。近いうちに、ちょっとどこかで話せるかい」

「おう、俺は暇だからよ、いつでもＯＫだ」

「多治見さん、山田課長、やり方は強引だけど、よくこの方向性に辿《たど》り着いたね」

啓太郎社長は、勇吉とヤマキョーを労《ねぎら》った。

「チームのメンバーと、山田課長のおかげです」

「十二箇条を発表したらまた炎上すると思うけど、多治見さん、また対応よろしく」

「炎上対応なら、慣れています。よろこんで」

勇吉は満面の笑みで答えた。

反撃したくないか。そうだ、反撃したかった。今日、少し反撃できた。

どうだ、ジョージ。なかなかロックなハッタリをかませただろう。まだ、恐ろしくて手も足も震えているけれど。

ヤマキョーと沼尻と一緒に自席へ戻り、都築と相良に経営会議の結果を報告した。都築はガッツポーズし、相良とハイタッチを交わした。

「早速、発表に向けた準備を進めます」

事実上、社長の承諾は済んでいる。形式的に稟議を回して決裁が下りれば、あとは社内外に向けて発表するだけだ。


経営会議の一週間後、稟議の社長決裁が下りた。加部常務と三田村専務は承認を拒否、最後は決裁権者である社長の判断で決着した。


十二月の初め、ミカゲ食品はスマイルコンプライアンス十二箇条を発表した。

SNSでは会社の公式アカウントが大炎上。ただ、これまでとは炎上の仕方が違っていた。怒りの声よりも、幼稚だとか、お花畑だとか、十二箇条を嘲笑《あざわら》う声がほとんどだった。

今は嘲笑《ちょうしょう》されている行動規範が、少しずつでも楽しい職場に繋がれば、それでいい。

「いやあ、リーダーとヤマキョー課長が経営会議で真っ向から立ち上がってなあ……」

沼尻が語り始めると、相良が「沼尻さん、その話、もう十回以上聞きましたよ」とツッコむ。この数日、沼尻は何度も経営会議での勇吉やヤマキョーの発言ぶりを語った。

「いいじゃねえか、相良ちゃん。今日はめでたい発表の日だ。改めて語りたい」

「おい、多治見ちゃん、スマコン準備室は大丈夫か！」

広報宣伝部の丸岡部長が、発表後の炎上を心配して、勇吉のところへやってきた。

丸岡部長は加部常務からの果てしない指摘への対応を内職で支えてくれた、陰の立役者だ。

「不祥事の時の炎上騒ぎと比べれば、全然大丈夫です。丸岡部長、これまで助けてくださってありがとうございました」

「よかったなあ……。最初に言ったろう？　大変かもしれないけど、これは多治見ちゃんが大抜擢《だいばってき》されたんだって」

丸岡部長は得意げに、掌《てのひら》で勇吉の背中をポンと叩いた。

「それに、沼尻さんに、ほんの少しだけど恩返しもできたでしょうか」

「俺に恩返し？　何の話だい」

「いやいや、営業所の下っ端だった自分を、沼尻さんは助けてくれたじゃないですか。あ、あんまり言うのは『野暮』ってもんですね」

神妙に語る丸岡部長に、沼尻は「そんなことあったっけか？」と、とぼけたふりをする。

「改めて、あの時はありがとうございました」

丸岡部長は深々と頭を下げた。二人の間に何があったのかはわからなかったが、丸岡部長が昔、沼尻に何らかの形で救われたらしいことはなんとなく伝わってきた。沼尻は「湿っぽい話は無しにしよう！」と丸岡部長の肩を叩いた。

「丸岡さんよ、あの十二箇条ができたからには、前途洋々。みんなハッピーだ！」

ヤマキョーが「まだこれからです」と冷静に割って入る。

「プリンシプルベースの十二箇条を作って終わりではありません。どうやって社内に浸透させていくか、地道な仕事はこれからも続いていきます」

「ひええ、ヤマキョー課長はやっぱり厳しいなあ。本当に、言う通りだ。これからだよな」

沼尻がおどけて笑いながらも、決意を新たにする。

スマコンで、会社が一朝一夕のうちに劇的に変わることはないだろう。

勇吉も自らを戒めた。現場の社員からは否定的な声も多数上がっている。

ただ、ひとつだけ自信をもって言えることがある。スマコンは、社内の誰の存在も否定しない、職場の良心を信じてみるところから始まる行動規範だ。心の片隅に留めていれば、職場に通う毎日をほんの少し良くする薬にはなり得る。

「十二箇条は、今はただの紙切れだけど、時間をかけて、それぞれの半径五メートル以内が、少しずつより良く変わるきっかけになってほしい」

「浸透させるために何をどう実践するか、社内への伝え方が大事ですね」

相良が冷静に意見を述べた。

「原理原則ですから、当たり前のことを、当たり前に実践する。これが基本になると思います。とてもざっくりした言い方になって恐縮ですが」

ヤマキョーが、皆の気を引き締めるように言った。

「こうしてひと区切りついて、自分も、年末で心置きなくミカゲ食品を去ることができます」

都築が微笑んだ。

「そうだ、近いうちに打ち上げと都築ちゃんの送別会を兼ねて、パーッと飲みに行こうや」

沼尻が言うと、都築は「いいえ」と首を横に振った。

「自分の送別会は無しにしてください。そう遠くないうちに、一回り大きくなって『シャケ社員』として戻ってくるつもりですから」

都築は胸を張って言った。

〈どのみち毎日通うなら、楽しい職場がいいですね〉

〈綺麗事《きれいごと》をサラッと表現するのもまた、ロックンロールの使命のひとつだ〉

〈どのみちウチら、集った仲間だから、何かの縁と思って損はない〉

ロックンロールに導かれた十二箇条で、沼尻やジョージの言葉を体現していきたいと、勇吉は心から思った。

半径五メートルを変えるための反撃。それは簡単ではないが、少しだけ誰かのために、そして自分のためにもなる、地味で地道で希望の持てる仕事だと勇吉は思うのだ。

都築を送り出し、自分はミカゲ食品に残る。迷いが消えた勇吉は、この月、三十六歳になった。

エピローグ

「舞ちゃん、すごいね！　ノリノリだったじゃん」

「マキさんのおかげです。ロックンロールの演奏がこんなに楽しいなんて」

　演奏を終えてステージ上で談笑しているのは、マキと相良だ。

　勇吉たちのロックンロールバンド『デスペラーズ』は、バンドとしての活動は当面の間休止することになった。ジョージがいないと、それはもうデスペラーズではないからだ。ただ、ロックンロールへの関わり方は、バンドだけではない。

　勇吉もマキもリキヤも、ライブハウス『ロック・フィールド』のジャムセッションイベントへの参加という形でロックンロールを続けている。

　このジャムセッションイベントは、その日の主催者にランダムで指名されたプレイヤーが、ステージに上がって即席のバンドを組む。キーとリズムなどを軽く打合せして、アドリブで思い思いの音を出す。一見難しそうだが、三つのコードしか使わないため、初心者でも気軽に参加できる。

　今日は二十人以上の勤め人プレイヤーが参加し、代わる代わるステージに上がって音を合わせていた。職場の仲間や家族が観に来ている者もいる。勇吉もマキもリキヤも、それぞれ職場の仲間を客席に呼んでいた。

マキは、勇吉の部下の相良が子供の頃にピアノをやっていたことを知るや、ステージに引っ張り上げたのだ。最初はおどおどしていた相良も、マキの誘導でどんどん音を出せるようになり、曲の最後にはEセブンのコードを連打して後奏を盛り上げた。

ベースを勇吉が、ドラムにはリキヤが入ってサポートした。

客席では、沼尻とヤマキョーが、ビールを飲みながら演奏を聴いていた。

「よっ、相良ちゃん、名ピアニスト！　様になってるぜ」

沼尻がほろ酔いで歓声を上げている。

「舞ちゃん、ロックンロールは誰でも受け入れてくれる、懐が深い音楽なんだよ。ねえ、ユーキチ」

マキは相良と勇吉に向かって、得意げに言った。

「そうだね。懐が深すぎるから、ロックンロールは止められないね」

勇吉は、この先も困った時は「ロックンロールに聞こう」と思うのだった。

「俺、ドラム叩《たた》きたくなったから、リキヤと交代していいかな」

「ユーキチ、俺はしばらくベース触ってないぜ。まあいいか。へっぽこドラムとへっぽこベースでやってみるか」

パートを交代したアベコベのバンドは、ぎこちなかった。マキはエレキギターを掻《か》き鳴らし、間奏の合間に「二人とも、ジョージに笑われるよ！　でも変なグルーブ感が意外とロックだね」と笑った。

＊

三月中旬、社内で人事異動の辞令が発表された。

勇吉は直属の上司である法務企画課長のヤマキョーに、自身の異動を報告した。

「課長、兼務が解かれ、広報宣伝部専任に戻ることになりました。お世話になりました」

「おつかれさまでした」

「今後の業務について、少し内々の話がありますので、お時間よろしいですか」

「はい、打合せしましょう」

勇吉とヤマキョーはエレベーターで七階へ上り、社食に入った。勇吉は人がほとんどいなくなった社食で缶コーヒーを二本買って奥の円卓に置き、ヤマキョーと向き合って座る。

「で、ところでさ……俺、なんで広報宣伝部に戻れたの？」

声を潜めてヤマキョーに訊ねた。

「一ヵ月ほど前に、私から人事部長へ申し入れました」

「申し入れてくれたの？　なんて？」

「交際している社員同士を同じ部署に配置するのは宜《よろ》しくないと」

勇吉は飲み下しかけたコーヒーを気管に入れてしまい、盛大にむせた。

「え？　言っちゃったの？」

「人事部の嗅覚《きゅうかく》と情報収集網を甘くみてはいけません。社内でくっついたとか別れたとか、いずれすぐにバレますから。定期異動前のタイミングで言ったほうがいいでしょう?」

ヤマキョーは、いたずらっぽく笑った。

「いやはや、今日香さんも、ロックなことするねえ」

「勇吉さん、広報宣伝部に戻りたがってたでしょう」

二人だけの時に今日香さん、勇吉さんと呼び合う間柄になったのは、つい二ヵ月前だ。

「いや、最初は戻りたい一心だったけど、今となっては残るのもアリかと思ってたから」

「スマコンを、広報宣伝部の立場から支える手段があると思うんです。広報宣伝部、企画戦略課長への昇進、おめでとうございます」

とうとう課長に昇進してしまうことになった。天国のジョージに報告したら、なんと言われるだろうか。バカ野郎、なにやってんだ、とか言いながら笑ってくれるだろうか。

「それに、勇吉さんの後を継いで、スマコンをバリバリ実践する若きホープもいますからね」

「その点は、間違いない。確かにそうだね」

準備室はスマイルコンプライアンス支援室と名を変え、主任担当者は勇吉に替わって、直感の若きホープ・相良舞が受け継ぐと決まった。

相良は年明け以降、本社や各営業所、工場などあちこちの社員研修でスマコンの理念を講義し、社内へ浸透させるべく頑張ってきた。

当初は冷笑的な社員も多かった。「綺麗事《きれいごと》だ」とか「理想論だ」とか。

ところが、相良が社内研修で講師となって、文案ができたいきさつを一箇条ずつ語り、ヤマキョーの「プリンシプルベース」回帰の理由のほか、沼尻が昔手掛けた『月刊社内報　月の影』や、勇吉の『ジェイルハウス・ロック』の話をすると、多くの社員の共感を呼んだ。

「相良さん、頑張ってるもんなあ。なんか聞く人を味方に付けていくんだよな」

「そうです、大丈夫。私、小腹が空《す》きました。ミカゲの冷凍焼きそば、食べませんか？」

「この時間に？」

食堂の壁かけ時計は十六時半を指している。

「遅めのおやつです」

ヤマキョーは冷凍食品の自販機で焼きそばを買って、備え付けの業務用電子レンジで温め始めた。一分もたたないうちに解凍完了し、出来上がった。

ヤマキョーは紙皿の上でほかほかの焼きそばを、割りばしと一緒にテーブルに載せてくれた。

「この焼きそば、従妹《いとこ》がなぜか大好きで。なんの変哲もない、ごく普通のソース焼きそばなんですけど、焼きそばはこれが一番だって」

「どうしてだろう」

「従妹曰《いわ》く、小さい頃お祭りの屋台で食べた焼きそばとすごく似てるんだそうです」

「それって、やっぱり、とても普通の焼きそばということだね」

「お父さんとお母さんと三人で、近くの神社のお祭りに行ったことがあったそうです」

「そうか。従妹さんの中でその焼きそばは、楽しかった記憶として残ってるんだね」

「はい。従妹と暮らし始めて十三年になりますが、週に一度ぐらいは食べてます。あ、私、紅ショウガが苦手なので、いつも従妹にあげてるんです。勇吉さん、どうぞ」

ヤマキョーは、紅ショウガが入った小袋を勇吉に差し出した。彼女が紅ショウガが苦手であることを初めて知った。これからも、こうして一つずつ知っていきたいと思えた。

「ありがとうございます。いただきます」

「さすがスマイルコンプライアンス準備室の多治見リーダー。今のはスマコン行動規範の一番目にのっとった発言ですね。素晴らしい」

「山田課長こそ、さすがです。今のはスマコン行動規範の十一番目、上司、部下、同僚のいいところを見つけよう、にのっとった発言ですね」

「こうしてみると、スマコンって、どういう場面で生きるか分かりますね。五番目の、時々、雑談もしてみよう。やっぱりいいですね」

「このやりとり、もしかして延々と続けられるかも？」

お互いに、口元を手で押さえながら声を上げて笑い合った。

「あ、いた！　ちょっと、なに呑気《のんき》に焼きそば食べてるんですか！　多治見さん、異動しちゃうって、嘘ですよね？」

相良だ。営業所への出張から帰ってきたようだ。

「異動って言っても、一階下の広報宣伝部に戻るだけだよ」

「マジですか……寂しいなあ。みんないなくなっちゃって」

「相良さん、私は来年度もそばにいますよ」

「ヤマキョー課長はいなくならないでくださいね」

相良は少し涙声になって言った。ヤマキョーは「はい、約束します」と応じた。

「相良さんなら大丈夫」

「多治見さん、他人事《ひとごと》ですか。ああ、もう！　必ず『笑談室』で送別会やりますからね。スマコン準備室のメンバーとヤマキョー課長は、全員強制参加です！」

相良は仁王立ちのまま、ビシッ、ビシッと二人を指差した。

その時「こんなところにいやがったか」と、低い呟《つぶや》きが聞こえた。

「勤務時間中に油売ってんじゃねえよ、内勤の暇人どもが」

怒りに震えた声が勇吉の背後から降ってきた。振り返ると、あの男が立っていた。

「お疲れ様です。加部エリア統括プレジデント」

加部は新潟、長野、山梨にある五つの営業所を監督する、甲信越《こうしんえつ》エリア統括プレジデントなる役職に就くことになった。経営陣の引責退陣に伴う、降格人事だ。

「一円にもならない仕事でヘラヘラと働いた気になって、いいご身分だな。お前ら、このまま済むと思うなよ。あの窓際社員にも伝えとけ」

勇吉は「承知しました」と受け流した。

「俺が統括するエリアでは、あんな仲良しクラブのお花畑ルールなんざ無視だ。俺は一年で甲信越エリアの売上を倍増させる。必ず戻ってきて、お前らに冷や飯を食わせてやる」

「お言葉ですが、挨拶《あいさつ》ぐらいはしてもいいと思いますが。減るものでもないし」

相良が加部に向かって皮肉っぽく言った。

「ふん、仕事への考えが甘過ぎる。挨拶ってのはなあ、減るんだよ。知らねえのか、お前」

相良は啞然《あぜん》として「はあ……どういうことでしょうか？」と訊《き》き返した。

「頭を下げる価値のある人間、労《ねぎら》う価値のある人間、それを見定めず無闇矢鱈《やたら》に挨拶する人間は、ただの八方美人だ。例えば、金を落としてくれる客になら、挨拶だろうが歯の浮くようなお世辞だろうがいくらでも言う。俺の統括エリアの社員には徹底的にその精神を叩き込む。スマコン十二箇条なんざクソ食らえだ。絶対に守らん」

「指導するのは自由ですが、守るか否かは個人の裁量に委《ゆだ》ねられていますので」

勇吉は附則の存在を改めて強調した。

「その決めごとも、俺は守る気などない」

加部は捨て台詞《ぜりふ》を吐いて立ち去っていった。最後まで挨拶をしなかった。目下の者には挨拶をしない。彼は彼のポリシーを貫いているのだろう。

相良が「マジで感じ悪い人ですね」と、声を潜めた。

「よほど悔しいんだろう。下っ端の俺らに、わざわざ捨て台詞を吐きにきたんだから」

勇吉は言った。分かり合えない人間は、必ずいる。しかたのないことだ。

「ところで、沼尻さんは、どこにいるんですか？」

「あ、そういえば、午後しばらくの間見かけないけど。ヤマキョー課長は、見かけましたか？」

「いいえ、私も午後はお見かけしてません。どうしたんでしょう」

勇吉の問い掛けに、ヤマキョーも首を傾げる。

再雇用の社員は一年ごとの契約更新で、配属される部署もどうなるか分からない。

「仕事がひと区切りついたから、別の部署に異動になるとか……」

相良は心配そうに呟いた。

その時、勇吉のスーツの内ポケットで、スマホが鳴った。

「沼尻さんだ。噂をすればなんとやら……」

勇吉はディスプレイを皆に見せてから応答した。

〈リーダー、いま六階のロビーにいるんだけど、ちょっと来てもらえないかな。影森啓太郎大社長殿が、退任前にスマコン準備室のメンバーを労いたいんだって。ヤマキョー課長さんも一緒に〉

六階でエレベーターを降りると、ロビーのベンチに啓太郎社長と沼尻が座っていた。

「皆さん、待ってましたよ。さあ、こちらへ」

啓太郎社長はベンチから腰を上げ、バリトンボイスで皆を案内した。

「大社長が退任間際に、俺たちになんかくれるようだぜ。さて、何をくれるのか楽しみだなあ。賞状とかならいらないぜ。金一封なら受け取ってやろう。なあ」

勇吉たちが通されたのは社長応接室だった。

「金さんと、お仲間の皆さんに、ぼくからの最後のサプライズです」

社長自ら応接室の扉を開け、皆を中へと促した。壁や柱は大理石造り。過去四代のミカゲ食品社長の写真が額縁に入って飾られている。

黒革張りのソファに、客人が座っていた。啓太郎社長は客人の対面に座った。

「沼尻さん、ご無沙汰《ぶさた》しております」

五十代半ば過ぎと思われるスーツ姿の長身の紳士が応接ソファから立ち上がり、こちらに向かって深々と頭を下げた。

沼尻は金縛りにあったかのように、戸口の前で固まっている。

「金さん、これがぼくからのサプライズだよ。ずっとこの方に会いたかったでしょ?」

啓太郎社長は「まあ、金さんも皆さんも、座ってください」と、自分の両隣を指さした。

「申し訳ございませんでした！」

沼尻は突然、戸口の前で絨毯《じゅうたん》に膝《ひざ》を突き、それから両手を突いた。

「ずっとお会いしたくて、合わせる顔もなくて、でもこうしてお会いできたからには……」

「沼尻さん、お止めください」

「いいや、そういうわけにはまいりません！　あなたの将来をぶち壊してしまったのは、この沼尻の責任です。申し訳ございませんでした！」

沼尻は額を絨毯に押し付けた。

勇吉は、沼尻が頭を下げている相手が誰であるか察した。

長身の紳士は、沼尻の前にしゃがみ、名刺を手渡した。それから、沼尻の後ろで呆然《ぼうぜん》と立ち尽くしていた勇吉たちにも、それぞれに名刺を差し出してきた。来客があるとは知らされておらず、名刺入れは自席に置いたままで、恐縮しながら受け取るばかりだった。

〈株式会社池野空調サービス　取締役副社長　池野登志夫〉

沼尻が「池野《いけの》……登志夫さん」と呟いた。

「はい。先代社長の婿養子に入りまして、名字が変わりました。ビルの空調メンテナンスの会社です。お仲間の皆さんには申し遅れました。私は、昔ミカゲ食品に勤めていました、ＯＢです。最後は池袋営業所長でした」

やはり、この人がミカゲ食品の元営業所長の小豆登志夫。

「来年度から、うちの本社ビルの空調管理業務は、池野空調さんにお願いすることになった。公正な競争の結果、発注させていただくことになったんだよ」

　啓太郎社長が沼尻と、勇吉たちに説明する。

　部下いじめの濡《ぬ》れ衣《ぎぬ》を着せられた小豆登志夫は、失意のうちにミカゲ食品を去り、空調設備メーカー最大手の汽水電工に転職。営業部で法人向けの業務用空調機器の販売を担当し、順調に業績を伸ばしていった。

「なぜ食品会社から全く畑違いの空調機器メーカーに移られたんですか。あの、単純にすごいなあと思いまして」

　相良が素朴な疑問を池野にぶつける。

「きっかけは、汽水電工でエンジニアをしていた高校の同級生からの誘いでした。ミカゲ食品で居場所がなくなっていた私に、お前なら何でも売れるだろう、って声を掛けてくれて」

「大変なご苦労をされたでしょう」

　ヤマキョーが池野の苦労を慮《おもんぱか》る。

「空調機器の商品知識とか、労働安全衛生法とか、いろいろ勉強しました。でもまあ、最初は意地と勢いで『営業たる者、何でも売ってやるぞ』ぐらいの気持ちで働いていましたよ。すると、知れば知るほど、空調機器の世界に惹《ひ》き込まれていったんです。冷暖房の効率化で、オフィスの労働環境が改善し、消費電力の削減と環境負荷の低減にも、少しずつですが貢献できます」

　機械の詳しい原理や、取り付けの作業、メンテナンスなどを理解した上で売りたいと思い立ち、独学で冷凍機械責任者、ボイラー技士、電気主任技術者などの資格を取った。

「そうやってがむしゃらに働いていた二十年前、パートナー企業の池野空調で営業担当だった女性と出会いました。それが、今の妻です」

池野空調は、汽水電工の空調機器のフィルターなどの消耗品を納入し、メンテナンスを請け負っていた。小さい会社ながらも、彼女の丁寧で徹底された仕事ぶりに惹かれ、よく話をするようになった。

「まあ、仕事ぶりに惚《ほ》れたのか人柄に惚れたのかといわれれば、どちらもですが、ともあれ付き合い始めまして。ちょうど十年前に妻が後を継いで社長になって、夫の私が副社長です」

社員数十五名だった小さな会社を、十年間で五百人余りの規模に拡大し、関東一円のオフィスビル空調管理を手がけるようになった。

池野の話を聞き、沼尻は泣きながら「すごいなあ」「素晴らしい」と繰り返していた。

「沼尻さん、私は一度どん底に落ちたあの時を転機に、新しい仕事と、そして伴侶《はんりょ》に出会いました。私は充実していました。どうか気に病まないでください」

沼尻は両膝の上で拳《こぶし》を握りしめ、涙に震える声で「よかった……小豆さん、いや、池野さん。立派に反撃を続けて、ご自分の道を切り開いてこられて」と、ふり絞るように言った。

「人間万事塞翁《さいおう》が馬。どんな出来事がきっかけになって、どう転がっていくかは分からないものです。あの時の挫折《ざせつ》があるからこそ、今があります」

「いやあ、すごい……。自分はあの後、腐っていくばかりでした。閑職に干されても職場にしがみつき続けました。住宅ローンを返すためだけに会社に体を運び、窓際で席を温め続け、ザ・働かないおじさん街道をまっしぐら。酒と無気力に蝕《むしば》まれて生活は荒《すさ》み、家族にも嫌な思いをさせて、妻も子供も離れていきました。全て自業自得の天罰です」

前に『笑談室』で聞いた時とは違って、晴れやかな表情で沼尻は語った。

「あの一件から沼尻さんもそれほどの苦労をされていたとは。私も営業所長になった時は、やる気だけで空回りしてしまい、年上の営業所員たちの反感を買ったのには自分の落ち度もあると思います。かえって申し訳ないような……」

「いやいや、何をおっしゃいますか！　最高の結果です。自分には天罰が下り、池野さんはご自分の力で将来を切り開いてこられた。お天道様はよーく見てる。因果応報！」

沼尻は清々《すがすが》しい笑みを浮かべながら言った。

「池野さん、最後にお会いできて本当によかったです。ありがとうございました。思い残すこともなくなりました。私めは退職して、安酒で毎日晩酌しながら終活でもすることにします。いつ部屋でぽっくり逝《い》っちまってもいいように」

沼尻は、がっはっはと笑う。

勇吉は咄嗟《とつさ》に「くだらないっすね」と口走っていた。皆の視線が勇吉に集まる。

「今のは聞き捨てならねえな……」

「そんな卑屈なことを言って、沼尻さんはもう一度そうやって腐っていくつもりですか」

「何言ってんだ。俺はただ、池野さんと俺のその後が、ちゃんと因果応報に明暗が分かれて、本当によかったと思ってんだよ」

「そういうのがくだらないって言っているんすよ。そんな風に因果応報だとか物分かりのいいこと言っちゃって、中身は空っぽ。池野さんが、沼尻さんのこんな懺悔《ざんげ》を聞きたくてわざわざ会いにこられたと思いますか」

池野は穏やかな眼差《まなざ》しで沼尻を見つめ、ゆっくりと首を横に振った。

「反撃は、始まったばかりじゃないですか。もう終わっちゃうんですか」

相良が挑発するような口調で、沼尻の顔を覗《のぞ》き込む。

「どのみち毎日通うなら、楽しい職場がいいですね。自分はこの一年、沼尻さんから勇気をもらって勤めてきました。あれって、全て口だけですか？」

「金さん、多治見さんの言う通りだよ。悟り澄ましたようなことを言って腐っていくなら、ぼくはもう何も言わないけど、そんなことをして池野さんが喜ぶと思う？　ついでに言うと、最後のサプライズを贈ったつもりのぼくも、残念だよ」

啓太郎社長は「金さん、もう少しの間、これに挑戦してみないか」と、一枚の紙を差し出した。

他でもない、スマイルコンプライアンスの十二箇条だった。

「スマイルコンプライアンス十二箇条、私も拝見しましたよ。『ミスを憎んで、人を憎まず』ですよね。私も、そうありたいと思います」

池野の言葉に、沼尻はハッとした表情で顔を上げた。

「それにもうひとつ。『もどってくる社員をやさしく迎えよう』。こういう形で外からのご縁ではありますが、戻ってきました。やさしく迎えてくれますか？」

「やさしく迎えるも何も……。かたじけなくて、ありがたくて、なんと言っていいのやら。ありがとうございます」

沼尻はバツの悪そうな口調で、でも笑い泣きしながら、池野に頭を下げた。

「池野さんも、一種の『シャケ社員』ですね」

相良が言うと池野は「シャケ社員？」とオウム返しで訊ねた。

「一旦《いったん》外に出て、何らかの形で戻ってきた社員を、大海原から元の川に戻ってくる鮭にたとえて『シャケ社員』と呼ぶことにしていまして」

ヤマキョーが相良に代わって説明する。

「転職する人や、育児や介護で長い期間休業する人などを気持ちよく送り出して、いつでも戻ってこられるようにしようっていうことです」

啓太郎社長が得意げに語った。

「そうですか。私も『シャケ社員』として、これから時々、ミカゲ食品さんにお邪魔することになります。沼尻さんのご活躍を楽しみに拝見したいです」

池野の言葉に沼尻は感極まった様子で背筋を伸ばして座りなおした。

「ありがとうございます……。この沼尻、もう少しミカゲ食品で反撃させてください」

「ところで金さん、その『反撃』っていうのは、何のこと？　誰かに復讐《ふくしゅう》でもするつもりかい？」

啓太郎社長が首を傾げる。

「他の誰かを恨んでも仕方がねえ。長らく腐って過ごしてきた自分自身に対する反撃さ」

エレベーターの前で池野を見送った後、沼尻は「啓太郎、ありがとな」と呟いた。

「池野さんの今の姿を見て、また頑張ろうって思えた。それに、みんなもありがとう。この一年働いて、世の中捨てたもんじゃないって思えるようになった」

「金さん、それなら何よりだ。ぼくがミカゲ食品で働き始めた時の恩人だからね。最後に恩返しができてよかった」

啓太郎社長が言った。そうだ、四月からは社長が交代するのだ。

「大げさなこと言うなよ。調子が狂っちまうじゃねえか」

沼尻が言うと、相良が「あ、いつもの沼尻節が戻りましたね」と笑った。

「人間万事塞翁が馬。俺も胸張ってそう言える日が来るよう、もう少し頑張ってみるか」

そして沼尻は「職場も世の中も、捨てたもんじゃねえなあ」と泣き笑いで呟いた。

*

四月、桜の花びらも散り、葉桜になる頃。

ミカゲ食品に、ひとりの男が戻ってきた。約束の時間である朝十時ぴったり。

「おはようございます。十時から多治見様にお時間をいただいております、ウインド・スポーツクラブです」

広報宣伝部のフロアに都築が入ってきた。サッカーチームへのスポンサー契約に関する商談だ。上司も連れてきている。

「どうも、お世話になっております。多治見と申します。ようこそ」

勇吉は席を立ち、戸口の二人に声を掛ける。この春、勇吉は広報宣伝部、企画戦略課の課長となった。課の名前は仰々しいが、要するに広報宣伝部内のなんでも屋、よろず相談屋である。特殊な案件や、担当の割り振りが不明瞭《ふめいりょう》な未成熟案件が、勇吉の課に丸投げされてくる。

「シャケ社員、よりにもよって退職後半年も経たないうちに、営業をかけに戻ってくるとは。抜け目ないというか、がっつき過ぎですよね。でもしょうがない。戻ってきた社員をやさしく迎えるのがスマイルコンプライアンスの信条ですから」

相良が呆《あき》れたように笑う。相良は「スマイルコンプライアンスの好事例になるので」と無理矢理に同席の口実を付けて、都築の到着を待ち構えていた。

「おう、みなさん、遅れてすんまそん！」

ボサボサ頭の沼尻が、缶入りのしじみ汁を持って現れた。

「沼尻さん、ウインド・スポーツクラブさんが、もういらっしゃってます」

ヤマキョーが掌《てのひら》でうやうやしく都築の上司を指し示す。契約関係の話も聞くため、商談に法務企画課長も直々のお出ましだ。

「お！　これは、これは。わたくしめは、沼尻金之助と申します。都築ちゃんがシャケ社員になって戻ってきたと聞き、はせ参じました！」

沼尻が、都築の上司に名刺を渡す。

「シャケ社員……とは？」

都築の上司が困惑したような笑みを浮かべる。

「まあまあ、シャケ社員のお話は後程お時間があればさせていただくとして」

沼尻の名刺にはこう書かれている。

〈株式会社ミカゲ食品　広報宣伝部　沼尻金之助（『月刊社内報　月の影』責任編集員）〉

そして、キャッチコピーがある。

〈どのみち毎日通うなら、楽しい職場がいいですね〉

社内イントラにＷＥＢ版で『月刊社内報　月の影』が復刊することになった。沼尻金之助責任編集の名のもと、厚生課の担当だった社内報は広報宣伝部企画戦略課に移されたのだった。

沼尻の反撃は、まだまだ終わらない。

負けてはいられない。勇吉も、反撃し続けたい。

小会議室に入ると、都築はスポンサー提案用の資料をモニター画面に映し、熱弁をふるった。

「サッカーチームのサポーターは、スポンサー企業への感謝の気持ちや敬意を強く持ってくれます。できる限りスポンサー企業の商品を買い続けて、チームが試合に勝てるよう願掛けをしたり」

西東京ＦＣは、二年前にＪＦＬに昇格してＪリーグ準加盟申請を行い、今はＪリーグへの昇格を目指している。

提供する金額によって、スポンサー企業に還元されるメニューも変わる。メインスポンサーになれば、スタジアムの命名権、売店でのフード販売、ユニフォームの胸の位置へのロゴマーク掲載、ホームでの試合開催時にはマスコットキャラクターのグラウンド周回など、還元メニューは盛りだくさんだ。

「スタジアムグルメとしてミカゲ食品の商品をふんだんに組み合わせて販売したり、新商品が発売された時には来場したサポーターの皆さんにサンプルを配れるなど、営業的な効果もございます。それに、スタジアムでの観戦は、社員やその家族の福利厚生にもなります。この点は、スマイルコンプライアンスの一助にもなるのではないでしょうか」

都築はにやりと笑った。

スポンサーになれば当然、金がかかる。費やす金を超えるメリットがなければ会社は動かない。

魅力的な提案だが、ハードルは相当高そうだ。

ミカゲ食品は、リーマンショック後の業績低迷期に、陸上の実業団を廃部にした。半世紀にわたって世界トップレベルの長距離ランナーを生み出してきた強豪だった。その重みゆえに、圧倒的な不景気の波をかぶるや否や、財務面で支えきれなくなってしまった。

「ミカゲ食品さんとスポーツとの関係には苦渋の過去があることも十分承知しております。実業団の運営は、相当な重責だったと思います」

都築が勇吉の思考を先回りするかのように、次のページへ進んだ。

「最初からメインスポンサーを受けていただきたいなどと、無茶を申し上げるつもりはございません。たとえばまずは三年間、パートナー企業として賛助金を供出いただき、選手やスタジアムのお客様と『食』でつながる。どうでしょう」

「西東京ＦＣへの小さなサポートからスタートして、西東京ＦＣと共に育つ。これなら、いけるかもしれないな」

勇吉は思わず呟いた。かつての陸上実業団は選手を社員として雇用し、チームの資金供出や運営のサポートも全面的に担わなければならなかった。地域のサッカーチームとのパートナー企業契約からであれば、ハードルは低くなる。

「発展途上のチームが強くなれば、今からの投資対効果は相当大きくなります。今が買いの株のようなものです」

都築は資料の中の「今が買い！」と露骨に書かれた吹き出し文字を指さした。これには、勇吉も思わず笑ってしまった。沼尻は「言うねえ！」と面白がっている。

「このページ、都築さんが追加で作ったんでしょう」

　相良がニヤニヤしながら訊ねると、都築は「なんで分かるの？」と素に戻って相良に訊き返した。

「前のページからのこの急な展開と、相手の苦い過去を気遣っているのか古傷に塩を塗りこもうとしているのか分からない造り、何が何でも取っ掛かりをつかんでやろうという執念。都築さんっぽさ丸出しですよ」

　都築は「うーん、ご明察」と苦笑いした。

「ミカゲ食品さんは、当クラブのホームグラウンド、西東京総合球技場の徒歩圏内に、西東京営業所と、保谷《ほうや》工場を有しています」

　西東京ＦＣは三年以内でのＪＦＬ優勝を目指しながら、その先のＪリーグ加盟も見据えて、スタジアムの改修計画を立案しているという。

「広報宣伝部企画戦略課としては、何らかの形でスポンサー加入させていただきたいと、率直に思いました。大きな話になる可能性もありますので、経営陣と新社長の了承と稟議《りんぎ》、株主の方々の了承も必要になります。しばしお時間をいただければと」

　勇吉は頭を下げてから「ふぅ、また根回しとスタンプラリーの日々が始まるのかな」と思わずぼやいた。

　啓太郎前社長は取締役会と臨時株主総会を経て経営権なしの相談役に退き、持ち株を全て売却した上、全社員に一時金を配当した。食品ネット通販の会社から新社長を招聘《しょうへい》し、半数を入れ替えた新しい経営陣でスタートを切った。

　スポンサー事業が社内稟議で理解を得られるか。期待と不安が半々だ。

「こういう事業のスタンプラリーなら、わくわくするじゃないですか」

相良が言うと「相良ちゃん、他人事だと思って面白がってらあ」と沼尻がツッコむ。

「都築君、重たーい仕事、持ってきてくれたねえ」

「多治見さんには、引き続き、お世話になりたいと思っております」

「山田課長、賛助金からのスポンサー契約は、法務的観点からいかがでしょうか」

わざと改まった口調で、勇吉はヤマキョーに話を振った。

「個人的には賛成ですが、契約条件等は是々非々で審査させていただきます」

ヤマキョーは厳しい表情で答えてから、ニヤリと不敵な笑みを浮かべた。

沼尻が「ひえー、ヤマキョー課長はやっぱり厳しいなあ!」とのけ反り、皆がどっと笑う。

勇吉は明るい溜息《ためいき》を交えながら、窓の外を見上げた。一時期まぶし過ぎてうっとうしかった青空は、勇吉の好きだった青空に戻っていた。

ヤマキョーが、沼尻が、相良が、都築が、そして勇吉自身が面白おかしく笑っている。

それぞれの半径五メートルが静かに変わってゆく音が聞こえた。

参考文献

『矢沢永吉激論集　成りあがり　How to be BIG』矢沢永吉（角川文庫）
『アー・ユー・ハッピー?』矢沢永吉（角川文庫）
『1分でわかるコンプライアンスの基本』
コンプライアンス研究会 著、臼井一廣／儀間礼嗣／木村容子 監修（KADOKAWA）
『1時間で読める初心者でもわかるコンプライアンスの基本』白石清仁
『いまはそれアウトです！　社会人のための身近なコンプライアンス入門』菊間千乃（アスコム）
『これだけは知っておきたいコンプライアンスの基本24のケース
「会話で学ぶ」ビジネストラブル防止対策』秋山 進（日本能率協会マネジメントセンター）
『企業不祥事を防ぐ』國廣 正（日本経済新聞出版社）
『ブルシット・ジョブ——クソどうでもいい仕事の理論』
デヴィッド・グレーバー 著、酒井隆史／芳賀達彦／森田和樹 訳（岩波書店）
『ブルシット・ジョブの謎　クソどうでもいい仕事はなぜ増えるか』酒井隆史（講談社現代新書）
『ゆるい職場　若者の不安の知られざる理由』古屋星斗（中公新書ラクレ）
『こうして社員は、やる気を失っていく』松岡保昌（日本実業出版社）

本書は書き下ろしです。
この物語はフィクションであり、実在の人物・団体とは一切関係ありません。

安藤祐介（あんどう　ゆうすけ）
1977年、福岡県生まれ。2007年「被取締役《とりしまられやく》新入社員」でTBS・講談社第１回ドラマ原作大賞を受賞。同作は、森山未來主演でドラマ化された。他の著書に『営業零課接待班』『一〇〇〇ヘクトパスカル』『宝くじが当たったら』『大翔製菓広報宣伝部　おい！　山田』『テノヒラ幕府株式会社』『不惑のスクラム』『本のエンドロール』『六畳間のピアノマン』『崖っぷち芸人、会社を救う』『就活ザムライの大誤算』などがある。

仕事《しごと》のためには生《い》きてない

2023年12月13日　初版発行

著者／安藤祐介《あんどうゆうすけ》

発行者／山下直久

発行／株式会社KADOKAWA
〒102-8177　東京都千代田区富士見2-13-3
電話　0570-002-301(ナビダイヤル)

印刷所／旭印刷株式会社

製本所／本間製本株式会社

●お問い合わせ
https://www.kadokawa.co.jp/（「お問い合わせ」へお進みください）
※内容によっては、お答えできない場合があります。
※サポートは日本国内のみとさせていただきます。
※Japanese text only

定価はカバーに表示してあります。

ISBN 978-4-04-114264-6　C0093